WESTEND

Günter Handlögten
Henning Venske

Die Termiten

Eine wahre Kriminalgeschichte

WESTEND *CRIME*

Mehr über unsere Autoren und Bücher:
www.westendverlag.de

Die Deutsche Nationalbibliothek verzeichnet diese Publikation in der Deutschen Nationalbibliografie; detaillierte bibliografische Daten sind im Internet über http://dnb.d-nb.de abrufbar.

FSC
www.fsc.org
MIX
Papier aus verantwortungsvollen Quellen
FSC® C083411

ISBN 978-3-86489-081-9

Umschlagbild: ullstein bild - CARO/Andreas Bastian
Satz: Publikations Atelier, Dreieich
Druck und Bindung: CPI – Clausen & Bosse, Leck
Printed in Germany

Vorbemerkung

Der Inhalt dieses Buches ist keine Fiktion.

Diejenigen, die beabsichtigen, die in diesem Buch genannten Namen zu entschlüsseln und der Öffentlichkeit zugänglich zu machen, möchten wir eindringlich auf mögliche juristische oder sogar persönliche Folgen hinweisen.

Günter Handlögten/Henning Venske

Günter Handlögten wäre auch ein guter Detektiv geworden. Bei der Arbeit war er von unglaublicher Hartnäckigkeit. Kam immer ganz unaufwendig und bescheiden daher, machte den Eindruck absoluter Harmlosigkeit, als sei er auf die Hilfe seines Gesprächspartners angewiesen, und gerade dadurch erweckte er bei misstrauischen Leuten den Eindruck, man müsse ihn milde stimmen, weil er sowieso schon alles wusste. Und dann erzählten die Leute ihm ihre Version der Ereignisse. Wenn sie meinten, sie hätten genug verraten und schwiegen, schwieg Handlögten ebenfalls. Manchmal minutenlang. Guckte nur mit seinen blauen Augen und grinste leicht. Die Gesprächspartner wurden dann fast immer nervös und legten nach. Viel fragen musste er nie, er wartete einfach ab. Und manchmal, nein, oft brachte er es fertig, dass die Befragten ihn für ihren Verbündeten hielten, der ihre Position verstand und die gleichen Feinde hatte. Handlögten war ein journalistisches Trüffelschwein, und mit ihm an einem Buch zu arbeiten machte nicht nur Spaß, sondern eröffnete auch immer einen Blick in gesellschaftliche Abgründe. (Aus Henning Venskes Biografie »Es war mir ein Vergnügen«, Westend 2014)

Günter Handlögten starb am 17. Dezember 2014

Bertrand Russell:
»Die Wahrheiten, die wir finden,
sind nicht von letzter Wichtigkeit,
und die Wahrheiten,
die von letzter Wichtigkeit sind,
finden wir nicht.«

1. *Das Ende*

Die Todesursache war also klar, die Kollegen hatten keine Zweifel. »Danke«, sage ich, »danke für die Information«, und stecke das Telefon wieder in meine Manteltasche. Ich setze mich auf eine Bank und rauche erst mal eine.

Die Beerdigung heute Vormittag war ein gesellschaftliches Großereignis gewesen. Der Justizminister hatte dem Toten die letzte Ehre erwiesen und ihm einige Schmeicheleinheiten hinterhergeheuchelt. Abgeordnete hatten wichtig ums Grab herumgestanden, die Staatsanwaltschaft war in prominenter Besetzung erschienen, Richter hatten respektvoll ihr Haupt geneigt, die großen Kanzleien der Stadt entboten ihre kollegiale Hochachtung durch das Entsenden der würdigsten Seniorpartner. Dem Pfarrer wird, so hoffe ich, für seine Lügen über den »herzensguten Freund und liebevollen Vater, den Anwalt der Schwachen und Gestrauchelten und den bedeutenden Rechtsgelehrten« der Eintritt ins Paradies verweigert werden. Er hatte es tatsächlich fertiggebracht, zu behaupten, das kostbarste Vermächtnis dieses Toten sei die Spur, die seine Liebe in unseren Herzen zurückgelassen habe.

Der Gangster Mottenkropf, von drei Bodyguards eskortiert und in safranfarbenes Kaschmir gehüllt, hatte eine weiße Orchidee auf den Sarg geworfen und so getan, als müsse er sich eine Träne aus den Augen wischen. Frau Barke, in elegantem Schwarz, mit Schleier am Hut, zeigte ihre schönen Beine und stellte eine begehrenswerte Witwe dar. Die zwei Exfrauen der Leiche hielten sich unauffällig im Hintergrund, zwei blasierte Jünglinge verbargen ihre Unscheinbarkeit hinter modischen Sonnenbrillen und ließen sich physiognomisch leicht als Söhne identifizieren, dafür waren die eisigen Blicke, die zwischen einer Gruppe Latinlovers aus Cali oder Medellín und einigen persischen Geschäftsleuten ausgetauscht wurden, umso bemerkenswerter. Selbstverständlich blitzten Pressefotografen in der Gegend herum, aber nicht jeder in der Trauergemeinde legte Wert darauf, mit aufs Bild zu kommen.

Die pompösen Trauerkränze stammten von Behörden, Institutionen, Organisationen und diversen Firmen. Der Blumenschmuck am Eichensarg wäre bei einer Fürstenhochzeit wegen Übertreibung unangenehm aufgefallen. Die Kerzen im Altarraum entwickelten eine solche Hitze, dass man sich gut vorstellen konnte, wie es sein würde, wenn eines Tages der ganze Verein auf höllischem Grill geröstet wird.

In den Traueranzeigen der Zeitungen hatte man nachlesen können, welch großartige Persönlichkeit, was für ein wundervoller Mensch, unverzichtbarer Ratgeber, innovativer Chef, zuverlässiger Partner, was für ein vorbildhafter Berufskollege und hochgeschätzter Vorsitzender uns durch ein tragisches Schicksal ganz unverhofft entrissen worden war.

Ich hatte mich schon während des Adagios von Albinoni davongemacht, weil ich es vermeiden wollte, in die Kirche zu kotzen. Ich bin in den Stadtwald gegangen. Bei bedecktem Himmel, und wenn es nicht zu warm ist, latsche ich hier gern stundenlang rum und räume meinen Kopf auf.

Ich fühlte mich befreit. Es gibt Probleme und Leute, die sie verursachen, und die muss man nur überleben.

Das Handy klingelt, ich melde mich. Die Botschaft, die ich höre, ist knapp und unmissverständlich:

»Kommen Sie bitte in zwei Stunden ins Büro. Es sind da einige Dinge zu besprechen, wir wollen die erfolgreiche Zusammenarbeit ja auch weiterhin fortsetzen. Ich möchte einige weitergehende Vereinbarungen mit Ihnen treffen.«

Die Stimme kenne ich. Oh Scheiße, jetzt fängt der ganze Film wieder von vorne an.

2. *Schlaff*

»Perlhuhn-Terrine mit Ingwersoße, Forellenfilets in Estragongelee mit Kaviarsahne, geräucherter Bachsaibling auf Spinat-Karotten-Salat. Das ist Forellenbäckchen-Sülze. Ganz köstlich. Grönlandgarnelen auf Artischocken-Carpaccio an Schlehenjus, kriegt man auch nicht alle Tage.«

Widerlich, wie Diethelm Schlaff einen seiner manikürten Finger in die Mousse vom Geflügelfleisch steckt und genüsslich ableckt. Aber dieser Grottenolm ist ein begnadeter Koch.

Der Anwalt hat ein feines Gespür für erstklassiges Personal. Er nimmt nicht irgendeinen hochdekorierten Maître de Cuisine aus einem Nobelrestaurant, er beschäftigt nur jemanden, der wirklich kochen kann. Aber Diethelm Schlaff beherrscht auch nichts anderes. Für jede Tätigkeit jenseits von Pfannen und Töpfen ist er nicht zu gebrauchen. Diesen Schlaff kannst du mir unter die Schuhe binden.

Ich fange einen Blick des Anwalts auf und schlage die Augen nieder. Es ist verrückt: Immer wieder fällt es mir schwer, ihm Auge in Auge standzuhalten. Er legt es drauf an, er starrt dir durch die Augen hindurch bis in die Hypophyse. Da ist so viel Schamlosigkeit und brutaler Siegeswille in seinem Blick, dem hältst du nicht stand.

Ich jedenfalls weiche ihm regelmäßig aus, gucke weg, ich kapituliere immer. Und wenn sich unsere Blicke das nächste

Mal treffen, glaube ich erneut, ein arrogantes Gewinnerlächeln in seinen Augen zu bemerken, ein unmissverständliches Signal: Du, alter Mann, hast gegen mich keine Chance.

Aber damit wird jetzt Schluss gemacht. Seine Augen werden demnächst brechen und ein für alle Mal vom Polizeiarzt zugedrückt. Irgendjemand wird ihm heute Nacht den Blick in diese Welt endgültig verstellen. Der Mörder ist schon anwesend. Doch niemand weiß, wer dem Anwalt die Sauerstoffzufuhr abdrehen wird.

»Mach mir doch mal 'ne Bockwurst und ein Butterbrot«, sage ich zu Schlaff. Der zuckt beleidigt zusammen. »Darauf bin ich nicht eingerichtet«, antwortet er.

Unglaublich, dieser vermeintliche Spitzenkoch: Zwei Meter Unfähigkeit im Coctailschürzchen, blond, gesund und etwa dreißig Jahre alt, aber nicht in der Lage, eine Bockwurst zu organisieren. Schlaff behauptet, er sei Journalist von Beruf – ich meine, das entschuldigt ja nicht alles.

»Filzlaus, pochierte«, murmele ich und trete einen Rundgang durch die Räumlichkeiten an.

Die neue Kanzlei wird heute endlich, nachdem sie schon mindestens zwei Monate in Betrieb ist, mit einer Party im engsten Kreis eingeweiht.

»Alles vom Feinsten«, hatte der Anwalt in der schriftlichen Einladung mitteilen lassen, und das war bei ihm auch nicht anders zu erwarten. Edle Hölzer, Seidentapeten, dicke Teppiche, schwere, lichtundurchlässige Vorhänge. Achthundert Quadratmeter

Gewerbefläche in bester Lage, nicht zu weit vom

Justizministerium, nicht zu nah am Polizeipräsidium.

In welchen der pompösen Ledersessel man sich auch fallen lässt: Stets wird man mit teurer moderner Kunst konfrontiert, vorzugsweise Amerikaner. Der Anwalt kauft sie selbst in New

York. Es geht das Gerücht, die Warhols stapeln sich in seinem Keller, weil ihnen die Rauschenbergs an den Bürowänden den Platz wegnehmen.

Keine Frage, so eine aufgemotzte Kanzlei habe ich noch nie gesehen. Und ich Trottel hatte die, in der der Anwalt vorher residierte, schon für das Optimum dessen gehalten, was man unter Umgehung der Gesetze erreichen kann.

Ich schätze mal, es sind zur Zeit siebzig bis achtzig Leute anwesend, leider mehr Männer als Frauen. Getrunken wird noch mäßig, niemand will sich eine Blöße geben. Der Anwalt ist ein Freund perfekter Umgangsformen, jedenfalls in Gesellschaft.

Er ist hier ja nicht solo, auf Tour durch seine Spezialkneipen, wo er sich gern mal irgendeine armselige Tussi aufgabelt, vorzugsweise aus den Ländern des ehemaligen Ostblocks, die er dann in plüschigen Hinterzimmern oder gelegentlich auch bei wilden Feten im engsten Freundeskreis mit dem Rohrstock züchtigt oder in Fesseln legt. Ich denke, auch hier wird heute Abend die eine oder andere auftauchen, die sich für Geld vom Anwalt hat auspeitschen lassen. Aber bevor der Sadist nicht selbst das Signal dazu gibt, wird niemand es wagen, sich danebeb zu benehmen.

Ich hasse ihn. Ich hasse ihn, weil ich mich vor ihm fürchte. Er hat mein Leben umgeleitet. Er hat aus mir jemanden gemacht, den ich nicht leiden kann. Ich hasse ihn, weil ich mich selbst hasse. Ich bin schwach, und er wird dafür büßen, dass er diese Schwäche zum Ausbruch gebracht hat. Er wird dafür bezahlen, dass er aus mir einen Waschlappen gemacht hat, dass meine Frau mit einem Kriminellen verheiratet ist und meine kleine Enkelin nicht stolz auf ihren Opa sein kann.

Heute Nacht wird das alles wieder gerade gezogen, heute Nacht werde ich Tabula rasa machen und die Erdoberfläche von diesem Schädling entsorgen.

Ich stehe auf seiner Lohnliste. Schon lange. Und komme nicht wieder runter. Habe mich an mein komfortables Haus gewöhnt, fahre immer noch gern den Porsche, mag auf den exklusiven Urlaub nicht mehr verzichten, und ohne italienische Anzüge fühle ich mich nackt. Aber ich muss nicht jeden Tag Sekt aus der Achselhöhle einer ukrainischen Negerin schlürfen.

Allerdings – die Familie ist in aller Unschuld immer anspruchsvoller geworden. Wenn Corinna auch nur die geringste Ahnung hätte, welchen trüben Tricks die Perlenkette, über die sie sich an unserer Silberhochzeit so gefreut hat, zu verdanken ist, würde sie auf Nimmerwiedersehen verschwinden und unseren Kindern den Umgang mit mir verbieten.

In tiefer Dankbarkeit schreibe ich es der Schlafmützigkeit meiner vorgesetzten Dienststelle zu, dass es bisher noch niemandem aufgefallen ist, was für verdächtig große Sprünge wir vom Gehalt eines Kriminalhauptkommissars machen, und man kann nur hoffen, dass nicht eines Tages mal ein Steuerfahnder erscheint, um nachzumessen. Obwohl – auch diese Herrschaften kann man kaufen.

Nein, es gibt nichts zu beschönigen, ich lasse mich kräftig vom Anwalt schmieren. Und dafür bin ich ihm bei Bedarf gefällig. Nein, was lüge ich mich raus: Ich gehorche seinen Befehlen. Ich teile ihm mit, wann und wo eine Drogenrazzia stattfindet, sage ihm, wer in Verdacht geraten ist, verrate ihm Ermittlungsergebnisse.

Einerseits verhindere ich Fahndungserfolge, indem ich mich auf sein Geheiß blind und taub stelle, andererseits lanciere ich seine Tipps, wann wir wo wen mit wie viel hochnehmen können (und sollen), auf die Schreibtische von Staatsanwälten, in deren Auftrag ich dann die gewünschten Verhaftungen vornehme. Ferner gehört es zu meinen Aufgaben, festgenommenen Drogenabhängigen und Rauschgifthändlern mit Nachdruck ein Schriftstück vorzulegen, durch das der Anwalt mit der Verteidigung des Verhafteten beauftragt wird.

Ich bin der Knecht eines Mannes, der ein unglaubliches Vermögen angehäuft hat, indem er jahrelang Justiz, Politik und Unterwelt virtuos gegeneinander ausspielte. Meine Provision wird stets äußerst korrekt abgerechnet, immer in bar, nie gegen Quittung. Der Anwalt garantiert mir ein angenehmes Auskommen. Aber nicht nur mir: Allen hier auf dieser Party. Das präzise Taxieren der Bedürfnisse eines Menschen – das ist die Stärke des Anwalts, und dann stuft er sie in seinem Lohngefüge so ein, dass es sich für ihn rechnet.

Das Polizeipräsidium, in dem ich Dienst schiebe, ist ein altes Nazigemäuer. Joseph Beuys hat neben dem Haupteingang, sozusagen als Kunst am Bau, an die Wand einen Grundgesetzartikel drangepinselt:

»Alle Menschen sind vor dem Gesetz gleich.«

Ja unbedingt, möchte ich beipflichten, wenn alle den gleichen gewieften Anwalt haben. Aber treffender wäre bestimmt die Inschrift:

»Hier herrscht das staatliche Gewaltmonopol – die Personalunion von Polizist und Verbrecher. Willkommen im rechtsfreien Raum!«

Heute Abend stehen in der neuen Kanzlei alle Türen offen. Ich besehe mir den abhörsicheren Konferenzraum, den der Anwalt, wie ich mir denken kann, optimal hat verwanzen lassen, und den luxuriös ausgestatteten Toilettentrakt, schlendere dann an der Rezeption vorbei, quer durch die Lobby, wo teures Grünzeug in kostbaren Töpfen eine gesunde Umwelt vortäuscht, und ich betrachte die Indoor-Golfanlage, des Anwalts ganzer Stolz.

Das ist schon eine illustre Gesellschaft, die hier ihren Champagner schlotzt: Scharfe Staatsanwälte, unerbittliche Generalstaatsanwälte. Dazu die Autorität in Person, wohnhaft auf dem Gipfel des Rechtsstaates – der stramme Herr Funzlich, ein leibhaftiger Bundesanwalt. Ferner unbeugsame Richter und einige smarte Kollegen des Anwalts. Auch ein hoher Funktionär der Bundesanwaltskammer ist da und führt seine neue Freundin vor, als hätte er sie auf einer Auktion für Rassehunde erworben.

Ich sehe diskrete Geschäftsleute mit außerordentlichen Beziehungen nach Südamerika im Gespräch mit einflussreichen Landes- und Kommunalpolitikern, und auf einem zweisitzigen Sofa sitzt schwabbelnd, Pils auf Pils schluckend, der feiste Spitzensozi mit seinen dicken Brillengläsern, ein ehemaliger Minister, und erzählt zweideutige Anekdoten. Um ihn gruppieren sich orientalische Kaufleute mit Diplomatenpass, Wirtschaftsmanager, hohe Verwaltungsangestellte, die Spitzen der japanischen Kolonie mit ihrem computerisierten Lächeln – »Immel albeiten ohne mullen und knullen! Albeit macht Fleude!« – dezent korrupte Gewerkschaftsfunktionäre genauso wie windige Banker, seriös wirkende Steuerberater, Zeitgeistsurfer aus allen möglichen Bereichen und dazwischen, als unentbehrliche Hofschranzen, die Vertreter der Presse und des regionalen Fernsehens.

Schau an, Gottlieb Furtwängler ist auch da. Den haben Kollegen von mir vor gar nicht langer Zeit eingebuchtet, wegen Unterstützung einer kriminellen Vereinigung, versuchter Anstiftung zum Verbrechen und versuchter Strafvereitelung. Er soll seine Bankkonten für die Abwicklung von Drogengeschäften zur Verfügung gestellt haben und war wohl zuständig für Logistik und Geldverwahrung. Außerdem galt er als Nachrichtenzentrale und rechte Hand des sogenannten Kokain-Königs Suchoz.

Das alles wäre an und für sich noch nichts Besonderes, aber Furtwängler war immerhin einer der bekanntesten Rauschgift-

Strafverteidiger der Bundesrepublik, der sich in der Presse auch gern als »Engel der Rauschgiftabhängigen« titulieren ließ, und dieser Ehrentitel ist redlich verdient – hat er doch jahrelang mit großem Erfolg die Hilflosigkeit von Justiz und Behörden gegenüber der Drogenproblematik angeprangert.

Nun läuft er also wieder frei rum, das heißt, er plaudert ganz gelassen mit Gunther Jeschke. Der hat gerade zwei Jahre auf Bewährung aufgebrummt bekommen, weil er so eine günstige Sozialprognose hat. Ein pfiffiger Junge! Er hat verschiedene Banken, Sparkassen, Finanzierungs- und Leasinggesellschaften um sechs Millionen Euro erleichtert, was übrigens überraschend einfach ist. Man muss es nur wie Jeschke machen: Mit einer Bank wird ein Kreditvertrag abgeschlossen, sagen wir mal über 150000,– Euro, zur Finanzierung des Ankaufs eines Daimler Benz 500 SEL. Zur Absicherung der Kreditsumme wird der Bank der Fahrzeugbrief übereignet. Dann kann man das schöne neue Auto an eine Exportfirma gegen Bargeld weitergeben, die es dann zum Beispiel in die USA exportiert, wo ja kein Mensch nach dem Fahrzeugbrief fragt.

Das hat Jeschke 53 Mal probiert, und 53 Mal ist es gutgegangen. Die ersten zwei oder drei Raten hat er ja auch immer brav zurückgezahlt. Aber dann hat er wohl den Überblick verloren, und Banken, die ihr Geld nicht wiederkriegen, reagieren oft recht humorlos.

Furtwängler und Jeschke also im Expertengespräch.

»Ich sage Ihnen ganz klar«, dröhnt Jeschke in derbster Kölner Mundart, »nicht Geld, nein nein, fehlendes Geld regiert die Welt. Fehlendes Geld! Und wer das nicht kapiert, der muss eben im Supermarkt die Einkaufswagen zusammenschieben … Kennen Sie den von den zwei polnischen Hebammen?«

Furtwängler sieht mich plötzlich an, bemerkt, dass ich lausche, ich bemerke, dass er bemerkt, ich verpfeife mich.

Eine Horde Termiten ist das, die sich im Gebälk des Staates fett frisst, deren zerstörerisches Tun aber erst sichtbar wird, wenn eines Tages der ganze Laden zusammenkracht. Termiten agieren in aller Verschwiegenheit, »Erkennbare Kriminalität ist schlecht organisierte Kriminalität«, lautet ihr Motto, und ihre Konspiration beruht auf perfekter Planung. Dabei avancieren diese Inhaber zwielichtiger Lebensläufe bei unverändert hoher krimineller Energie zu honorigen Ehrenmännern mit Vorbildfunktion, was ihrem Selbstdarstellungstrieb ständig satte Befriedigung verschafft.

Ich nicke nach hier, grüße nach dort – die meisten der Anwesenden sind mir bekannt. Ich registriere freundliche Herablassung beim Wiedererkennen meiner Wenigkeit.

»Aber Sie sind doch hier das kalte Buffet, wir sind doch nur der Schnittlauch«, höre ich hinter mir eine Stimme sagen. So ungeniert schleimt nur einer den Anwalt an: Robert Lukassy. Der Chefreporter steht auf derselben Lohnliste wie ich.

Ich schlendere weiter und werde kaum beachtet. Ich bin hier ein relativ kleines Licht. Selbstverständlich steht in der Hierarchie der Gäste Diethelm Schlaff noch wesentlich tiefer als ich: Damit die Herrschaften auf diesem Empfang nicht unter ihrem Niveau essen müssen, ist er aus einer ostdeutschen Provinzmetropole, wo er bei der ortsansässigen Zeitung das Vermischte auf der letzten Seite aufbereiten darf, in die Landeshauptstadt befohlen worden.

»Na, wieder in Gnaden aufgenommen?«, frage ich ihn.

»Ja, Gott sei Dank«, antwortet er.

»Liegt irgendwas Besonderes an?«

»Nein, nein, ich koche hier nur.«

Ich kenne Schlaff aus der Zeit, als ich noch simpler Kommissar war, und ich kenne ihn genau. Er ist ein genetischer Irrläufer aus einer wohlhabenden Familie, den seine Verwandtschaft stets nur mit Missbilligung zur Kenntnis genommen hat. In diesen Kreisen wird man nicht Koch von Beruf, und man sattelt dann auch nicht um auf Journalist, ausgerechnet bei dem Revolverblatt mit den grellen Headlines, dem ein Gericht schon vor Jahren bescheinigt hat, dass es keine Scheu hat, Lügen zu produzieren. Und als besonders peinlich wird empfunden, dass dieses Blatt, das jeden, den es vereinnahmt, mit einem intimen Schluss – i am Ende des Namens behängt, aus dem Familiennamen »Schlaff« prompt ein passendes »Schlaffi« gemacht hat.

Später dann ist Schlaffi bei einer schäbigen Illustrierten gelandet (hieß sie nicht so ähnlich wie ein hastig vollzogener Geschlechtsverkehr?), die eines Tages sogar ihren Anzeigenkunden peinlich wurde, sodass sie einging und zu Recht aus den Kiosken und jedermanns Gedächtnis verschwand.

Bei dieser journalistischen Unappetitlichkeit war Lukassy, der Schleimer, sein Chef gewesen. Lukassy hielt sich Diethelm Schlaff als Faktotum und kochenden Redaktionsdeppen, mit dessen Hilfe man bedeutende Persönlichkeiten aus Polizei, Justiz und Verwaltung standesgemäß verwöhnen konnte. Das geschah bei Kerzenlicht in Lukassys Wohnung, meist auf der Terrasse im Erdgeschoß. Aus Gästen wurden allmählich Freunde, die Freunde entwickelten sich zu Informanten – ein sprudelnder Quell an Insiderwissen für den Illustriertenmacher Lukassy. Er saß an dem von Schlaff delikat gedeckten Tisch und tafelte mit dem Generalstaatsanwalt Bäumlich oder mit dem Chef des Landeskriminalamtes, Will, mit dem leitenden Oberstaatsanwalt Hinzel, dessen Kollegen Hohnhall und auch mit dem berühmten Pathologen und Gerichtsmediziner Bender. Das jedenfalls sind die höchsten Tiere, von denen ich's genau weiß. Bei diesen Mahlzeiten wurde Lukassy gespickt, dass jeder Rehrücken neidisch werden konnte. Und er schrieb in seinem Blatt, was die Herrschaften lesen wollten. Und das wiederum entsprach in erster Linie den Intentionen des Anwalts. Viagra im politischen Beischlaf heißt Ämter, Posten und Diäten.

Dieser illustre Freundeskreis ist, neben anderen imponierenden Figuren, heute Abend hier versammelt. Der Termitenhäuptling präsentiert seinen Termitenindianern das neue Wigwam. Auch der gute Kamerad des feisten Spitzensozi mit den dicken Brillengläsern ist geladen, der Abgeordnete Portier von der christlichen Konkurrenzpartei, dessen schlichtes Weltbild sich schon dadurch offenbart, dass er eine Miniaturausgabe des Bundesverdienstkreuzes am Revers trägt. Der Kapitalismus hat keine Krise. Der Kapitalismus ist die Krise.

Lukassy steht vor einem Kristallspiegel im Rokokorahmen und überprüft sein Outfit. Und wenn er sich auch noch so energisch adonisiert – er ist die personifizierte Unscheinbarkeit, eine absolute Nullität, aber zu eitel, um zu merken, dass er nicht mal das gewisse Nichts hat. Er sieht zwar aus, als käme er direkt aus der chemischen Reinigung, ist aber eine hinterhältige Drecksau, der ich nur allzu gerne den Kopf zwischen den Ohren wegblasen würde. Aber nicht hier, nicht jetzt. Wir werden sehen, wie's läuft heute Abend. Vielleicht kann ich ihn ja wenigstens als heimtückischen Mörder präsentieren.

Ich hatte damals, nach den Anfangsjahren bei der Verkehrspolizei und etlichen Lehrgängen und idiotischen Prüfungen sowie etlichen Stationen in anderen Abteilungen gerade bei der Drogenfahndung angefangen, als uns gewöhnlichen Beamten im Polizeipräsidium auffiel, über welch exklusive Informationen Lukassys Blatt immer wieder verfügte. Ich war zu der Zeit völlig naiv und sauber und konnte mir gar nicht vorstellen, wo da welche Drähte verliefen. Und die Kollegen und ich waren oft stinksauer, wenn wir wieder mal feststellen mussten, dass in unserem

Dampfer ein Leck war. Kann man ja nicht ahnen, dass sich das Leck im Schornstein befindet. Das ging eine ganze Weile so.

Dann arbeiteten wir mal an einer ziemlich schmutzigen Geschichte, internationaler Drogen- und Mädchenhandel, und kamen irgendwie nicht richtig weiter. Wir wussten, dass etwa tausend Karibik-Beauties von einem weltweit operierenden Zuhälterring nach Deutschland geschleust worden waren, hatten aber noch nicht entschieden, wann und wie wir das Ding hochgehen lassen würden. Und die Ganoven hatten null Ahnung, dass wir uns ihretwegen überhaupt schon einen Kopf machten.

Mitten hinein in diese Ermittlung erschien eine schwachsinnige Illustriertenstory, geschrieben »von unserem Reporter in Paris«, Diethelm Schlaff. (So ein Junge aus gutem Hause spricht schließlich perfekt Französisch!) Nicht, dass die Geschichte nun ein literarischer Leckerbissen gewesen wäre, sie enthielt auch keinerlei neue Erkenntnisse, ja, eigentlich war's ein solches Dünnebier, dass man sich fragte, warum veröffentlichen die sowas überhaupt, aber die Story scheuchte eben den ganzen Hühnerhof zur Unzeit auf und erschwerte uns einen durchaus möglichen Fahndungserfolg. Wie gesagt, meine Kollegen und ich waren bis auf die Knochen frustriert und fragten uns: Wer ist denn diese Klosettforelle, die da in unserer Scheiße rumwimmelt? Wer hat diesen Schreiber Schlaff informiert und warum? Welche Interessen stehen hier auf dem Spiel?

Ich hatte zwar keinen Auftrag, in dieser Sache tätig zu werden, aber mich beschäftigte, was da ablief. Ich wollte schon als Kind lieber Gendarm als Räuber werden, und manchmal erfülle ich mir eben heute noch meinen alten Traum vom Detektiv-Spielen. Ich will auch nicht bestreiten: Selbst nach über 30 Dienstjahren ist es gelegentlich ein geiles Gefühl, für Recht und Gesetz unterwegs und dafür von Amts wegen mit einer Schusswaffe ausgerüstet zu sein. Wenn man will, hat man damit wirklich die Macht, den eigenen Argumenten Nachdruck zu verleihen – das Klischee ist so stimmig wie abgenutzt.

Es war nicht schwer, Diethelm Schlaffs Bekanntschaft zu machen. Unsereins hat da so seine Möglichkeiten. Ich fand die Kneipe heraus, in der er sein tägliches Schlussgetränk zu sich zu nehmen pflegte. »Üriger« hieß das stilvoll verräucherte Altstadtlokal, wo er sich allabendlich an einem der Stehtische gegenüber dem Tresen einfand. Da stand er dann, meistens allein, glotzte vor sich hin und schüttete sich zu.

Schlaff trank gern und viel, aber nicht sehr gekonnt: Schon simples Altbier machte ihn schwatzhaft. Eines Abends stellte ich mich zu ihm und verwickelte ihn in ein Gespräch. Es war reiner Zufall, dass es ums Essen ging: Ich meckerte über die Qualität der Frikadelle, die ich mir bestellt hatte.

»Da fehlt ein bisschen Balsei«, war der erste Satz, den ich von ihm hörte.

»Kenn' ich gar nicht«, antwortete ich, »meinst du vielleicht Salbei?«

Er guckte mich verwirrt an, grinste und sagte dann: »Quatsch. Basilikum natürlich.«

Wir mussten lachen, das öffnete alle Schleusen. Wir stellten uns einander vor, ich gab mich ihm als Bulle zu erkennen, und er sagte mit einem gewissen Stolz »Journalist«.

Von da an dauerte es nicht mehr lange, bis ich ihm meine Bewunderung für seine einzigartige journalistische Leistung in der Mädchenhandelstory aussprechen konnte. Schränkte aber ein, dass da ja wohl wesentlich mehr dahintersteckte und dass er noch lange nicht alles wüsste.

»Denkst du«, antwortete er, »ich weiß ganz gut, was da abläuft.«

»Aber das darfst du nicht schreiben, was?«, lockte ich ihn aus der Reserve.

Er guckte mich melancholisch an, sagte nichts.

»Aber so gibt die Geschichte doch nichts her. Ist doch langweilig«, setzte ich nach.

»Naja«, meinte er gedehnt, »das habe ich meinem Chef auch gesagt, dass das so nichts taugt. Er hat gesagt, egal, wir müssen das durchziehen.«

Ich nickte, als wüsste ich genau Bescheid. »Aber du hast keine Ahnung, warum?«, fragte ich.

»Klar doch, dringender Wunsch vom Anwalt.«

Ein dringender Wunsch des Anwalts war ein Befehl. Ich bestellte ihm noch ein Altbier.

Ich wusste natürlich, der Anwalt ist eine bekannte Größe in unserer Landeshauptstadt – brillant, erfolgreich, vermögend, sportlich – und vor allem: undurchsichtig. Ich wusste, dass man in einem der Giftschränke des Polizeipräsidiums eine meterlange Akte über ihn führt und dass es darin um Drogen, Immobilienbetrug, Erpressung, Steuerschwindel und vielleicht sogar um Mord geht. Aber ich war auch abgeklärt und desillusioniert genug, um gleichzeitig anzunehmen, dass gesellschaftliche Kontakte und mächtige Freunde des Anwalts ein Öffnen dieser Akte bis ans Ende seiner Tage und darüber hinaus verhindern würden.

»Naja, wenn der Anwalt einen Wunsch äußert, muss man springen«, sagte ich. Schlaff nickte, dankbar für mein Verständnis.

»Dein Chef ist der Lukassy, nicht?«, bohrte ich weiter und legte nach: »Das ist ein guter Mann, der versteht sein Geschäft.«

»Ein Vollprofi«, bestätigte er, »und seine Ehefrau arbeitet in der Kanzlei des Anwalts, was strategisch für alle Seiten recht vorteilhaft ist.«

Dem konnte ich nur beipflichten. »Du machst aber auch deinen Schnitt bei der Nummer, oder?«

Er grinste: »Ich kann nicht klagen.«

»Jaja«, stöhnte ich, »gute Beziehungen sind heutzutage alles. Ich weiß nicht, wie andere Leute das machen, aber ich kenne überhaupt niemanden von Bedeutung. Ich weiß auf den Pfennig genau, was ich in drei Jahren verdiene und mit wie viel ich in zehn Jahren in Pension gehe. Ich kenne das genaue Datum, wann die Lebensversicherung fällig wird und wann ich meinen Dienstausweis abgeben muss. Dein Leben ist nicht so langweilig, da bist du wirklich zu beneiden.«

Banaler ging's nicht, auf diesem seifigen Lippenmüll musste er einfach ausrutschen.

Schlaff ging dann aufs Klo, und ich bestellte eine weitere Runde. Als er wiederkam, knüpfte er sofort wieder am Thema an. Offenbar war ihm beim Pinkeln die ganze Dimension seiner Persönlichkeit zu Bewusstsein gekommen, und die wollte er nun auch ins rechte Licht rücken.

»Für einen Vollblutjournalisten wie mich sind Beziehungen das Wichtigste überhaupt«, erklärte er.

Ich wollte ihn provozieren: »Aber Lukassy hat noch wesentlich bessere Connections als du.«

Er zuckte, Gleichgültigkeit simulierend, mit den Schultern.

Und dann packte dieser Wichtigtuer aus. Ich hätte fast in den Stehtisch gebissen, als ich erfuhr, auf welchem Wege Anklagebehörde und Presse miteinander kooperierten: Da wurden in schöner Regelmäßigkeit dicke Aktenstöße der Staatsanwaltschaft per Autokurier im Redaktionsgebäude der Illustrierten angeliefert, und Schlaff hatte den ehrenvollen Auftrag, diese eigentlich nicht für die Öffentlichkeit bestimmten Papiere zu fotokopieren. Offizielle Begründung für diese sicherlich einmalige Zusammenarbeit: Die Staatsanwaltschaft verfüge leider nur über ein antiquiertes Kopiergerät, das ständig überlastet sei und sehr viel Zeit in Anspruch nehme, und da müsse man eben behilflich sein, das sei ja geradezu eine staatsbürgerliche Verpflichtung.

Nach dem Kopiervorgang transportierte der Fahrer die Originale zurück in die Behörde, während ein Satz Kopien selbstverständlich auf Lukassys Schreibtisch landete. Auf dieser amtlichen und höchst vertraulichen Grundlage ließ sich dann bestens weiterrecherchieren, und so entstanden Lukassys spannende Illustriertengeschichten, die uns simplen Fahndern den dicken Hals machten.

Die Quelle war also die Staatsanwaltschaft. In welcher Abteilung genau sie sprudelte, wer dort das Wasser nicht halten konnte, ließ sich nicht aus Schlaff herausholen. Wahrscheinlich wusste er's wirklich nicht. Es waren dann nur noch ein paar Gläser Alt, bis er mir auch den Rest auftischte, alles, was er wusste und ich schon lange vermutete: Die karibischen Schönheiten wurden zum größten Teil in die Puffs der größeren Städte verfrachtet, natürlich auch in die unserer Landeshauptstadt. Dort landeten sie beispielsweise in der Liebstöckelgasse, wo es zwei Edelbordelle gab, die sehr viel Geld abwarfen und einer besonders erlesenen Kundschaft zur Entspannung dienten.

»Weißt du, wen ich da mal bei der Feierabendgestaltung gesehen habe?«, fragte Schlaff mit der Überlegenheit des Insiders.

»Na?«

»Den Innenminister.«

»Tja, wenn er's nötig hat«, antwortete ich möglichst unbeeindruckt.

»Und den Intendanten des Senders!«, trumpfte Schlaff auf.

»Das hätte ich jetzt nicht gedacht«, bemerkte ich.

»Ja«, sagte er, »der eine so lang und fett, und der andere so kurz und dürr. Es war Slapstick pur, wirklich komisch, wie die da zusammen aufkreuzten.«

»Da hätte ich gerne die Laterne gehalten«, pflichtete ich ihm bei.

Der Innenminister war ja auch Polizeiminister, also mein oberster Chef. Ich wusste, der bevorzugte Dominas, die ihn vermöbelten.

Er bekam ein Lätzchen umgebunden und Götterspeise zu essen, und wenn ihm der Wackelpudding vom Löffel fiel, dann bekam er Saures.

Naja, schade um jeden Schlag, der vorbei geht.

Kurz und gut, die Sache war ganz einfach: Die Veröffentlichung von Schlaffs Artikel über die armen, aber wunderschönen Mädchen, die von ihren sonnigen karibischen Stränden durch brutale Räuber in die qualvolle Finsternis deutscher Bordelle wie die in der Liebstöckelgasse verschleppt wurden, hatte nur einen Zweck: Bürgerliche Empörung hervorzukitzeln. Die Nachbarschaft sollte lauthals, am besten Steine schmeißend, protestieren, das ganze Viertel sollte den Stinkefinger erheben, aufgebrachte Anwohner sollten den guten Ruf der Edelpuffs, am besten durch demonstrierende Mütter mit rotznäsigen Kindern auf dem Arm, ruinieren. Dadurch wollte man die feine Kundschaft veranlassen, ihre Triebhaftigkeit andernorts auszuleben. Wer auf sich hält und auf äußerste Diskretion angewiesen ist, besucht kein Etablissement, das ins Gerede gekommen ist. Das war das Kalkül.

Ich verstand nicht: »Und warum das alles?«

»Ist doch logisch«, sagte Schlaff, ganz souveräner Kenner des Milieus, »der Anwalt war scharf auf Grundstück und Gebäude, und er wollte den Preis dafür drücken.« Das war einleuchtend. »Was wollte er denn daraus machen? Geschäftshäuser? Büroraum?«

Schlaff schüttelte den Kopf. »Nichts. Er wollte nur billig übernehmen.«

Ich hatte Zweifel: »Der Anwalt als ordinärer Puffbesitzer? Irgendwie passt das nicht zusammen.«

Schlaff legte den Kopf schief und grinste: »Du hast keine Ahnung. Ein Puff ist ein prima Waschsalon.«

Natürlich, das war's: Geldwäsche. Über die Puffs konnte der Anwalt sich ehrlich machen.

Seit jener Kneipenjagd bekommt Schlaff hin und wieder auch eine freundliche Bemerkung von mir zu schlucken, denn er ist eine Quelle, die sich meist problemlos anzapfen lässt, und heute weiß ich, die Rechnung damals ging auf. Eine Londoner Briefkastenfirma hat die Bordelle in der Liebstöckelgasse billig eingesackt. Die Briefkastenfirma gehört dem Anwalt. Und das Gedächtnis der Menschen ist kurz, ihre Empörung zerbröselt schnell: Der Anwalt rückte nach Inbesitznahme dem Ort der Sünde tatsächlich nicht mit der Abrißbirne zu Leibe, er errichtete keineswegs ein Lehrlings- oder Waisenheim, auch keine Nonnenschule, nein, die Bordelle in der Liebstöckelgasse wurden nur noch ein bisschen luxuriöser, die Kundschaft noch ein wenig internationaler, und die Erträge noch ein Vielfaches lukrativer. Hier pflegt nach wie vor die oberste Etage ihre intimen Schmuddelkontakte, ohne dass sich auch nur der leiseste Bürgerprotest rührt.

Schlaff steht etwas verloren rum in seinem Cocktailschürzchen.

»Du kochst wirklich gut«, sage ich so freundlich wie möglich.

»Danke«, gibt er trocken zurück.

»Ich kann ja nicht kochen«, sage ich, »ich stell's mir auch schwierig vor.«

»Naja«, sagt Schlaff im herablassenden Ton des Fachmannes, »Vorgänge des Bratens, Backens und Kochens kann man nicht rückgängig machen, zum Beispiel schlechte Bratkartoffeln entbraten.«

»Ach, das wusste ich nicht«, antworte ich. »Und was ist mit vegan? Kochst du auch mal vegan?«

»Um Gotteswillen!« Schlaff ist entsetzt. »Die vegane Mahlzeit wird mein Leben nicht verlängern, aber bewirken, dass es mir viel länger vorkommt.«

Das reicht eigentlich erst mal an Konversation. Ich bin nervös. Mein Plan ist gut, aber kompliziert. Ich muss ruhig bleiben und den richtigen Moment abwarten. Noch ist es zu früh. Ich darf keinen Fehler machen, und der größte Fehler wäre, nervös zu wirken.

Aber ein Gespräch mit Schlaff ist unverfänglich und lenkt mich ab:

»Sag mal, der Lukassy, hat der dich damals eigentlich rausgeworfen bei dieser Illustrierten, oder wie war das?«

Schlaff sieht mich mürrisch an. »Hat er nicht. Er hat mich eher delegiert.«

»Ach so. Und dann bist du nach Berlin ins Regierungsviertel gezogen?«

»Ja.« Schlaff kann sich nicht entscheiden, ob er nun dankbar sein soll, dass einer mit ihm redet, oder ob doch eher Mißtrauen angebracht ist.

Ich bleibe an ihm dran: »Und was hat dich von da wieder vertrieben? So einen wie dich brauchen die doch, ich meine, bei den Staatsempfängen und so, Bauernsülze in Aspik …«

Manchmal kann ich's einfach nicht lassen.

»Es ist zum Kotzen«, braust er auf, »alle reden immer von meiner Kocherei. Ich bin politischer Journalist, wann begreift ihr das endlich mal!«

»Schon gut, reg dich nicht auf«, besänftige ich ihn, »politische Journalisten gibt's viele, aber gute Köche …«

Er zieht verächtlich die Nase hoch.

»Wer war der höchstgestellte Politiker, mit dem du je zu tun hattest?«, frage ich.

Die Antwort kommt sofort: »Der Burschi.«

»Hä?«

»Der Kultusminister. Der ist mein Freund. Wir duzen uns. Er hält unheimlich viel von mir. Bespricht alles mit mir, seine ganzen Probleme und so. Mit dem war ich sogar zusammen im Urlaub.«

»Wahnsinn! Wo denn?«

»In Spanien. Seine Familie war auch mit. Es war toll. Sie haben den ganzen Tag in der Sonne gelegen.«

Ich seh ihn an: »Und du?«

»Ich stand den ganzen Tag in der Küche und habe die bekocht. Gaspacho, Paella, Flan und so.« Schlaff sagt das ohne jede Ironie.

»Das finde ich aber nicht in Ordnung«, entgegne ich, »unter Freundschaft verstehe ich was anderes.«

»Ja, schon, aber der Burschi hat mir immer geholfen, wenn's mal drauf ankam. Zum Beispiel – als ich dann zu dieser Auto-Zeitschrift gegangen bin, als Fachjournalist, da habe ich eines Tages die Kopie einer geheimen staatlichen Tempo-Limit-Untersuchung auf den Autobahnen in die Finger gekriegt, eine richtige Bombe, die für die Argumente der Autoindustrie ziemlich gefährlich war. Ich weiß auch nicht, wie das passiert ist, aber die Auto-Illu hat diese geheime Untersuchung tatsächlich veröffentlicht, unter meinem Namen. Da brannte aber der Baum, das kann ich dir sagen, die haben getobt, und vor allem im Verkehrsministerium. Naja, und dann, am Jahrestag der deutschen Einheit, stand ich neben Burschi, also dem Kultusminister, wir unterhalten uns ganz friedlich, da war so ein Empfang in der Stadthalle, jede Menge VIPs, und da baut sich plötzlich sein Kollege neben uns auf, der Verkehrsminister, Typ Parkplatzwächter, der kaum wusste, wie er seinen Champagner festhalten soll, stocksauer, wie er mich sieht, und der donnert sofort unflätig gegen mich los, wenn ich schon nur Scheiße im Kopf hätte, müsste ich das ja nicht auch noch veröffentlichen, und ich sage, ich weiß gar nicht, was er meint, und dann brüllt er mich an: ›Sie sind das größte Schwein, das ich je in meinem Leben gesehen habe! So was von unfähig! So einer wie Sie gehört doch eingesperrt! Sie werden noch von mir hören, das wird Ihnen noch bitter leid tun, verlassen Sie sich darauf!‹

Und da hat der Burschi sich echt gut verhalten. Da hat er, vor seinem Ministerkollegen, zu mir gesagt: Diethelm, hat er zu mir gesagt, nein, der nennt mich ja immer Dieti, Dieti, hat er gesagt, das musst du dir nicht bieten lassen. Wenn du einen Zeugen benötigst, ich stehe zur Verfügung. Und dann hat er mir den Arm um die Schulter gelegt und hat mich weggezogen. Also, auf den Burschi lasse ich echt nichts kommen.«

Schlaff sieht mich Bewunderung heischend an.

»Alle Achtung«, sage ich anerkennend, »und dann?«

»Ja Scheiße«, sagt Schlaff, »dann hat sich der Verkehrsminister über mich beim Vorstandsvorsitzenden beschwert, der Verlag hat mich gefeuert, und an der Loge haben sie ein Plakat aufgehängt mit meinem Steckbrief, damit die Pförtner mich erkennen und gleich wieder rauswerfen können, wenn ich nur meine Nase in den Eingang stecke.«

»Hat Burschi da nicht eingegriffen?«

»Wie denn? Nein, das ist einfach blöd gelaufen.«

Plötzlich steht der Anwalt neben uns. Auf handgenähten englischen Kroko-Schuhen, in anthrazitfarbenem Seidenzweireiher und blassrosa Maßhemd, dekoriert mit einer Krawatte, die auf bordeauxrotem Fond zahlreiche etwas zu goldene Löwenköpfe zeigt. Exquisite Andengletscher-Ganzkörperbräune. Man könnte auch sagen, er sieht aus wie eine über offenem Feuer geräucherte Makrele – goldbraun. Smart gestählte 50 Jahre, perfekte Jacketkronen, kein graues im lockigen Haar.

Etwa 1,75 Meter kurz, federnd, weil kein Gramm Übergewicht. Starker Bartschatten, teurer Duft. Hellwache, sehr dunkle Augen, leicht geschlitzt, ohne jeden Ausdruck, die dieses Mal Gott sei Dank keinen Kontakt zu mir aufnehmen. Scharfkantiger Nasenrücken und ein schmaler Mund, dessen Lippen sich immer leicht zu amüsieren scheinen. Gesamteindruck: charmant wie eine Sense und von gusseiserner Unerbittlichkeit. Ein Mann, der das Klischee von seinesgleichen ohne Fehl und Tadel bedient.

Wenn er überhaupt Kondome benutzt, denke ich, dann sind sie maßgeschneidert und aus veilchenblauer Seide.

»Gut gemacht«, sagt der Anwalt zu Diethelm Schlaff, »den marinierten Lachs kann man wirklich empfehlen.«

Schlaff strahlt. »Oh danke, dankeschön«, stottert er.

Der Anwalt gibt Schlaff einen leichten Klaps auf die Schulter, und mich übersieht er. Geht nur an mir vorbei und öffnet mit einem Schlüssel eine Tür, hinter der er verschwindet. Die Tür besitzt keine Klinke, nur einen schweren Bronzeklopfer. Irgendwann im Verlauf des Abends werden wir hinter dieser Tür allein sein, mein Freund. Und wenig später werde ich durch diese Tür wieder herauskommen und du nicht. Jedenfalls nicht aus eigener Kraft.

Habe ich mich verhört? Hat Schlaff da eben »Arschloch« in sich hineingemurmelt? Als ob nichts wäre, räumt er einige leergegessene Teller auf die Ablage. Schlaff steht mit dem Rücken zu mir und signalisiert, dass er keine Lust mehr hat, sich mit mir zu unterhalten.

»Meinst du mich?«

Schlaff dreht sich zu mir um: »Was?« Er ist rot angelaufen. »Ich hab nichts gesagt«, lügt er. Es wird nicht seine Schuld sein, wenn der Anwalt in einigen Stunden tot ist. Aber es wird eine Freude sein, sie ihm zu geben.

Außer mir hat niemand etwas mitbekommen. Die Gäste sitzen oder stehen in kleinen Gruppen zusammen, knabbern und süffeln, gelegentlich hört man ein joviales Lachen oder ein anzügliches Kichern, und immer wieder bilden sich neue Gesprächsrunden. Man kennt und hofiert sich. Die Lautstärke der Musik, Teenagerpop der 60er-Jahre, ist unaufdringlich. Von Schlaff und mir nimmt niemand Notiz.

Ich bin mir ganz sicher: Er hat »Arschloch« gesagt. Aber er meinte nicht mich. Er meinte den Anwalt. Schlaff hat gute Gründe für einen Mord, Schlaff hegt bestimmt Rachegelüste. So, wie ihn der Anwalt zusammengefaltet hat, ist Schlaff durchaus zuzutrauen, dass er ihn umbringt. Jeder wird verstehen, wenn Schlaff durchdreht. Er hat ein Motiv, und das birgt sogar jede Menge mildernde Umstände in sich, zumal er psychisch doch recht labil ist. Schlaff wird morgen früh an der Spitze aller Verdächtigen stehen.

Nach dem Crash bei der Auto-Zeitschrift verschafften ihm seine Brüder einen Job bei einem Chemiekonzern, wo sie selbst als leitende Manager tätig waren. Aber Schlaff, dem die Arbeit grob missfiel und der sich unbeirrt für einen Journalisten hielt, mochte das Recherchieren nicht lassen: Er begab sich auf die Suche nach dunklen Flecken auf den Westen seiner Vorgesetzten, kroch durch irgendwelche Archive, und natürlich wurde er fündig: Lauter Peanuts aus dem Bereich des wirtschaftspolitischen Filzes, nicht mal würdig eines Kantinentratsches, brachte er ans Tageslicht. Aber Schlaff, der Held, verfertigte Handzettel, auf denen er über die Herren herzog, und die verteilte er dann im Betrieb. Das war das Ende der brüderlichen Liebe und seiner Chemielaufbahn.

Zurück in der Landeshauptstadt widmete sich Schlaff verstärkt dem Altbier. Und dabei macht man Bekanntschaften. Er lernte einen Journalisten kennen, der ihn sofort wie seinesgleichen behandelte. Das war ja nun eine ganz neue Erfahrung für Schlaff, da konnte er nicht widerstehen und plauderte aus, was er über die Liebstöckelgasse wusste.

Alles, was er schon mir erzählt hatte, und noch ein bisschen mehr, fand in dem Kollegen einen dankbaren Abnehmer. Schlaff konnte seine Angaben zwar nicht alle eindeutig belegen, aber sie reichten doch immerhin aus, um diesen Journalisten kräftig zu munitionieren. Und weil der für eine überregionale Zeitung schrieb, hatte er natürlich nichts besseres zu tun, als in seinem Zeitungsartikel nicht nur Lukassy, sondern sogar den Anwalt böse anzuschießen.

Am Tag nach der Veröffentlichung rief mich mein Kripokollege Kowalczyk an und sagte, uns sei doch vor einiger Zeit bei dieser Mädchenhandelsnummer mal ein Schreiber so sauer aufgestoßen, und ob ich noch wüsste, wie der hieß, und wo der wohnte.

»Klar«, sagte ich, »der hieß Schlaff«, und ich gab ihm die Adresse.

»Gibt's irgendwelche Probleme mit dem?«, fragte ich, und er antwortete:

»Nicht direkt, ich muss da nur was ermitteln. Danke, Kollege, für die Hilfe. Ich werde mich revanchieren.«

Wir von der Drogenfahndung werden gelegentlich auch bei Einbruchsdelikten zugezogen, wenn der Verdacht besteht, dass es sich bei den Tätern möglicherweise um Junkies handeln könnte. Und so fand ich mich in der Nacht nach Kowalczyks Anruf auf Anforderung des Einbruchdezernats in einer Wohnung im zehnten Stockwerk eines Hochhauses wieder: Schlaffs Behausung.

Er schien sich zu freuen, als er mich sah, und er erklärte, bleich und nach saurem Altbier stinkend, man habe bei ihm eingebrochen. Nein, er habe niemanden in Verdacht. Spuren gab es keine, die Tür hatte wohl ein Fachmann geöffnet. Die Wohnung war durchsucht worden, ohne Zweifel, aber alles, was einen gewissen Wert darstellte – Bargeld, einige Schmuckstücke, Hightechgeräte – lag oder stand an seinem Platz. Schlaff vermisste lediglich einen Aktenordner mit Aufzeichnungen, irgendwelche Zettel, wohl so eine Art Tagebuch, »brisantes Material«, wie er sagte. Ich konnte ihm da wirklich nicht weiterhelfen, das war nicht mein Fach, Junkies klauen immer nur Dinge, die sich leicht und gleich weiterverscherbeln lassen.

Schlaff ging mir auf die Nerven, aber ich war alarmiert: Das nachmittägliche Telefonat kreiste mir im Kopf. Am nächsten Tag ging ich in Kowalczyks Büro. Wir waren allein. Er bot mir einen spanischen Brandy an. »Und?«, fragte er.

»Ich war heute Nacht bei Schlaff«, sagte ich.

»Interessant. Fehlt ihm was?«

»Ja, irgendwelche Aufzeichnungen. Hast du die abgeholt?«

Er zutzelte in seinen Zähnen, wortlos, öffnete dann seine Schreibtischschublade und gab mir einen Briefumschlag.

»Vergiss es«, sagte er.

Ich fühlte mich überfahren und drehte den Briefumschlag ratlos zwischen meinen Fingern.

»Für deine Kooperationsbereitschaft«, sagte er, »guck mal rein.«

Es waren fünf saftige Tausender. »Für dich! Steck ein!«

Ich tat's. Ich habe mich sogar bedankt! Und dann habe ich Trottel mich doch tatsächlich sagen hören: »Es geht mich zwar nichts an, und entschuldige bitte meine Neugier, aber was ist mit diesen Aufzeichnungen? Wo sind die jetzt?«

»Im Safe.«

»Von wem?«

Kowalczyk antworte nicht, sondern streckte mir die Hand zum Abschied hin: »Mach's gut, Kollege. Ach ja, und ich soll dir einen schönen Gruß bestellen vom Anwalt.«

Ich wende mich zur Tür. »Ich sehe schon den Tag kommen, da verfolgt die Polizei die Täter bloß noch, wenn die Opfer dafür zahlen …«, murmele ich und Kowalczyk antwortet gut gelaunt: »Die Älteren nennen es Klüngel, Filz und Korruption, die Jüngeren sprechen von Netzwerk – aber in Wirklichkeit ist es Freundschaft.« Draußen war ich.

Der Anwalt hatte also Polizisten zu Einbrechern umfunktioniert, um ein paar Zettel zu klauen, auf denen möglicherweise einige ihn diskriminierende Sätze notiert waren. Und was mich betrifft: Es war eine gezielte Aktion gewesen.

Irgendjemand hatte irgendjemand weitererzählt, dass ich wohl ziemlich klamm sei, weil ich mich beim Bau unseres Hauses verkalkuliert hatte und dringend Geld brauchte, und irgendjemand wollte unbedingt eine weitere Fachkraft im gehobenen Dienst des Polizeipräsidiums akquirieren.

Ich hatte keinen Widerstand geleistet. Und weil mir Schlaff nicht gerade am Herzen lag, verspürte ich nicht mal den Anflug eines schlechten Gewissens. Ich machte keine Meldung, ich erstattete keine Anzeige. Ich hielt mein Maul und habe mich widerstandslos kaufen lassen.

Ich bin völlig ausgelutscht um den Block geschlichen, und mir ist immer wieder durch den Kopf gegangen, dass ich den falschen Beruf hatte: Polizist – das ist überhaupt kein Beruf, das ist eine Seuche. Denn wer wird Polizist? Vor allem Menschen, die ängstlich, deprimiert und unterwürfig sind. Die sich hinter Uniformen verstecken. Die ohne autoritäre Hierarchie, von der sie sich die Gesetze ihres Handelns vorschreiben lassen, gar nicht leben können. Marionetten.

Erst nach einem längeren Spaziergang bekam ich mich wieder in den Griff und hörte auf mit der Selbstzerfleischung. »Ein gewöhnlicher Mann hat Probleme«, sagte ich mir, »der Polizist kennt nur Herausforderungen.« Und: »Kein Geld zu haben, kann ich mir nicht leisten, dafür muss man reich sein.«

Ein paar poplige Scheine hatten mich ins Netz gelockt. Und das ist jetzt – wie lange ist das jetzt her? Bestimmt 15 Jahre. Ja, etwa 15 Jahre, das kann hinkommen. 15 Jahre Doppelverdiener. Als ich damals, wenige Wochen nach Entgegennahme jenes Briefumschlages, vom Kommissar zum Oberkommissar befördert worden bin, habe ich das als angemessene Anerkennung meiner Tüchtigkeit empfunden.

Schlaff steht trübsinnig neben mir und stiert dem Gesäß einer blondierten indonesischen Importschönheit hinterher. Seit dem ominösen Einbruch hatten wir uns zwar einige Male flüchtig getroffen, aber nie wieder ausführlich unterhalten. Ein Erfahrungsaustausch mit diesem schwadronierenden Bauernfrühstück war mir immer nicht nur zu blöd, sondern auch einfach zu riskant.

Und er hat nie den Mut aufgebracht, von mir wissen zu wollen, wie ich denn in diese Kreise geraten sei, und er hat mich auch nie auf den Einbruch und eventuelle Emittlungsergebnisse angesprochen – ich nehme aber an, er ahnt, wer dahintersteckt und in wessen Safe seine Aufzeichnungen gelandet sind. Beweisen kann er natürlich nichts. Ich denke, Schlaff sollte sich bei der nächsten Schiffstaufe als Flasche zur Verfügung stellen.

Ich ging dann zum Prozess, den der Anwalt und Lukassy gegen den verwegenen Journalisten angestrengt hatten, der so wagemutig war, auf Grund von Schlaffs Erzählungen im Justiz-Presse-Filz und dem Beziehungsgeflecht der Liebstöckelgasse herumzustochern. Schlaff, als Zeuge der Verteidigung geladen, sollte den Angeklagten entlasten und Wahrheitsgehalt jenes Zeitungsartikels bezeugen.

Gerechterweise muss man zugeben, dass Schlaff versuchte, tapfer zu dem zu stehen, was er ausgeplaudert hatte. Aber das hätte er besser nicht tun sollen, denn nun regnete es ihm kräftig in die Bude. Der Anwalt selbst hatte einen Schriftsatz verfasst, der die Glaubwürdigkeit des Zeugen Schlaff bis ins Mark erschütterte. Darin hieß es, dass er von Zeit zu Zeit einen ungepflegten und befremdlichen Eindruck mache, so als sei er geistig nicht voll da oder krank, was der Gerichtsmediziner Bender bezeugen könne, der ja schließlich nebenher auch noch Facharzt für Neurologie und Psychiatrie sei. Wörtlich trug der Anwalt vor, dass Schlaff diesem Facharzt durch seinen irren Blick aufgefallen sei und den Eindruck einer mentalen Krankheit erweckt habe. Seine Stellung in dem namhaften Chemieunternehmen, so fuhr er fort, habe er verloren, weil er weibliche Azubis dadurch sexuell belästigte, dass er ihnen mit dem Bleistift ins Gesäß stach. Und schließlich erteilte er auch seinem allzu innigen Verhältnis zum Alkohol eine scharfe Rüge.

Damit war Schlaff in der Landeshauptstadt gesellschaftlich liquidiert. Auch seine feine Familie distanzierte sich von ihm und betrieb sogar seine Einweisung in eine psychiatrische Anstalt, mit der Begründung, er habe während der großen Pause auf einen Schulhof gepinkelt, wodurch einige zuschauende Kinder einen irreparablen seelischen Schaden genommen hätten. Daraufhin war Schlaff so fertig mit der Welt, dass er sich freiwillig für einige Zeit in die Psychiatrie begeben hat.

Irgendwann ist er dann auch mal wieder nach Hause gekommen. Ich stelle mir vor, wie er, sich auf der alleebreiten Zufahrt nähernd, schon von Weitem seine Mutter in ihrer großen Villa am Stadtrand in einem Erker sitzend sah, wie immer sehr besorgt um den schlechten Allgemeinzustand der Welt und ihr unermüdliches Engagement in der Ökoszene beschwörend.

»Ach, du bist's«, hat sie wahrscheinlich gesagt, als er das Zimmer betrat, und dann ist Schlaff in die Küche gegangen, hat sich eine Schürze umgebunden und erst mal was Leckeres für sich und seine Mutti gebrutzelt.

Ja, äußerlich betrachtet hat sich Schlaff wieder bekrabbelt. Ist wieder aufgenommen im Kreise seiner Familie, wird sogar vom Anwalt zur Einweihungsparty der neuen Kanzleiräume geladen und persönlich angesprochen und belobigt. Schlaff darf seine Kochkünste wieder in den Dienst der Gesellschaft stellen. Aber weiß man, was aus jener Zeit an ihm hängengeblieben ist? Kennt jemand wirklich die Abgründe seiner Seele? Wer jungen Mädchen Bleistifte in den Hintern piekt, hat sicher auch keine Hemmungen, einem Mann hinterrücks ein Messer zwischen die Rippen zu stechen. Diesem öffentlich pissenden Psychopathen Schlaff war doch eigentlich schon immer alles zuzutrauen. Und wenn er heute der Einladung gefolgt ist und alles bedient, was man von ihm erwartet: Muss man nicht von raffinierter Verstellung ausgehen? Doch, die Untersuchungsbehörden werden wohl Vorsatz unterstellen. Ich werfe einen Teelöffel voll Kaviar ein und seh ihn an.

Dieti Schlaffi starrt ausdruckslos auf die Tür mit dem Bronzeklopfer.

Ich lasse mich in einen Sessel fallen und strecke die Beine von mir.

3. Schnubbel

Herr Jochen Vanmijsen, das Ekel, stolziert dicht an mir vorbei, schon gut betankt und augenscheinlich auf der Suche nach einer Sexualpartnerin. Der einst so renommierte und mittlerweile ins Zwielicht geratene Herr Staatsanwalt steht auf derselben Lohnliste wie ich – nur ein Stückchen weiter oben. Er ist ein vierschrötiger, ständig lärmender, zotiger Vierkantschädel, durchsetzungsfähig wie eine Diesellokomotive. Ich bin ganz sicher: Wo andere Leute einen Charakter haben, da hat Vanmijsen eine Knautschzone. Als das mit der Liebstöckelgasse ablief, war er zuständig für das Dezernat Organisierte Kriminalität. Das ist ungefähr so, als wenn man den Kakerlaken die Zuständigkeit für die Hygiene in der Küche überträgt. Ich habe schon gegen Zaunpfähle gepinkelt, die waren intelligenter als der.

Ohne Zweifel teilte Vanmijsen damals die Meinung des Anwalts, dass für die Übernahme der Bordelle ein deftiger Polizeizugriff in Verbindung mit Lukassys spektakulärer Presseveröffentlichung sehr hilfreich sein könne – sowohl für das Ansehen der Polizei, wie auch für die wirtschaftliche Expansion des Anwalts. Und so ging dann, nur wenige Tage, nachdem ich mit Schlaff so erhellend im »Üriger« geplaudert hatte, die konzertierte Aktion über die Bühne.

Ich selbst war mit dem Einsatz nicht befasst, ich hatte Grippe und feierte einige Tage krank. Aber ich weiß noch, was ich dachte, als ich davon hörte: Gott sei Dank tritt bei solchen Veranstaltungen auch hin und wieder mal die Peinlichkeit persönlich auf. Hauptdarsteller Vanmijsen jedoch übersah zunächst hochmütig, wie sie sich breitmachte, als er antrat zur Abstrafung des Horst Lehmann. Der war Bordellwirtschafter in der Liebstöckelgasse. Und dieser kräftige Mensch mit seinem blonden Stoppelhaar, bis dato unbescholten und in diesem Haus der Sünde nur aushilfsweise beschäftigt, war an jenem schönen Morgen um sechs Uhr gerade dabei, leere Flaschen und volle Aschenbecher abzuräumen, als die Nacht noch eine Überraschung für ihn parat hatte: Es klingelte, eines der elf Liebesmädchen ging zur Tür und öffnete, und herein stürmten keine geilen Freier, sondern zwei Dutzend vermummte Männer mit schweren Waffen und brüllten: »Hände hoch, alles hinlegen!«

Horst Lehmann wurde zu Boden gestoßen und mit einem Nylonriemen gefesselt. Am Hinterkopf spürte er den kalten Lauf einer Maschinenpistole. Er dachte natürlich, dass es sich um einen Überfall handelte und rief:

»Nehmt die Kohle und lasst mich in Ruhe.«

Doch die Herren wollten weder Geld noch Liebe, jedenfalls nicht zu diesem Zeitpunkt und nicht an diesem Ort. Die Herren waren von der Polizei. Sie suchten, wie sie sagten, nach einem Zuhälterring, nach Indizien für eine Entführung, nach Drogen und Waffen.

Während meine tüchtigen Kollegen unter Anleitung von Jochen Vanmijsen das Haus vom Keller bis zum Boden durchkämmten, zupften drei der Gäste an der Bar Kameras aus ihren Taschen und entfachten ein Blitzlichtfeuerwerk. Sie blitzten alles, was sich bewegte – auch den Bordellwirtschafter Horst Lehmann. Der stutzte: Er wusste ja nicht, dass das Lukassys fotografierende Illustrierten-Söldner waren. Er fragte, was die Lichtbildnerei denn solle, und er wurde vom Herrn des Verfahrens, Staatsanwalt Jochen Vanmijsen, beschwichtigt: »Das sind Kollegen von der Kripo. Die müssen den Einsatz dokumentieren.«

Horst Lehmann wurde abgeführt, auf die Straße, Richtung Grüne Minna, und schon wieder richtete sich ein Kameraobjektiv auf ihn. Dem Polizisten, der ihn begleitete, gefiel das gar nicht, und flugs verbarg er sein Gesicht. Woraufhin sich Horst Lehmann natürlich wunderte: »Haben Sie etwa Angst vor den eigenen Kollegen?«

Die Antwort auf diese Frage bekam der Bordellwirtschafter, der mit dem angeblichen Ermittlungsfall rein gar nichts zu tun hatte, kurze Zeit später: Er fand sein Konterfei, die Augen verborgen hinter einem schwarzen Balken, großformatig wieder in einer Reportage des Journalisten Robert Lukassy: Darin wurde über den »Rundumschlag gegen die Zuhälter-Mafia im Revier« berichtet und Lehmann als deren »Mitglied« bezeichnet. Und atemlos tönte die Bildzeile: »Gefasst!«

Da musste auch dem eher schlichten Horst klar werden: Die Fotografen im Puff waren keine Kriminalbeamten gewesen, sondern Mitarbeiter der Illustrierten. Aber woher, so fragte er sich, woher wussten diese Fotografen von der streng geheim gehaltenen Razzia des Spezial-Einsatzkommandos? Wer hatte ihnen Ort und Stunde des Zugriffs gesteckt? Die Bordellanwälte, die auch Lehmann vertraten, vom großen Anwalt entsprechend instruiert, erstatteten Strafanzeige gegen Unbekannt wegen Geheimnisverrats und erwirkten dreitausend Euro Schadenersatz von der Illustrierten für seinen Mandanten. Doch damit konnten die für den Einsatz verantwortlichen Herren gut leben, und der Anwalt betrachtete das Strafmandat für Lukassy als nützliche Investition, die er aus der Hosentasche bezahlte.

In der Folgezeit bekam Horst Lehmann, alsbald wieder an alter Wirkungsstätte in der Liebstöckelgasse als Aushilfe tätig, reichlich Gelegenheit, persönlich bei Vanmijsen höflich nachzufragen, ob er denn schon was erfahren habe: Der Staatsanwalt besuchte nämlich – die Ermittlungen schienen das zu erfordern – mehrmals das Etablissement, immer nach 20 Uhr, immer in aufgeräumter Stimmung. Mal klopfte er in Begleitung einer Dame an, mal brachte er die Anwälte der Bordellbetreiber mit, mal kam er zusammen mit einer einschlägig bekannten Milieufigur. Im Blauen Salon ließ er sich wie ein alter Freund des Hauses mit Champagner bewirten, und dabei erlaubte er keinen Zweifel daran, dass er nur seinen Dienstpflichten nachging, indem er authentische Eindrücke für die bevorstehende Verhandlung gegen die Bordellwirte sammelte.

Horst Lehmann, der die Organe der Rechtspflege bediente, fragte eines Abends, die kumpelhafte Atmosphäre ausnutzend, ob Vanmijsen denn wisse, auf welchen Wegen sein angeblich von Kriminalbeamten geknipstes Foto in die Illustrierte geraten sei. Da hat sich der Herr Staatsanwalt Vanmijsen halb tot gelacht und prustend vor Vergnügen geantwortet, der Herr Lehmann möge ihn doch freundlicherweise informieren, wenn er in dieser Angelegenheit etwas erführe.

Klar, dass dieses muntere Treiben nicht verborgen blieb. Jeder Polizist der Landeshauptstadt hatte irgendwie davon gehört, in der Kantine des Polizeipräsidiums wurde darüber getuschelt, in den Büros und auf Streife tauschte man die neuesten Informationen aus, und der Klatsch blühte. Konsequenzen gab es nicht. Die einfachen Beamten, stets bemüht, trotz Einhaltung der Dienstvorschriften einigermaßen über die Runden zu kommen, waren so sauer wie hilflos, und der Frust waberte in den Fluren. Die meistbenutzte Floskel jener Tage war: »Das ist doch mal wieder typisch.«

Zur zusätzlichen Absicherung meiner Erkenntnisse in dieser Zeit hat mir eine appetitliche Nutte aus der Liebstöckelgasse

Monate später zugeflüstert, dass sie die vertrauliche Aufgabe habe, einen Staatsanwalt regelmäßig mit Geldzuwendungen des Anwalts zu bedenken. Den Namen nannte sie mir leider nicht, und ich bin nicht der Typ, der Geheimnisse aus einer Frau herausprügelt.

Vanmijsen & Lukassy, beide vom Anwalt an straffer Leine geführt, das war schon ein sauberes Gespann. Wie Polizeispitzel aus dem Untergrund der Landeshauptstadt meldeten, gingen die beiden sogar gemeinsam auf Recherchetour.

Lukassy hatte sich an den Betreiber des Nachbarbordells in der Liebstöckelgasse, den ganz solide wirkenden blonden Hünen Mecky Jepsen, der dem Anwalt ebenso im Wege war, weil er auch dessen Puff übernehmen wollte, gewandt und ihn mit Fragen bombardiert. Er bezog sich dabei auf ein Papier, das der offizielle Anlass für die Razzia bei dem armen Lehmann gewesen war und als »Ermittlungsverfahren Zuhälter-Mafia« bezeichnet wurde. Es handelte sich dabei um die Aussagen einer Prostituierten. Der Anwalt selbst hatte dieses Papier, das schwerste Anschuldigungen enthielt, bei der Dame in Auftrag gegeben, und es dann über Vanmijsen den Ermittlungsbehörden zugespielt. Dort wurde es zwar einerseits wie ein Staatsgeheimnis gehütet, hatte aber andererseits in kopierter Form selbstverständlich Lukassys Schreibtisch erreicht.

Lukassy machte nun, zwecks Klärung einiger Details, wie er sagte, einen Termin mit Bordellier Jepsen und dessen Finanzberater in der Kneipe »Bar jeder Freude« an der Stromallee. Wenige Tage nach dem Großeinsatz der Polizei war's, als die Herren dort zusammentrafen. Und dazu brachte Lukassy nicht nur das geheime Papier mit, sondern, leibhaftig, den Staatsanwalt Vanmijsen, den er auch als solchen vorstellte. Man sprach gut gelaunt über dieses und jenes, hauptsächlich aber darüber, wie unmoralisch und vor allem wie ungesund doch der Beruf des Puffbetreibers sein könne und wie viel sich verdienen ließe, wenn man nur rechtzeitig an einen Verkauf dächte und sich in den einstweiligen Ruhestand begäbe.

Herr Jepsen und sein Berater, so gaben sie später gegenüber Polizeiermittlern zu Protokoll, waren »erstaunt«. Und das konnten sie auch sein, denn eine solche Kontaktaufnahme zwischen Milieu und Staatsanwaltschaft entsprach ja nicht gerade der gewohnten Norm. Der Umgang miteinander sei höflich gewesen, meinten sie, aber sie hätten auch deutlich gemacht, dass sie nicht gewillt seien, der Argumentationslinie des Herrn Staatsanwalts zu folgen.

Also startete kurz nach diesem Zusammentreffen Lukassy erneut eine große Enthüllungsstory in seinem Blatt: Ein Schauermärchen über die Usancen im Rotlichtmilieu, über die Drangsal einer Prostituierten (»In acht Wochen bekam ich nur zwei Tage frei«) und über Freier, die es sich »für 400 Euro (inkl. einer Flasche Sekt) auf einem gefederten Bergschlitten« wohl sein ließen. Kurz, es handelte sich im Wesentlichen um jenes angeblich geheime Ermittlungspapier aus dem Schatzkästlein des Anwalts.

Und für Mecky Jepsen gab's ein besonderes Bonbon: Er wurde von einer Sonderkommission der Polizei festgenommen. Er sei der Chef einer Bande, die Kaufhausfilialen überfallen habe, ließ Vanmijsen dazu verbreiten. Als Zeugen dafür bot er einen kriminellen und mehrfach vorbestraften Polizeispitzel namens Thier auf, den alle Polizeidienststellen des Landes als absolut unglaubwürdigen Spinner und Märchenerzähler bezeichneten. Vanmijsen aber hielt wider jede Vernunft an diesem Typen fest, ehrgeizig wollte er mit allen Mitteln eine Verurteilung Jepsens erzwingen. Den kostete es viel Zeit, Geschick und Geld, um Vanmijsens Vorwürfe zu entkräften und seinen Kopf wieder aus der Schlinge ziehen zu können.

Die Hauptverhandlung wurde schließlich zur Blamage für den Staatsanwalt: Es war überhaupt keine Rede mehr von »Zuhälter-Mafia« und organisierter Großkriminalität, sondern es ergab sich lediglich das Bild einer albernen Provinz-Posse um einen Konkurrenzkampf im Bordellgewerbe.

»Niemand musste hinter Gitter«, berichtete ein Lokalblatt locker, »der Haftbefehl wurde außer Vollzug gesetzt.«

Kurze Zeit später allerdings wurde Herrn Jepsens gutgehender Puff von einer anderen Londoner Briefkastenfirma gekauft, und auch die gehörte dem Anwalt.

Was Horst Lehmanns Strafanzeige gegen Unbekannt wegen Geheimnisverrat angeht, da wurden die Ermittlungen eingestellt, »weil der Täter unbekannt war«, wie der Presse-Staatsanwalt den Journalisten mitteilte.

Horst Lehmanns Anwalt Harald Schaf behauptete im Brustton der Überzeugung: »Da sind unheimlich viele Leute befragt worden. Aber da kann es so viele undichte Stellen geben, dass es wohl unmöglich ist, einen Täter auszumachen. Das kann sogar eine Telefonistin durchgesteckt haben.«

Ja, es ist schön, wenn man Freunde hat. Und Rechtsanwalt Schaf ist ein guter Freund von Staatsanwalt Vanmijsen.

Doch, es war schon außerordentlich peinlich, was Vanmijsen in – und außerhalb seiner Dienstzeit ablieferte. Und er tat alles, um die Peinlichkeit seines Wirkens und Schaffens mittels großkarierter Flanellhemden, schwarzer Lederjacken und eines besonders präpotenten Auftretens noch zu unterstreichen.

Nein, es lohnt wirklich nicht, über Vanmijsen allzu lange nachzudenken. Jetzt steht er neben einem türkisfarbenen Ledersofa, hat seine linke Hand im Rückendekolletee von Lukassys Frau vergraben und versucht, durch groteskes Schütteln der Beine seine Hose von den Oberschenkeln zu lösen: Offenbar ist da was verklebt, weil er sich mit Champagner bekleckert hat, der Tölpel. Aber ich sagte ja schon – eine durch und durch misslungene Erscheinung, dieser Staatsanwalt. Und wenn ich mir diesen Repräsentanten des deutschen Gemeinwesens so betrachte, kann ich nur feststellen: Treue und Opferwilligkeit gegenüber einem Staat sind grundsätzlich und immer falsch. Ich höre Lukassy wiehern. Vielleicht hat irgendjemand einen Witz auf seinem Niveau zustande gebracht. Ich spüre, dass mir ein Fuß eingeschlafen ist. Der hat's gut.

Für Horst Lehmann allerdings, den Aushilfswirtschafter aus dem Edel-Bordell, gingen die Unannehmlichkeiten weiter. Ausgerechnet am Nikolaustag wurde ihm noch eine Bescherung bereitet. Da berichtete die Illustrierte unter dem Titel »Der Fahnder« aus dem Alltag eines verdeckten Ermittlers, der erst bei einem politischen Attentat eingesetzt war, sich dann in die Hausbesetzer-Szene einschleusen ließ und schließlich auch noch half, schießwütige Geiselgangster zu überwältigen. Als Supermann aus dem Untergrund wurde Lehmann präsentiert, und zwar mit Hilfe derselben Fotos, die ihn als gemeingefährlichen Verbrecher beim Großeinsatz in der Liebstöckelgasse gezeigt hatten. Diesmal wusste das Blatt zu berichten: »Horst Lehmann schlüpfte in die Rolle eines Zuhälters, eine ganze Bande flog später auf.«

Lehmann nutzte die Möglichkeit, erneut Schadenersatz anzumelden. Da hatten Lukassys Chefs die Schnauze voll von den Peinlichkeiten, die ihnen ihr Starreporter bereitete, und sie feuerten Lukassy hochkant. So ein guter Mann, mit so guten Kontakten zu Polizei und Justiz, so ein wichtiger Brückenkopf für den Anwalt – und nun alles im Eimer? Nein, keineswegs: Lukassy zog durch die Vermittlung des Anwalts nach Berlin, wo er eine Anstellung als Chefreporter in dem vom Konkurrenz-Konzern betriebenen Boulevardblatt »Mega« fand, das sich auf die Suche nach dem Tiefpunkt in der Entwicklung der

Printmedien begeben hatte und dabei schöne Erfolge einfahren konnte.

Ich stehe auf, belaste den Fuß, um dieses taube Gefühl wieder loszuwerden, gieße mir ein Bier ein, schaue mich um. Ah, Schnubbel!

Schnubbel hat die Fenstervorhänge ein wenig aufgezogen und schaut hinunter auf die Straße. Er ist sowas wie ein Freund, ich habe vor ihm eigentlich nie Geheimnisse gehabt, bin aber nicht sicher, ob er nicht doch welche vor mir hat. Schnubbel trinkt Mineralwasser, weil er sich mal wieder mit Recht zu fett findet. Dass er über einen Kopf kleiner ist als seine Frau, das hat ihm noch nie was ausgemacht: Schnubbels Frau backt den besten Pflaumenkuchen westlich des Kaukasus. Der ist aber sicherlich weder für Schnubbels Glatze noch für seine Halslosigkeit verantwortlich zu machen. Schnubbels Kugelkopf ruht in seinen Schultern wie in einem Eierbecher. Er ist mein Jahrgang und arbeitet irgendwo im Süden vom Osten als Staatsanwalt, möglichst weit weg von Berlin. »In Dunkeldeutschland«, sagt Schnubbel immer. Ich bin ein bisschen erstaunt, dass er heute Abend hier ist.

Schnubbel und ich harmonierten eine Zeit lang wirklich wie Ying & Yang miteinander, aber leider ist der Kontakt zwischen uns abgerissen. Neben Schnubbel steht Adam Kirchberg: Der war Schnubbels Juniorpartner in einer Anwaltspraxis, die sie mal gemeinsam betrieben haben, irgendwo weiter draußen, am Stadtrand der Landeshauptstadt. Über Adam hat Schnubbel immer einen guten Draht zum Ministerpräsidenten gehabt: Adams Papa saß als Regierungsbeamter im sogenannten Büro MP, einem intimen vierköpfigen Zirkel, der den Ministerpräsidenten persönlich berät, wenn der das für geboten hält. Adam, Mitte 30, schätze ich, hochaufgeschossen und immer in feinstes Tuch gehüllt, gilt als exzellenter Jurist. Er ist mit Schnubbel vor einiger Zeit gen Osten gezogen und arbeitet dort ebenfalls in der Staatsanwaltschaft. Adam kenne ich nur flüchtig. Ich kann ihn schwer einschätzen. Vermutlich ist er eine Randfigur und als potentieller Mörder nur zweite Wahl.

Ich nicke Schlaff kurz zu, gehe rüber zu Schnubbel.

»Na«, sage ich, »mit dir habe ich hier eigentlich nicht gerechnet. Wie geht's?«

Wir schütteln uns die Hände.

»Naja«, sagt Schnubbel, »manchmal hat man eben so Verpflichtungen, da kann man einfach nicht absagen«, und Kirchberg ergänzt ironisch: »Das kennen Sie doch auch, oder?«

Wir machen belanglose Konversation, bis sich Kirchberg verdrückt, weil's ihm mit den beiden älteren Herren zu fade wird.

Schnubbel sieht mich an und sagt: »Was ich dich fragen wollte: Wie geht's eigentlich Krumm? Ist er auch hier?«

»Ich habe ihn nicht gesehen. Ich glaube auch nicht, dass er kommt.«

Ich gebe zu, in der Frage Krumm bin ich gespalten. Ich würde ihn wirklich nur sehr ungern treffen. Nicht, dass ich ein schlechtes Gewissen ihm gegenüber habe, nein, das wirklich nicht, im Grunde habe ich nur meine Pflicht getan, aber wenn der mich so ansieht aus seinen melancholischen Augen voller Vorwurf, da würde ich mich schon ein wenig unwohl fühlen. Auf der anderen Seite – wenn Krumm wirklich käme, hätte ich einen heißen Kandidaten mehr. Krumm wäre ein prächtiger Mörder mit hochgradig überzeugendem Motiv. Doch die Chance, dass Krumm heute Abend hier auftaucht, ist nicht groß. Krumm hasst den Anwalt, und mich mag er auch nicht.

»Er nimmt dir seine Verhaftung immer noch übel, was?«, fragt Schnubbel.

»Täte ich an seiner Stelle auch«, antworte ich.

Wir stehen nebeneinander am Fenster und schauen hinaus. Es regnet. Die Leuchtreklamen spiegeln sich im Asphalt. Aus einem der großen Kinos kommen die Zuschauer heraus, sie spannen die Schirme auf. Autos rangieren aus Parklücken und reihen sich in die Schlange ein. Grotesk die Leute, die sich, den Taxen winkend, am Straßenrand postiert haben und bei jedem vorbeifahrenden Auto hochspringen, um ihre Beinkleider vor den aufspritzenden Pfützen zu schützen. Noch knapp zwei Stunden bis Mitternacht. Und dann beginnt der letzte Tag im Leben des Anwalts.

Krumm ist ein wohlhabender Modeschöpfer, und außerdem verkauft er in seinen Boutiquen die Produkte einer Textilhandelskette. Schnubbel hatte Krumms Bekanntschaft gemacht, als er mal einen neuen Pullover brauchte.

»Was fandst du eigentlich an dem? Wieso hast du dich um ihn gekümmert? Eure Freundschaft habe ich nie verstanden«, sage ich.

»Weiß nicht«, antwortet Schnubbel, »vielleicht, weil er so spleenig ist. Ein Original. Warst du mal bei ihm, in seiner Wohnung?«

»Ja, sicher«, sage ich, »bei der Hausdurchsuchung.«

»Weißt du, dass er in seinem Wohnzimmer einen Zahnarztstuhl samt Zubehör aufgestellt hat?«

»Widerliches Möbel.«

»Ja, aber wenn du dich da drin ausstreckst, hast du einen wundervollen Blick auf die Altstadt.«

Das stimmt. »Der Mann ist ein notorischer Kokser«, sage ich scharf, ganz Greifer aus der Drogenfahndung, »vielleicht ist er auch noch pervers.«

Schnubbel sieht mich nachsichtig an: »Krumm sagt immer, er braucht das Zeug, um kreativ zu bleiben.«

Ich mag dieses Argument mit der angeblichen Kreativität nicht: »Er dealt. Er versorgt zum Beispiel die skandinavischen

Konsulate. Und niemand kann mir einreden, dass die besonders kreativ sein müssen.«

Schnubbel ist milde gestimmt, er will keinen Streit. »Als ich heiratete, war er mein Trauzeuge«, sagt er.

Ok, ich gebe auf. Schnubbel ist von der Minderwertigkeit Krumms nicht zu überzeugen.

Eines Tages war Krumm in seinem Laden zur Hauptgeschäftszeit mit allem Tamtam und Trara unter dem Verdacht des Rauschgifthandels festgenommen worden. Die Boulevardpresse, die sich gierig auf jeden halbwegs Prominenten stürzt, schlachtete ihn eine Woche lang mit Genuss.

Ich selbst leitete den Einsatz. Gegen das Blitzlichtgewitter der Pressefotografen, als ihm die Handschellen angelegt wurden, und gegen die aufdringlichen und unverschämten Fragen der Reporter unternahm ich nichts, ich hatte zwei Aufgaben: Ich sollte den Mann verhaften, und ich musste dafür sorgen, dass die Presseheinis ihren Job machen konnten.

Ich wusste, wer sie informiert und in Trab gesetzt hatte. Ich wusste auch, woher der Tipp gekommen war, der uns von der Drogenfahndung zu dieser Zeit an diesen Platz beordert hatte. Und ich wusste sogar, wer der Dealer war, der am Abend zuvor 20 Gramm Kokain in Krumms Wohnung abgeliefert hatte: es war ein Laufbursche des Anwalts. Und der lieferte auch die Information, wo Krumm seinen Stoff versteckte, sodass ich bei der folgenden Haussuchung nicht lange suchen musste – der Stoff war im Teddy auf Krumms Bett versteckt.

In meiner Jackentasche hatte ich ein kleines Formular mit Anschrift und Telefonnummer des bei Drogendelikten allein seligmachenden Anwalts, damit auch dieser Delinquent gar nicht erst auf die Idee kam, sich andernorts um juristischen Beistand zu bemühen. Dieses Formular würde ich dem völlig verschüchterten Krumm bei der Vernehmung präsentieren und ihm irgendwas Erbauliches dazu sagen, etwa »der haut euch alle raus« oder so.

Krumm zeterte, und ich erzählte ihm was von der Pflicht, die ich zu erfüllen habe. Als ich ihm dann beim Verhör in meinem Büro die Anwaltsvollmacht überreichte, beruhigte er sich und sagte, während er unterschrieb:

»Oh, da bin ich Ihnen aber sehr dankbar! Ja, das ist ja wohl ein ausgezeichneter Anwalt, von dem habe ich schon viel Gutes gehört. Er wohnt nur einige Häuser von mir entfernt, er ist gewissermaßen mein Nachbar.«

Krumm wurde also vom Anwalt vertreten.

»Wir pauken Sie da schon raus«, sagte der zu Krumm, »ich habe da so meine Beziehungen. Aber das kostet natürlich ein bisschen was.«

Der Modemann zahlte, wie er später überall herumerzählte, etwa 60 000,– Euro Schwarzgeld an den Anwalt. Für diese bescheidene Summe lief alles wie geschmiert. Er kam mit einer Geldstrafe davon, und was für ihn noch wichtiger war: Ein Prozess fand nicht statt, und es gab auch keine Schlagzeilen mehr oder sonstige bissige Bemerkungen in der Presse. Krumm war also erst vom Anwalt an Polizei und Presse verpfiffen und dann um eine größere Geldsumme erleichtert worden. Und ich als Hilfsheizer immer dabei. Ich denke nicht gerne daran zurück. Es ist mir unangenehm.

Andererseits halte ich das Geschrei um dieses Drogenthema für reichlich übertrieben. Wenn sich jemand einen Fuß abhackt, wird er dann polizeilich verfolgt? Nein. Wenn jemand Reiszwecken löffelweise frisst, wird er dann bestraft? Nein. Wenn jemand versucht, sich umzubringen, kommt er dann in den Knast? Nein. Warum denn dann, wenn er Rauschgift nimmt? Wo ist da die Logik? Als Sheriff hebst du die Arme und ergibst dich. Der Gesetzgeber soll doch erst mal nachweisen, dass Drogenkonsum laut Grundgesetz wirklich illegal ist. Kein Mensch da oben scheint sich die Frage zu stellen, ob es nicht vielleicht der staatliche Verfolgungsapparat ist, der sich außerhalb der Legalität bewegt.

Die ganze Drogendiskussion in unserer Gesellschaft ist so bigott – wenn einer wie ich darüber ins Grübeln kommt, kann er sich gleich aufhängen. Wenn ich nur bedenke, was für Jubelmeldungen in der Drogenfahndung Woche für Woche von der Polizei gestreut werden …

Ich weiß doch, wie ein großer Teil dieser Erfolge zustande kommt: Das ist nur zu oft ein geschlossener Kreislauf. Schon so manches Mal haben unsere eigenen Behörden den Stoff aus dem Ausland selbst importiert und auf dem heimischen Markt angeboten, um dann irgendwelche kleinen Straßendealer hochgehen zu lassen.

Oder sie schaffen undercover, wie man's hochtrabend nennt, das Zeug aus unserer Asservatenkammer direkt zum Bahnhof, verfolgen den Weg des Stoffes um zwei oder höchstens drei dunkle Straßenecken herum und schlagen dann erbarmungslos zu:

»Schon wieder ein Kilo reinstes Heroin im Marktwert von soundso viel hunderttausend Euro beschlagnahmt« kann man dann in der Zeitung lesen und »gefährlichste Drogenbande des Jahres verhaftet! Großer Erfolg der Polizei!«

Dass das gleiche Kilo schon mehrmals für angeberische Meldungen dieser Art herhalten musste, das steht nirgends geschrieben. Und schon gar nicht, wenn es wieder mal vorgekommen ist, dass die Herrschaften zwei Kilo auf den Markt geworfen haben, aber dann nur in der Lage waren, ein Kilo erneut zu beschlagnahmen, weil sie das zweite aus den Augen verloren hatten.

Aber was soll's, warum soll die kleine Drogenfahndung nicht mit ähnlichen Mitteln arbeiten wie der große Bundesnachrichtendienst, wenn es um den Transport von Plutonium in Linienflugzeugen geht? Presse und Volk wollen nur wissen, wer sind die Guten und wer die Bösen, und sie gieren nach Unterhaltung, und die entsteht aus dem Spannungsverhältnis von Bedrohung und erfolgreich angewendeten Schutzmaßnahmen. Ja, so kann man's sehen: Ich bin ein Kleindarsteller auf der Bühne des marktwirtschaftlichen Amüsierbetriebes.

»Eine üble Geschichte«, sagt Schnubbel, als könne er Gedanken lesen. »Ich bin heilfroh, dass ich den Absprung gefunden habe. Du steckst immer noch mitten drin? Kannst du nicht oder willst du nicht raus?«

»Keine Chance«, antworte ich. »Meine Alternative lautet, entweder so weitermachen wie bisher, oder in einer Kaufhauspassage Fleckenwasser und Gurkenhobel anpreisen. Vielleicht noch Triangel spielen.«

»Du hast mich ja damals erst auf den Trichter gebracht, was hier abläuft«, erinnert er sich, »dafür bin ich dir heute noch dankbar.«

Ich seh ihn an. Schnubbel wirkt ganz entspannt und gelassen. Hat er diesen giftigen Morast wirklich hinter sich? Und wenn ja, warum ist er dann hier? Schnubbel hat eine sozialliberale Gesinnung, er ist ein redlicher Mensch, dafür möchte ich mich verbürgen, vielleicht ist er sogar ein wenig arglos. Aber der kommt doch nicht ohne ernsthaften Grund hierher. Was hat er vor?

Ich hatte ihn gleich gemocht, als ich ihn kennenlernte: Seine Tochter und meine Tochter absolvierten denselben Schwangerschaftsgymnastikkursus, und als eines Tages Corinna und ich unsere Tochter dort abholten, trafen wir das Ehepaar Schnubbel, das dasselbe mit seiner Tochter vorhatte, und da kamen die werdenden Großeltern miteinander ins Gespräch, was dazu führte, dass sie gemeinsam mit den werdenden Müttern in ein

Gartenrestaurant zum Kaffeetrinken gingen, wo man sich so gut verstand, dass es in der Folgezeit zu zahlreichen gegenseitigen Einladungen, Ausflügen und Besäufnissen kam und, als Höhepunkt, dass die beiden Opas ein halbes Jahr später einen erbitterten Wettstreit austrugen, wer von ihnen sich besser mit Puderdosen, Salbentöpfen, Windeln und vollgekackten Babypopos auskannte. Jedenfalls, meine Enkelin und Schnubbels Enkel werden bestimmt mal heiraten, das haben wir fest vereinbart.

Schnubbel und ich hatten dieselbe Wellenlänge, und schnell wurde auch klar, dass uns wesentlich mehr verband als nur die Familienidylle. Und so geschah es dann geradezu zwangsläufig, dass ich ihm eines Abends mein Herz ausschüttete: Wie satt ich es hatte, derart in Diensten des Anwalts zu stehen, und wie schwierig es andererseits war, ohne dessen Zuschüsse zu überleben. Und dass außer mir noch eine ganze Reihe von Kollegen in seinem Sold standen, und dass er sich geradezu ein Netz von Drogenkurieren aufgebaut habe, das ihn immer wieder mit Informationen versorge, die er dann an unsereinen weitergab, sodass wir auf der Stelle zuschlagen konnten, und dass er andererseits dank seiner großzügigen Zuwendungen jede Menge Staatsanwälte und Richter in der Hand habe, die ein Auge zudrückten, wenn mal wieder ein vermögender Promi wegen Drogenkonsum negativ in die Schlagzeilen geraten war, und wie er mit dem Geld dieser Leute sein luxuriöses Leben finanzierte, und dass er offenbar auch das Vertrauen seiner Mandanten immer wieder erfolgreich missbrauchte, indem er sich, während die im Knast saßen, deren Vermögen unter den Nagel riss, sobald sie ihn als Vermögensverwalter eingesetzt hatten, und wie Polizei und Justiz immer wieder mit Erfolgsmeldungen aufwarteten, die ihnen letztlich der Anwalt zugeschoben hatte.

Es war ein glasklares Geständnis, ich ließ nichts aus. Ich habe mich damals ziemlich in Dampf geredet, und ich werde nie den resignierten Blick vergessen, den ich mir von Schnubbel einfing, als ich ihn fragte: »Kannst du mir irgendwie helfen? Mir wenigstens einen Rat geben?«

»Sowas könnte ich selber gut gebrauchen«, hat er geantwortet und sich aus dem Regal einen doppelten Magenbitter geholt. Es war spät in der Nacht, und wir saßen allein am Tisch in Schnubbels gemütlich eingerichteter Wohnküche.

»Jaja, das ist alles ziemlich lange her«, sagt Schnubbel. Er spürt, welchen Gedanken ich nachhänge.

»Fast zehn Jahre«, murmele ich, »guck dir unsere Enkel an.«

»Du hast eine intensiv nostalgische Ausstrahlung«, fügt er hinzu.

»Du auch«, gebe ich etwas gereizt zurück.

Schnubbel beschließt, sich ein Bier zu holen. »Den ganzen Abend Mineralwasser macht so pelzige Zähne«, sagt er und geht.

Ich hatte ihn nach dem Magenbitter in jener Nacht gefragt, wie er denn mit dem Anwalt zusammengekommen sei, und das hat er mir bereitwillig erzählt: Schnubbel erhielt nach seinem Jurastudium eine Anstellung als Staatsanwalt in der Landeshauptstadt, wo er für die Bereiche Drogenkriminalität und organisierte Kriminalität zuständig war. Schon bald fand er Grund, sich zu wundern: Wann immer er einen kleinen oder größeren Dealer oder Konsumenten festnehmen ließ, stets erschien umgehend, wie ein Deus ex Machina, der Anwalt. Offenbar gab es außer diesem einen Anwalt keinen anderen, der im Bereich Drogen überhaupt ein Mandat ergattern konnte, und stets wies er dasselbe kleine Vollmachtformular vor, das sein Erscheinen legitimierte.

»So eins hier?«, fragte ich.

»Genau«, antwortete er, »tu's bloß wieder weg, das macht mich depressiv.«

»Viele von uns haben diese Blankovollmachten in der Tasche«, erklärte ich, »aber nicht nur wir, auch bei Vollzugsbeamten in den Haftanstalten sind sie ständig griffbereit. Kaum hat ein Festgenommener den Zettel unterschrieben, geht er per Kurier an den Anwalt.«

Schnubbel nickte und rülpste.

Schnubbel stammte aus sehr einfachen Verhältnissen und war deshalb schwer beeindruckt, als er das erste Mal der Einladung des Anwalts in dessen damalige Kanzlei an jenem malerischen See in der Nachbarstadt Folge leistete. »Weißt du, wer sein Partner ist?«

Ich wusste nicht.

»Halt dich fest: Karl Heinz Förster!«

Als Bulle kann man ja nicht alles wissen, ich kannte keinen Förster.

»Das ist der Hausanwalt von Frau Torfpolk, und Frau Torfpolk ist ungefähr vierhundert Millionen Euro schwer.«

»Warum?«

»Gute Frage. Den wirklichen Grund kenne ich auch nicht. Aber Frau Torfpolk ist die Hauptgesellschafterin einer Mediengruppe: Zeitungen, Fernsehsender und so, ein mächtiger Konzern. Ungeheuer einflussreich.«

Schnubbel leistete der Einladung Folge und stand dann staunend wie Hänschen im Blaubeerwald in der Kanzlei des Anwalts – die Ausstattung, die Möbel und die Kunst an den Wänden, das war ein wenig zu viel für sein schlichtes Beamtengemüt. Und als der Anwalt ihn gar fragte, ob er nicht auch mal das große Geld verdienen und als Sozius in seine Kanzlei einsteigen wolle, da hat er blitzschnell zugesagt und seinen Dienst als Staatsanwalt quittiert.

Schnubbel lernte in diesem ihn überwältigenden Ambiente seinen späteren Partner Adam Kirchberg kennen, der war da noch Referendar, aber auch die attraktive Frau Barke, eine dem Anwalt offensichtlich besonders liebe Partnerin, und den von der juristischen Edelfeder eines großen Nachrichtenmagazins immer wieder ob seiner Kompetenz gerühmten Rechtsanwalt Grauschelke, der seine Einzigartigkeit durch das Verteilen parfümierter Visitenkarten zu demonstrieren pflegt, dem der Branchenklatsch aber auch nachsagt, er habe mal einer Nutte ein Collier in der Preisklasse von 15 000,– Euro geklaut.

Recht bald bekam Schnubbel dann sehr honorige Mandate auf den Schreibtisch – so durfte er beispielsweise einen rothaarigen Unterweltboß verteidigen, und auch J. Kitz, den Chef der sogenannten Kitz-Gruppe, der mit Immobilien auf den Nordseeinseln handelte und die Banken mit einer dreistelligen Millionensumme aufs Kreuz gelegt hatte, vertrat er vor Gericht.

»Und weißt du, was das Eindrucksvollste für mich war?«, fragte er, »ich will es dir sagen: Diese fantastische Anwaltskanzlei machte angeblich nur Verluste. In dem einen Jahr 520 000,– Euro und im anderen immerhin 360 000,– Euro. Der Anwalt hat keinen Pfennig Einkommensteuer bezahlt. Einfach fabelhaft. Nein, ein Wunder.«

Diese respektable Leistung erweckte auch in mir den Wunsch nach einem Magenbitter. Ich sagte: »Den Mann müsste man heiligsprechen. Und sonst? Hast du sonst noch was mitgekriegt?«

»Wenig«, antwortete er, »sehr wenig.«

Und er berichtete, dass sich immer dann, wenn prominentere Persönlichkeiten den Anwalt besuchten, die dicken ledergepolsterten Türen schlossen. Schnubbel wurde nicht dazu gebeten, wenn der Perser mit seinem Diplomatengepäck kam oder wenn der feiste Spitzensozi mit den dicken Brillengläsern mit dem Abgeordneten Portier im Schlepptau erschien und seine Bodyguards vor der Kanzleitür postierte. »Und im übrigen muss ich dir sagen«, fuhr er fort, »fühlte ich mich geschmeichelt, weil ich die Zusammenarbeit mit dem Anwalt als gesellschaftlichen Aufstieg ansah, zumal ich auf den vielen Festen mit interessanten Persönlichkeiten Kontakt bekam.«

»Aha«, antwortete ich, »jetzt kommen wir der Sache schon näher. Wer waren diese interessanten Persönlichkeiten? Ist dir nie irgendwas aufgefallen? Hast du nie irgendeinen Verdacht gehabt, dass das alles ganz finstere Nachtjacken sein könnten?«

Ich sah Schnubbel an, dass er mit sich kämpfte, und dann überwand er sich und erzählte mir von dem Mandanten mit den drei Vornamen: Achim Jörg Wilhelm, einem Immobilienhändler großen Stils, Finanzier von Discos und Spelunken, der sich nicht nur mit karateerprobten Muskelmännern, sondern sogar mit Kampfhunden umgab. Herr Wilhelm herrschte mittels raffinierter Konstruktionen fast allmächtig über die Presseerzeugnisse der Christlichen Volkspartei, auch über deren auflagenstärkste Publikationen, »Assoziation« (Auflage: 650 000 im Vierteljahr) sowie die »Bürgernahen Blätter« (Auflage: 19 000 monatlich). Seinen Aufstieg zum schwarzen Zeitungsmulti hatte der Freund des Anwalts einem ehemaligen Schatzmeister der christlichen Volkspartei mit dekorativem Doppelnamen zu verdanken, der als der Erfinder des spendeneintreibenden Schreibautomaten galt und der die Massenpublikationen der Partei unbedingt privatisieren wollte, indem er das kleine Medienimperium dem Selfmademan anvertraute.

A. J. Wilhelm kümmerte sich sofort um das Akquirieren von Anzeigen für die Blätter. Die Einnahmen aus dem Geschäft sollten natürlich vor allem der Christlichen Volkspartei zugute kommen. Doch daraus wurde nichts. Ein großer Teil der Gelder floss in Achim Jörg Wilhelms eigene Taschen und von dort Richtung Anwalt.

»Das gönne ich denen«, sagte ich, »wenn der Anwalt dabei behilflich ist, diese Partei abzuzocken, hat er sich einen Orden verdient.

Und weiter?«

»Weiter nichts. Den Verteilerschlüssel für den Profit kenne ich nicht.«

Schnubbels Frau steckte den Kopf zur Küchentür herein, verschlafen, und stellte ganz richtig fest, dass wir ja immer noch rumsäßen und dass es doch nun allmählich wohl Zeit wäre, und ob wir denn auch genug zu trinken hätten oder vielleicht Lust auf ein Stück Pflaumenkuchen, und was denn so wichtig sei, dass man es mitten in der Nacht besprechen müsste, und Schnubbel antwortete, Männer hätten eben manchmal auch so ihre kleinen Geheimnisse, und dann gab er ihr einen Kuss, schickte sie mit einem Klaps auf den Hintern zurück ins Bett und schloss die Tür.

Er setzte sich wieder an den Tisch und sagte: »Als es zum Krach zwischen dem Torfpolk-Mann Förster und dem Anwalt kam, zog ich mit ihm in die Landeshauptstadt um. Weg vom See.«

»Und noch näher ran an die Fleischtöpfe«, warf ich ein.

»Ja«, bestätigte Schnubbel, »der Anwalt erweiterte als erstes seinen Autopark, der aus zwei Porsche 928 und einem BMW bestand, um einen standesgemäßen Bentley für 330000,– Euro. Den kaufte er bei Mottenkropf. Du kennst Mottenkropf?«

Ich nickte.

»Der Bentley lief dann auf den Namen einer Firma namens Investa, die er mit dem Kaufmann Theo Zembski betrieb, der an der feinen Bellechaussee residiert. Und da ist eines Tages was Merkwürdiges passiert.«

Schnubbel stockte. Ich drängelte nicht.

Dann sagte er: »Eines Tages landete irrtümlich ein Telefonat auf meinem Apparat. Dran war die Zollfahndung. Irgendeine ganz eigenartige Angelegenheit, die ich überhaupt nicht verstand. Ein Beamter erzählte mir was von einer Investa, die jetzt A & Z-Vermögensverwaltung GmbH hieß, nannte auch eine Handelsregisternummer, und behauptete, er hätte da eine Nachfrage und könnte Herrn Zembski, den Kompagnon des Anwalts, nicht erreichen, weil da was mit der Anschrift nicht stimme. Ich fragte: Ja, was ist denn mit der Anschrift? Und der Zollfahnder sagte: Bahnhofstraße was-weiß-ich-wie-viel. Wissen Sie, was das ist? Ich hatte keine Ahnung. Ja, sagte er, da werden Sie aber staunen, das ist das Finanzamt, in dem Gebäude ist nichts anderes drin, nur das Finanzamt. Wir haben genau nachgeforscht, und dann hat uns dieses Finanzamt sogar erklärt, dieses Unternehmen, diese Investa, die ist bei uns betrieblich überhaupt nicht erfasst. Können Sie mir da jetzt weiterhelfen? Ich konnte nicht. Ich stand im Freien. Ich war mir aber natürlich darüber im Klaren, da läuft irgendein trübes Ding. Es ist schon eine bodenlose Frechheit, als Sitz einer Firma die Anschrift des Finanzamtes anzugeben. Allerdings habe ich mich nicht getraut, beim Anwalt nachzufragen. Irgendwie hatte ich immer das Gefühl, es ist besser, nicht allzu viel zu wissen.«

»Ganz falsch«, antwortete ich, »je mehr du weißt, desto weniger können sie dich einmachen. Ich an deiner Stelle wäre da drangeblieben.«

»Irrtum«, entgegnete Schnubbel, »wenn du zu viel weißt, wirst du gefährlich, und wenn du gefährlich wirst, dann stellen sie dich kalt.«

Auf der einen Seite hatte er recht, »aber andererseits«, sagte ich, »nimm mal meinen Kollegen Bodo Bergermann, auch Rauschgiftfahnder. Der hat vom Anwalt einen Porsche geschenkt bekommen, der importiert für ihn Chevrolets, der ist mit ihm über eine Club-Gaststätten GmbH wirtschaftlich verbunden, und in seiner Freizeit handelt er obendrein noch mit Spielautomaten. Der weiß so viel, der ist absolut sicher. Wenn dem was passiert, kann ich mir und können sich einige andere Leute ganz leicht ausrechnen, wer dahintersteckt.«

»Naiv ist das«, behauptete Schnubbel eigensinnig, »absolut naiv.«

Trinkpause wegen leichter Verstimmung. Wir stiegen um auf Whisky.

Dann ich: »Was ist denn mit diesem Oberstaatsanwalt Helge Hohnhall? Der wirkt ja wahnsinnig verbissen. Neulich haben wir eine Razzia im ›Jackpot‹ gehabt, das ist so eine Disco in der Altstadt, da ist der Hohnhall persönlich erschienen. Er trat auf wie ein Rasiermesser. Extrem eklig.«

»Wie man's nimmt«, sagte Schnubbel, »wenn's um Kleindealer und harmlose Kiffer geht, bestimmt.«

»Weißt du mehr?«

Schnubbel stierte finster in sein Glas und sagte dann mit belegter Stimme, als würde ihm die Wut den Kehlkopf blockieren: »Hohnhall fährt einen feuerroten Porsche 944, ebenfalls ein Präsent vom Anwalt. Hohnhall hat mehrfach in der Villa des Anwalts und auf dessen Kosten auf Zypern Urlaub gemacht. Hohnhall hat auch dafür gesorgt, dass gegen den Besitzer des ›Jackpot‹ nicht ermittelt wird. Hohnhall weiß, wem der ›Jackpot‹ gehört.«

»Dem Anwalt?«

»Dem Anwalt.«

Alles klar.

Schnubbel hatte also doch eine ganze Menge mitbekommen. Ihm war auch aufgefallen, dass der Anwalt immer wieder nach New York geflogen war, wo er mehrfach Galerien aufgemacht und dann wieder geschlossen hatte. Und dass er auffällig oft nach Kolumbien gereist war, wo ihm zum Beispiel in Bogotà ein gewisser Juan Felicidad, der erwiesenermaßen zu einem Drogenkartell gehörte und für seine Kontakte zu Geldwäschern bekannt war, einen Warhol für 45 000,– Euro anbot und über diese Summe mit ihm sogar einen schriftlichen Vertrag abschloss.

»Er ist auch mehrfach in Medellín gewesen«, warf ich ein, »wir haben seinetwegen mal eine Anfrage der amerikanischen Drogenbehörde DEA gehabt. Er hat seine Hotelrechnungen dort immer mit American Express bezahlt. Der muss sich wirklich total sicher fühlen.«

»Weißt du, dieser Anwalt ist gar kein Anwalt«, sagte Schnubbel, »also so im Sinne von Rechtsbeistand, damit hat er wirklich nur marginal zu tun, dieser Anwalt ist vor allem ein äußerst gerissener Geschäftemacher. Ich weiß von vier Firmen, die ihm gehören, die sich mit Vermögensverwaltung und Vermögensberatung beschäftigen. Und weißt du, was er noch hat? Er besitzt über achthundert Briefkastenfirmen! Die meisten davon sind in London unter den Namen »Take Raise« registriert: Take Raise Investments Ltd., Crown House 169/173, Regent Street, London W1. Und einige andere sind auf der Kanalinsel Jersey und in der Schweiz angesiedelt. Kannst du mir sagen, was ein Mensch mit über achthundert Briefkastenfirmen anfangen kann außer andere Leute bescheißen? Der Mann ist ein Betrüger.«

Achthundert Briefkastenfirmen im Besitz eines einzigen Mannes – das hatte etwas vollkommen Irreales. Und dann kam Schnubbel noch mit einer kleinen Überraschung heraus: Er kannte exakt die Summe, die der Anwalt via Take Raise für die beiden Bordelle in der Liebstöckelgasse bezahlt hatte:

»Fürs erste 1,8 Millionen Euro, und fürs zweite rund 1,1 Millionen Euro.«

Respekt – diese Puffs mussten demnach eine Großwaschanlage sein.

Ja, lange her. Das war eine denkwürdige Nacht gewesen, damals in Schnubbels Wohnküche. Gegen Morgen hatten uns Alkohol und Mitteilungsbedürfnis an den Rand des Leistungsvermögens gebracht, und mit geröteten Augen vereinbarten wir, dass nichts, was in dieser Nacht zur Sprache gekommen war, diese Küche jemals verlassen durfte. Schnubbel war da sehr besorgt, denn er hing tief mit drin: Er hätte bei seinem Wissensstand ja auch längst die nächstgelegene Polizeidienststelle aufsuchen und Anzeige erstatten müssen.

Schnubbel kommt mit einem Bier in der Hand zurück. Stellt sich wieder neben mich, mit dem Rücken zur Party, und sagt leise:

»Sag mal, der Richter Meister, der der zehnten Strafkammer vorsaß – hast du von der Geschichte gehört, weißt du da was?«

»Oh«, antworte ich, »da schneidest du ein sensibles Thema an: Darüber spricht man nicht. Das ist der größte Justizskandal überhaupt in der Stadt, aber offiziell hat da nichts stattgefunden.«

»Deswegen frage ich dich ja. Den Meister hat der Anwalt doch jahrelang mit Kinderpornos beliefert, oder?«

In der Tat, das hatte er.

»Und dann? Wie ist das rausgekommen? Was ist passiert? Herrgott nochmal, lass dich doch nicht so lange bitten!«

»Meister ist erwischt worden. Er hat ein Kind … sexuell belästigt.«

Schnubbel ist konsterniert: »Ach du Scheiße, und dann?«

»Als das Getuschel darüber anfing, hat Meister sich umgebracht.«

Wir trinken und schweigen.

Die Party ist lauter geworden. Jetzt wird kräftig geschluckt, Damen sind gekommen. Vanmijsen hat sich auf eine hochtoupierte schwarze Schönheit geworfen. Sein Balzritual erinnert an das eines erotisierten Pavians.

Schnubbel verzieht angeekelt sein Gesicht: »Das blöde Sackgesicht ist auch nicht totzukriegen«, entwischt es ihm.

Vanmijsen starrt einen Augenblick zu uns herüber. Unmöglich, dass er Schnubbels Worte gehört hat, aber vielleicht spürt er die feindselige Stimmung aus unserer Ecke. Dann brüllt er »Schlaffi! Stoff!« und der, devot, bringt ihm auch tatsächlich eine Flasche Schampus rüber.

»Macht er eigentlich immer noch mit dieser Jugendrichterin rum? Wie hieß sie noch, Susi oder so.« Schnubbel hatte Vanmijsens ständig ausgedünstete Grundgeilheit immer als Beleidigung des gesamten Juristenstandes empfunden.

»Keine Ahnung«, antworte ich leise, »ich verkehre ja nicht in diesen Kreisen.«

In dem Moment gerät der Anwalt in unser Blickfeld: mit strahlendem Lächeln, überaus herzlich plaudernd. Und mit wem? Mit Krumm. Der Anwalt hat Krumm einen Arm um die Schulter gelegt und geleitet ihn zu der Tür mit dem Bronzeklopfer. Schließt auf, komplimentiert Krumm hinein. Sie verschwinden. Krumm hat uns nicht gesehen. Das ist ja fabelhaft. Mein Blutdruck rauscht nach oben, ich gönne mir einen saftigen Adrenalinausstoß.

Krumm kommt mir sehr gelegen.

»Das haut dich jetzt um, was?«, zischt Schnubbel.

»Dich nicht?«, gebe ich retour.

»Mit so was muss man immer rechnen«, sagt der weise Schnubbel, »wenn das Geschäft es erfordert, soll man solide gewachsene Feindschaften auch mal vergessen.« Diese sarkastische Seite Schnubbels kenne ich gar nicht.

Schnubbel selbst hatte seinen Freund Krumm über die Methoden des Anwalts aufgeklärt, und der war derart wütend geworden, dass er ein Detektivbüro auf den Anwalt ansetzte. Seine Schnüffler haben sogar mit Richtmikrofonen gearbeitet und die Telefonate des Anwalts in dessen Kanzlei abgehört. Und Krumm besitzt mit Sicherheit eine dicke Akte über die Aktivitäten des Anwalts, in der wahrscheinlich auch einige unfreundliche Notizen über mich zu finden sind, und es ist anzunehmen, dass der Anwalt von der Existenz dieser Akte weiß. Vielleicht bahnt sich deswegen hinter der geheimnisvollen Tür ein Handel an.

»Du bist doch damals wegen Krumm als Sozius beim Anwalt ausgestiegen, wenn ich mich richtig erinnere, oder?«, frage ich.

»Letztlich schon«, antwortet Schnubbel, »ich habe das alles nicht mehr richtig verkraften können. Der Anwalt hat mir damals genau erklärt, wie er sich den Gang der Dinge vorstellt: Er wolle Krumm raten, das Maul über seinen Lieferanten zu halten, dann kriege er ein Jahr Knast. Als sein Rechtsvertreter hätte der Anwalt dann die Geschäfte in den Boutiquen von Krumm weitergeführt, und auf die Art sei er so gut wie sicher schon ziemlich bald Teilhaber, wenn nicht gar Alleininhaber. Das hätte er schon mehrfach mit Erfolg probiert, und so kämen auch seine diversen Gaststättenbeteiligungen zustande. Das war das einzige Mal, dass mich der Anwalt regelrecht ins Vertrauen zog, aber mich hat das unglaublich angewidert. Bei Krumm lief es dann ja auch anders, der ahnte wohl, was auf ihn zukam, also hat er ordentlich Schmiergeld an den Anwalt abgedrückt, und der hat ihn entsprechend zügig rausgeholt. Für mich war da basta La Musica oder wie das heißt. Kirchberg und ich haben seine Kanzlei verlassen, aber nicht im Krach, überhaupt nicht. Es hat ja keinen Sinn, es sich mit dem

Mann zu verderben. Nein, es ging alles ganz friedlich. Wir haben unseren eigenen Laden aufgemacht, und ob du's glaubst oder nicht: Der Anwalt hat uns mehrmals ganz generös durchaus einträgliche Fälle rübergeschoben.«

Ja, das war die Zeit, als die Beziehung zwischen Schnubbel und mir abgerissen ist. Er fand's einfach nicht gut, dass ich mitgeholfen hatte, seinen Freund zu linken, und ich hatte keine Lust, mich deswegen ständig in der Defensive zu befinden.

Vanmijsen kommt auf uns zu. Nicht, dass er torkelt, aber sein Gang ist unübersehbar instabil. »Will Sie doch wenigstens begrüßen, Herr Kollege«, sagt er zu Schnubbel, »ich hoffe, Sie intrigieren hier nicht gegen mich.«

Und zu mir gewandt sagt er: »Wenn dieser Herr etwas Schlechtes über mich erzählt, glauben Sie ihm kein Wort, er redet grundsätzlich negativ über mich.«

Schnubbel bleibt ganz cool: »Es ist noch viel schlimmer, Herr Kollege«, antwortet er, von unten mild-arrogant auf ihn herabsehend, »ich spreche nie von Ihnen, prinzipiell nicht.«

Vanmijsen grinst dümmlich, er braucht einige Sekunden, um diese Spitze zu kapieren. Dann richtet er sich kerzengerade auf, guckt voller Abneigung auf Schnubbel runter und knurrt: »Sie sollten immer freundlich sein zu Leuten, die Sie überragen«, dreht sich um und haut wieder ab.

»Deutsche Sprache schwere Sprache«, murmelt Schnubbel mokant.

»Warum ist der eigentlich so sauer auf dich?«, frage ich.

Schnubbel zieht die Lefzen hoch und sieht aus wie ein grinsender Maulesel:

»Ich habe ihm mal ordentlich einen reingewürgt.«

»Bei welcher Gelegenheit?«

Schnubbel will sich erst irgendwo hinsetzen. »Wenn ich so lange stehen muss, schrumpfe ich«, sagt er.

Wir finden zwei mächtige Sessel etwas abseits des großen Trubels, wenn auch der Geräuschpegel immer noch hoch genug ist, um einen Lauschangriff auf unser Gespräch sehr unwahrscheinlich zu machen.

»Also?«, sage ich, »ich höre: Die intime Beziehung zwischen den Organen der Rechtspflege Schnubbel und Vanmijsen!«

Schnubbel steckt sich ein Zigarillo an. Lässt mich richtig zappeln. Zieht sich einen Stuhl ran und legt die Beine hoch. Plötzlich ist sie wieder da, die alte Vertrautheit zwischen uns, als hätten wir uns nie in die Wolle gekriegt und auseinandergelebt.

Ich sehe es Schnubbel an: Er empfindet das als genauso angenehm wie ich. »Ja«, sagt er, »das war so: du erinnerst dich ans ›Runde Eck‹, diese Kneipe unten am Flussufer?«

Ich erinnere mich, jeder Bulle, der jemals in der Landeshauptstadt unterwegs war, hatte schon mal einen Blick in diesen Stehbierausschank geworfen, nur um dann erzählen zu können, dass er wieder mal einen Haufen besoffener Staatsanwälte gesehen habe.

»Naja«, fährt Schnubbel fort, »da war eben auch Vanmijsen Stammgast. Und da hat er sich an eine junge, gar nicht mal so hässliche Strafverteidigerin rangemacht.«

Ich unterbreche Schnubbel: »Woher weißt du das? Du bist da doch nie hingegangen.«

Schnubbel wiehert. »Woher ich das weiß? Rate!«

Ich zucke ahnungslos mit den Schultern, ich kenne seine Zuträger nicht.

»Ich weiß es vom Anwalt«, sagt Schnubbel.

»Was?«

»Ja. Eines Tages hält direkt vor meiner und Kirchbergs Praxis der Bentley, sein schwarzer Fahrer in Livree steigt aus und klingelt. Der Anwalt möchte mit Ihnen speisen, sagt er nur kurz, und eine halbe Stunde später sitze ich dem Anwalt bei einem erstklassigen Franzosen gegenüber. Ich will ganz offen mit Ihnen sein, sagt er, Sie könnten mir helfen, und Sie könnten auch der Allgemeinheit einen Dienst erweisen. Es handelt sich um einen Staatsanwalt, der offensichtlich aus dem Ruder gelaufen ist. Sie kennen ihn vermutlich von früher, eigentlich kein schlechter Mensch, aber ich mache mir große Sorgen, dass da seinetwegen ein Skandal auf uns zukommt, den wir nur sehr schwer in den Griff bekommen werden. Also, kurz und gut, ich möchte Sie bitten, und Sie können sich denken, dass ich das wirklich nicht gerne tue, dass Sie Ihre Beziehungen spielen lassen, um größeres Unheil zu vermeiden. Der Anwalt wartete gespannt auf meine Reaktion, und ich war natürlich ziemlich neugierig. Ich verlangte also Einzelheiten, weil ich sonst gar nichts machen könne.

Und dann legte er los: Es handelt sich um den Staatsanwalt Vanmijsen. In dessen Amtsbereich ist der Bankräuber Jens Kocher festgenommen worden, der bei 16 Banküberfällen, bewaffnet mit halbautomatischem Karabiner, nach grober Schätzung eine runde Million Euro erbeutet hat. Dessen Strafverteidigung hat Staatsanwalt Vanmijsen seiner Freundin aus dem ›Runden Eck‹ zugeschanzt. Diese gewissenlose Person reißt sich nun ganz unbefangen einen Großteil der Beute unter den Nagel. Und Vanmijsen deckt sie dabei. So was bleibt natürlich nicht verborgen, und im ganzen Justizapparat beginnt es zu rumoren. Da muss unbedingt wieder Ruhe einkehren, sagte der Anwalt, ich wäre Ihnen für Ihre Unterstützung wirklich von Herzen verbunden.

Das Essen war delikat gewesen, der Anwalt leutselig, und meine Abneigung gegen aus dem Ruder gelaufene Staatsanwälte hatte auch mal wieder neue Nahrung bekommen. Auf dem Draht zum Büro des Ministerpräsidenten lag, wie du weißt, der Segen Gottes – mein verehrter Partner Kirchberg hat mit den entscheidenden Leuten gesprochen, und als Folge wurde Vanmijsen vom Dienst suspendiert.« Schnubbel lächelt selbstgefällig.

»Gute Arbeit«, sage ich anerkennend, »meinen Glückwunsch. Und? Wie ging's weiter? Das Sackgesicht ist ja wieder ganz fröhlich.«

Schnubbel hustet eine beachtliche Rauchwolke aus. »Naja«, sagt er, »der Anwalt wollte Vanmijsen ja nicht wirklich fertig machen. Er wollte ihm nur einen Denkzettel verpassen, dass er nicht übermütig wird. Und ihm mal zeigen, wer hier das Sagen und wen man gefälligst zu fragen hat, bevor man irgendwelche Unternehmungen startet.«

Schnubbel lehnt sich genüsslich noch tiefer in seinen Sessel: Aus Gründen der Neutralität, so hieß es in einer offiziellen Mitteilung des Justizministeriums, würden die strafrechtlichen Ermittlungen gegen ihn von der Staatsanwaltschaft in einem anderen Bezirk geführt. Das war natürlich ein kleiner Trick: Jener Bezirk gehört zum Amtsbereich der Generalstaatsanwaltschaft der Landeshauptstadt, und somit hatte der Anwalt auch weiterhin alles unter seiner Kontrolle. Es kam, wie es kommen musste: Acht Wochen später meldeten die Zeitungen, dass das Ermittlungsverfahren gegen Staatsanwalt Vanmijsen eingestellt worden sei.«

»Nach gründlicher Überprüfung«, füge ich hinzu, »das schreiben sie doch immer, nach gründlicher Überprüfung – dabei ist das einzige, was überprüft wird, der eigene Kontostand. Aber wer wem was bezahlt, kommt nie raus.«

Schnubbel zuckt mit den Schultern und zeigt seine gelben Vorderzähne. »Deinem Porsche geht's gut?«, fragt er hinterhältig.

»Vielen Dank«, antworte ich etwas genervt. Das war unvorsichtig von mir, man spielt keinen Querpass im eigenen

Strafraum, solche Vorlagen werden von Schnubbel eiskalt verwandelt.

Ich bin einen Moment leicht angesäuert, weil ich diesem alten Wegelagerer so eine Chance für eine seiner kleinen Gemeinheiten eingeräumt habe, will mir aber nichts anmerken lassen. Ich lenke also ab und frage: »Und kurz danach bist du dann in den Osten gegangen?«

»Ja«, antwortet Schnubbel, der meine Verstimmung natürlich bemerkt, gutmütig, »plötzlich flatterte mir ein Angebot einer großen Treuhandgesellschaft ins Haus. Ob ich Interesse daran hätte, bei der Abwicklung eines Maschinenbaubetriebs juristisch mitzuarbeiten. Ich habe sofort begeistert zugestimmt, weil ich mich hier schon lange nicht mehr richtig wohlfühlte, aber es dauerte gar nicht lange, da stieß ich auch da drüben auf das Innovationstalent des Anwalts. Auf dem Gelände dieser ehemaligen DDR-Firma befand sich nämlich ein Gebäude, in dem das Arbeitsamt des Kreises untergebracht war, und das wollte der Anwalt kaufen – wenn ich mich richtig erinnere, für 2 Millionen Euro.«

Schnubbel sieht meinen fragenden Blick. »Ist doch klar«, erklärt er, »er wollte das Gebäude mit einem angemessenen Profit dann wieder an die Bundesanstalt für Arbeit zurückvermieten. Ich weiß nicht, was daraus geworden ist. Wie ich ihn kenne, hat er's auch geschafft. Ich bin ja dann weiter im Süden wieder als Staatsanwalt eingestiegen.«

Am liebsten würde ich Schnubbel noch mal fragen, warum er zu dieser Party hergekommen ist. Irgendwas lässt er nicht raus, das spüre ich. Schnubbel kneift die Augen zusammen. »Wieso bist du eigentlich hier?«, fragt er, »dieser gesellschaftliche Zirkus, das ist doch eigentlich gar nicht deine Art. Bist du Geschäftsmann geworden, Subunternehmer oder so was?«

»Haha«, sage ich, »sehr komisch. Mir wurde der dringende Wunsch übermittelt, ich solle ein bisschen aufpassen heute Abend. Dem großen Vorsitzenden ist immer wohler, wenn da eine seriöse Vertrauensperson mit etwas breiteren Schultern und einem kräftigen Händedruck die Oberaufsicht führt.«

Schnubbel sieht mich an. »Ach so, Bodyguard«, sagt er.

»Und du?«, frage ich dann doch, »warum –?«

Ich breche mitten im Satz ab. Schnubbel hat den Blick gehoben und schaut über mich weg, anscheinend steht jemand hinter mir. Ich drehe mich um: Der Anwalt. »Herr Schnubbel«, sagt er mit seinem gewinnendsten Lächeln, darf ich Sie einen Augenblick unter vier Augen sprechen, bitte?«

Schnubbel erhebt sich sofort, nickt mir zu und geht.

An dem Gespräch würde ich liebend gern partizipieren. Ich empfinde es als im höchsten Maße unfair, mich meine Bedeutungslosigkeit derart rüde spüren zu lassen. Aber die Rache ist nahe. Mal sehen, wo Krumm geblieben ist. Hoffentlich ist er nicht gegangen.

Dann wäre er jetzt schon aus dem Kreis der Verdächtigen ausgeschieden.

4. Mottenkropf

Die Dinge spitzen sich zu. Ab sofort wird nichts mehr getrunken. Irgendwann in dieser Nacht kommt mein Soloauftritt. Ich werde ihn konzentriert und in Ruhe erwarten und dann mit Genuss zelebrieren.

Die Musik ist etwas lauter geworden, die Stimmen auch, die konservative Tanzhaltung dominiert das Bild. Herren rauchen dicke Zigarren, Damen observieren sich gegenseitig und passen auf ihre Handtaschen auf. Teure Nutten sind ganz reizend zu Singles im maßgefertigten Arbeitgeberzwirn – da ist im Laufe der Nacht noch eine hormonale Entlastung zu erwarten. Die Schlagersängerin Mona, im Lederminirock mit Leopardenmusterung, fühlt sich unbeobachtet und fummelt an ihrem Hintern herum, wahrscheinlich klemmt der Tanga – sie wird demnächst mit ihrer Band einige Hits zum Vortrag bringen. Die Musiker verkabeln gerade in der Lobby ihre Instrumente. Krumm wendet mir den Rücken zu, er lässt kein Auge von Mona.

Zum ersten Mal in meinem Leben bin ich ganz froh, dass sich meine Attraktivität mittlerweile in Grenzen hält, jedenfalls schlage ich nicht mehr unbedingt und alle Tage eine erotische Schneise in die Damenwelt. Dabei sind meine 189 Zentimeter bei 88 Kilo Gewicht immer noch ordentlich proportioniert, ich gelte allgemein als gut aussehend, was etwas anderes als »stattlich« (die höfliche Umschreibung für »fett«) ist, auch wenn meine ziemlich hohe, aber dafür umso faltenreichere Stirn, die teebeutelähnlichen Tränensäcke und der graue Seehundbart nicht überall ankommen. Hier jedenfalls zwingt mir niemand ein Gespräch auf, und wenn ich jetzt ginge, würde mich niemand vermissen. Aber ich gehe nicht. Ich habe einen Plan, und: Mottenkropf ist erschienen.

Es war ein dröhnender Auftritt mit etlichen verlogenen Umarmungen. Mottenkropf kennt mich flüchtig, aber er beachtet mich nicht. Und ich kenne ihn: Vor einigen Jahren, kurz vor Weihnachten, hatte das Landeskriminalamt der Landeshauptstadt mal zum großen Schlag ausgeholt und über hundert schwer bewaffnete Polizisten in Marsch gesetzt, die sein Haus umstellten. Die Drogenfahndung war auch beteiligt, ich gehörte zur Einsatzleitung und durfte beobachten, wie ein Sonder-Einsatzkommando nächtens über den Balkon in Mottenkropfs Villa einbrach, und wie ein vermummter Rambo, das Gesicht zusätzlich mit Schuhcreme eingeschwärzt, dem tief schlafenden Hausherren eine Blendgranate durch das geöffnete Kippfenster auf den Bettvorleger warf, deren greller Blitz ihn schlagartig aus allen Träumen riss. Mottenkropfs Wet-Gel-gestylte schwarze Locken über der flachen Primatenstirn schienen von seinem Kopf flüchten zu wollen, der Mann sah aus wie ein hektisch ausgedrückter Zigarrenstummel oder wie eine bizarre Momentaufnahme aus der Geisterbahn.

Der Schock dieses Überfalls hatte seine bodygebildeten Muskeln ganz steif gemacht, 110 Kilo Angst krümmten sich nackt unter der seidenen Bettdecke. Grotesk kontrastierten dazu die Klunker an Fingern und Handgelenk, die schwere Goldkette am Hals und die mit Brillantsplittern besetzte Rolex-Spezialanfertigung, die ihn prahlerische 65 000,– Euro gekostet hatte. Selbst in einer Nacht, die er allein verbrachte, mochte dieses Musterexemplar von einem Mobstergockel mit seiner welken Ludenvisage nicht auf seine Statussymbole verzichten.

Aber trotz der zahlreichen Waffen im Anschlag fasste er sich erstaunlich schnell. Er betrachtete, nach Überwindung des ersten Schreckens, relativ gelassen die sich um sein luxuriöses Rundbett drängelnde und martialisch auf ihn herunterstierende Kampfeinheit und witzelte, er habe sich schon immer eine Wohnung im Grünen gewünscht.

Anschließend protestierte Mottenkropf eher pflichtschuldig als ehrlich empört gegen die Berufsausübung der emsigen Polizisten, die alle Teppiche hochrissen, die Schränke durchwühlten, Schubladen ausleerten, Schecks, Briefe und Geschäftspapiere konfiszierten und zu den Einsatzfahrzeugen trugen, und er grinste auch nur überheblich, als Spezialisten ein Loch in den Fußboden stemmten und sogar die Wand zu einer Einliegerwohnung durchbrachen.

Doch, das war ein schöner Großeinsatz gewesen damals. Sage und schreibe fünfzehn Staatsanwälte hatten die Aktion beaufsichtigt, an deren Ende Mottenkropf in Handschellen abgeführt wurde. Ja, der Aufwand war gewaltig gewesen, aber das Ergebnis konnte man bei allem Respekt nur als Dünnpfiff bezeichnen.

Mir war eigentlich sofort klar gewesen: Der Mann war gewarnt worden. Keinem erfahrenen Ermittlungsbeamten konnte seine entspannte Souveränität entgangen sein, nachdem er sich von der ersten Überraschung erholt hatte, seine Entrüstung über die von der Polizei angerichtete Unordnung schien eher schlecht gespielt als wirklich empfunden, und belastendes Material war sowenig gefunden worden wie Fleisch in einer Kantinenfrikadelle.

Mottenkropf hatte offenkundig alle Schriftstücke, die irgendjemanden zu Nachfragen hätten anregen können, rechtzeitig beiseitegeschafft, und damit war der schwerste Vorwurf – »Räuberische Erpressung« – nur noch gebratene Luft.

Letztendlich wurde er wegen Steuerhinterziehung zu fünf Jahren und sechs Monaten Gefängnis verurteilt. Aber da er in der Lage war, ohne Wehklagen 7,4 Millionen Euro Steuern an das Finanzamt abzudrücken, konnte er während der Untersuchungshaft und später im offenen Vollzug nicht nur seine Geschäfte locker und erfolgreich weiterführen, sondern auch seiner Gattin zum Geburtstag hundert dunkelrote Rosen ins Haus schicken, was bei dieser kreischendes Entzücken auslöste.

Dass Mottenkropf eine Einladung erhalten hat und heute Abend tatsächlich in der neuen Festung des Anwalts erscheint, ist schon bemerkenswert. Und für mich ist es hocherfreulich: ein Mörder mehr auf der Party. Aber die Fahnder werden es nicht leicht haben, ihm was anzuhängen. Wenn man ihm zu nahe kommt, ist der Mann gefährlich wie ein rotierender Flugzeugpropeller. Er hat die Figur eines Hammerwerfers, und bei Bedarf macht er auch Gebrauch davon. Aber wenn irgendwo ein Mord passiert, und Mottenkropf ist zum fraglichen Zeitpunkt nicht meilenweit vom Tatort entfernt, dann rettet ihn nichts davor, sofort in dringenden Verdacht zu geraten. Diese Situation kennt er seit Jahren. Heute Nacht ist er mal wieder nah genug dran – der Anwalt von Mottenkropf ermordet, das hätte Charme, das würde jedem Gericht gefallen.

Feststeht: Freunde sind der Anwalt und Mottenkropf ganz gewiss nicht. Es ist gut möglich, dass Mottenkropf vermutet, der Anwalt habe ihm jene Blendgranaten-Nacht und deren Folgen eingebrockt. Ich habe diesen Verdacht schließlich auch, und Mottenkropf ist zwar ein primitiver Brutalo, aber doch nicht ganz blöde. Jeder einigermaßen ausgeschlafene Kripomann wird also aus Mottenkropfs Antipathie erst mal ein

Mordmotiv konstruieren. Aber übertriebene Hoffnungen braucht sich niemand zu machen – im Bedarfsfall zimmert sich Mottenkropf allemal das notwendige Alibi zusammen.

Mottenkropf steht bei der Schlagersängerin Mona, hat seine dunkel behaarte rechte Pranke mit allem Geschmeide auf einer ihrer Hinterbacken, turtelt plump, damit es ja niemandem entgeht, dass die Weiber auch auf einen Fünfzigjährigen so scharf wie Pumapisse sind, wenn der nur körperlich fit und ein so solventer Geschäftsmann ist wie er. Der Rahmen hier ist eigentlich zu klein für ein potentes Schwergewicht wie Mottenkropf. Er liebt und genießt große öffentliche Auftritte, er sponsert Mona schon seit ihrem Karrierebeginn, und er fühlt sich überaus geschmeichelt, wenn ihn die Presse in seiner Heimatstadt als Paten feiert.

Seine Beweihräucherung erreichte ihren Höhepunkt, als er mit einem Boxer, dessen internationale Klasse bei weitem nicht an seine Großkotzigkeit heranreichte, in der Stadthalle eine Europameisterschaft veranstalten durfte. Mottenkropf hielt Hof, und die am Ring versammelte Stadtprominenz sonnte sich in seinem Glanz: Stadtdirektor Dr. Pupasch kam geradewegs von einer Sitzung des Kirchensteuerrates, die Bürgermeister Dott und Üschlers waren ebenso dabei wie Generalmusikdirektor Palatsch, die Vorstände von Industrieunternehmen mit Begleitung, Ratsherren und etliche Kaufleute. Ein Bassist, der anscheinend den Mund voller Watte hatte, sang die Nationalhymne, und alle fanden das Event irgendwie irre und total ergreifend. Spät in der Nacht griff sogar der Champ selbst in die Saiten einer Gitarre und begleitete einen mittelmäßigen Schnulzensänger, den ein gerechter Karriereknick hierher an den tristen Rand der Zivilisation deportiert hatte, und schließlich intonierte ein aus Süddeutschland angereister, nach Publicity hechelnder Rechtsanwalt aus dem Stegreif den »Mottenkropf-Blues«, in dem von Kaviarfressern und ergrauten Spielern die Rede war.

All dies ist kein Geheimnis: es stand lang und breit in der Zeitung. Auch Mottenkropfs erstklassige Connection zu Polizeipräsident Klockstehn, einem Mann, dessen umfassende politische Liberalität sogar weitgehende Kontakte zu Halb- und Unterwelt gestattete, sind bekannt. Klockstehn, zugleich Vorsitzender des ortsansässigen Spiel- und Sportvereins, wollte zusammen mit Mottenkropf ein neues Stadion für seine Sportler bauen. Die Pläne lagen schon fertig in der Schublade, Mottenkropf sollte die Rolle des Hauptsponsors übernehmen, aber mitten in diese glänzenden Aussichten war dann auf Mottenkropfs nepalesischer Bettumrandung jene Blendgranate explodiert.

Natürlich muss er sich da gefragt haben, warum das LKA seinen Fall übernommen und ein Sondereinsatzkommando aus der Landeshauptstadt in sein Schlafzimmer geschickt hatte, und warum das nicht den örtlichen Polizeikräften überlassen worden war.

Ich weiß nicht, was in Mottenkropfs Kopf vorgeht. Aber ich kann vermuten, was Mottenkropf weiß: Dass seine Kumpels, der Polizeipräsident Klockstehn und Kripochef Geier, von der Aktion aus der Landeshauptstadt vorher einfach nicht informiert wurden, damit ja nichts in Richtung Mottenkropf durchsickerte. Und der Grund dafür konnte nur sein, dass irgendjemand das Landeskriminalamt von den guten Beziehungen des Geschäftsmannes Mottenkropf zu den Polizeispitzen der Stadt in Kenntnis gesetzt und eindringlich davor gewarnt hatte, diesen auch nur einen Piep von der geplanten Aktion zu verraten.

Sicher war Mottenkropfs rasanter Aufstieg in der Geschäftswelt dem Anwalt, der viel lieber im Verborgenen wirkt und so gut wie nie negative Schlagzeilen produziert, nicht verborgen geblieben, und möglicherweise hatte Mottenkropfs immer etwas zu barockes Auftreten des Anwalts Missfallen erregt. Zwei gegensätzlichere Typen konnte man sich auch nur schwer vorstellen: Hier der Repräsentant der feinen Gesellschaft der Landeshauptstadt, laserscharfer und polierter Feinschliff, was Umgangsformen und intellektuelle Ausrüstung betrifft, der subtil arbeitende Strippenzieher mit stets auch politischer Perspektive, beheimatet in einer versnobten und vermeintlich elitären Szene, die, während sie ihr Champagnerfrühstück einnimmt, mit der gepolsterten Straßenbahn von ihrem feinen, videoüberwachten Wohnviertel in die Innenstadt fährt (das ist wirklich ganz einmalig in der Landeshauptstadt, so was gibt es sonst nirgends: Eine Straßenbahn de luxe, eine High-Society-Breakfast-Tram!), und andererseits der grobe Klotz aus der Provinz mit seinem Kanisterkopf, schon auf meilenweite Entfernung als Kotzbrocken zu identifizieren, ordinärer Gangster mit stets nur mittelfristigen Plänen, Sohn einer Prostituierten und eines Besatzungssoldaten, der die Sonderschule mal gerade bis zur 7. Klasse und seinen Eintritt ins Berufsleben als Zuhälter bewältigt hatte.

Am Stadtrand, wo der Anwalt früher seine Praxis am See betrieb, schickte Mottenkropf elf Frauen auf den Strich. Dann widerfuhr ihm das Glück, dass sein Konkurrent Karl-Heinz Schultze von einem Unbekannten während eines Segeltörns auf dem See erschossen wurde. Natürlich ermittelte die Polizei sofort in Mottenkropfs Umfeld und nahm auch seinen damaligen besten Freund Jürgen Grothe zeitweise in U-Haft. Aber beweisen ließ sich nichts, und Mottenkropf konnte offensichtlich überhaupt nichts dafür, dass ihm nun niemand mehr Konkurrenz machte und seine Geschäfte behinderte.

Eigentlich war's eine gute Gabe Gottes, aber Mottenkropf führte es auf seine Intelligenz und deutsche Schaffenskraft zurück, dass er in so atemberaubendem Tempo immer reicher und reicher wurde. Kurz nach Schultzes Tod zog er 150 Kilometer weit weg, in eine unansehnliche Stadt am Rande des Mittelgebirges. Dort baute er sich umgehend die Existenz eines ehrbaren Kaufmannes auf.

Schnell reifte er zum Besitzer mehrerer exklusiver Autohäuser in der ganzen Region heran, in denen nur Edelfahrzeuge feilgeboten werden. Heute sind seine Kunden Unterweltgrößen, Zuhälter und andere ehrenwerte Geschäftsleute aus allen Teilen der Republik. Hin und wieder tritt er auch als privater Geldverleiher auf, aber den größten Teil seiner Einnahmen erzielt Mottenkropf mit Hilfe seiner Kontakte zum südamerikanischen Cali-Kartell, für das er als Kokaingroßhändler tätig ist.

In Mottenkropfs Autohäusern ist mir kein Mitarbeiter oder gar Geschäftsführer bekannt, der seinen beruflichen Aufstieg vom Zuhälter zum Autoverkäufer nicht durch ein Zubrot als Kokaindealer angereichert hat.

Dass der Anwalt sein Faible für noble Karossen – der Bentley! – ausgerechnet in diesem Milieu befriedigt, kann nur daran liegen, dass seine Geschäftsinteressen, sprich seine Geldgier und seine Renommiersucht, gelegentlich stärker sind als seine sonst so professionelle Vorsicht. Feststeht, Mottenkropf und der Anwalt sind alte Bekannte. Feststeht auch, dass der Anwalt über seine zahlreichen Drogen-Mandanten einen unerhört guten Einblick in die Szene hat, mächtig mit der Justiz kungelt, ebenfalls über allerbeste Geschäftskontakte zum Kartell verfügt und von daher für Mottenkropf eine nicht zu vernachlässigende Größe ist. Die Herren misstrauen einander zutiefst, sie sind sich persönlich alles andere als sympathisch, aber die

Angst vor eigenen Verletzungen bewirkt bei beiden eine Beißhemmung.

Dass der Anwalt dem Landeskriminalamt die entscheidenden Hinweise gab, um Mottenkropf aus dem Verkehr zu ziehen, dieser Verdacht liegt nahe, ist aber nicht zu beweisen. Immerhin zeigte Mottenkropfs vorübergehend eingeschränkte Arbeitsfähigkeit den südamerikanischen Geschäftspartnern, wen sie als Nummer eins im Revier anzusehen hatten: den Anwalt. Zum anderen musste es für dessen geltungssüchtiges Ego zutiefst schmeichelhaft sein, diesen Parvenü Mottenkropf als möglichen Konkurrenten auf kontrollierbares Maß zurechtgestutzt zu haben, und schließlich konnten sich die Freunde von der Staatsanwaltschaft der Landeshauptstadt in der Presse einen schönen Erfolg im Kampf gegen das Verbrechertum bescheinigen lassen, und sie wussten, wem der zu verdanken war.

Nur schwer vorstellbar ist es andererseits, dass der Anwalt von der geplanten Attacke der Verfolgungsbehörden gegen Mottenkropf nichts gewusst hat – er weiß schließlich immer alles. Und da er's gewusst hat, hätte er die ganze Aktion vermutlich auch stoppen können, wenn er gewollt hätte. Die Art, wie der Anwalt seine Beziehungen zur Justiz gestaltet, macht einen Staatsanwalt schnell zum demütigen Befehlsempfänger.

Warum soll's so einem auch anders gehen als mir? Ich kann mir in der Hinsicht überhaupt nichts einbilden, ich bin ein genauso schräger Vogel. Drei Tage vor der nächtlichen Visite bei Mottenkropf war mir die Beschaffenheit des Astes, auf dem ich hockte, so richtig klar geworden. Anlässlich einer Drogenrazzia wurde mir ein Mensch zum Verhör überstellt, der offensichtlich als Kurier unterwegs war. Ich kannte ihn nicht. Acht oder neun Briefchen mit Heroin, hochwertige Qualität, hatten die Kollegen in seinem doppelt genähten Gürtel gefunden. Er nahm, immer noch in Handschellen, vor meinem

Schreibtisch Platz und glotzte mich wütend an. Kaum waren wir allein, explodierte er fast: »Das wird dem Anwalt aber nicht gefallen, dass ihr mich hier hochnehmt. Das kostet dich den Job.«

Ich dachte, ich höre nicht richtig. Wie eine besoffene Hummel gegen die Scheiben, so hektisch brummten mir die Gedanken durch den Kopf.

»Das macht man doch nicht, die eigenen Leute abservieren«, zischte er weiter, »oder soll ich gleich beim Untersuchungsrichter über dich auspacken?«

In Slow Motion nahm ich ihm die Handschellen ab. Bevor er verduftete, steckte er mir seine Visitenkarte zu. »Ruf mich mal an, Kollege«, sagte er gönnerhaft.

Sein Telefonanschluss war eine Durchwahlnummer im Landeskriminalamt.

Seine Freilassung damals höheren Ortes zu begründen war keine besonders hohe Hürde. Heute gehe ich mit ihm gelegentlich um die Ecken. Die Dealerei findet er eigentlich auch ganz grauenvoll, aber er steckt so tief drin, dass er nicht mehr rauskommt. Peter heißt er, und er hat eine Pizzabude. Mottenkropf hat sie ihm geschenkt, aus Dankbarkeit, weil er es war, der ihn gewarnt hatte, dass ihm das Landeskriminalamt wohl demnächst eine Sondereinheit über den Balkon ins Schlafzimmer schicken würde, und er solle mal allen Schriftkram aus der Schusslinie schaffen. Neben der Pizzabäckerei ist er nach wie vor für Mottenkropf als Drogenkurier unterwegs, aber beim LKA ist er ausgestiegen. Ich bin sicher, hauptamtlich steht er beim Anwalt auf der Lohnliste, in dessen Auftrag hatte er Mottenkropf gewarnt. Der ehemalige LKA-Beamte Pizzapeter ist der Mann des Anwalts in der Organisation von Mottenkropf. Und davon, möchte ich wetten, hat Mottenkropf keine Ahnung.

Warum der Anwalt Mottenkropf warnen ließ? Der Anwalt ist ein weitblickender Mann. Er macht mal eben klar, wer der Chef ist, und dann offeriert er seine schützende Hand. Und wahrscheinlich ist er davon überzeugt, dass er die Energie Mottenkropfs bei Bedarf in die ihm genehmen Bahnen lenken kann.

Der Pizzapeter hält mir ein Zigarettenpäckchen hin.

»Grüß dich, Peter«, sage ich, »wie geht's?«

»Nicht schlecht«, antwortet er, »gestern Abend haben wir in der Spielbank mal eben 40 000,– Euro verdaddelt.«

»Wir?«

Peter deutet unauffällig zu Mottenkropf rüber: »Der Boss.«

Ja, seine Spielsucht macht Mottenkropf hin und wieder zu schaffen, aber sonst ist er höchst solide: Weder Alkohol noch andere Drogen. Und ein akzeptabler Ehemann ist er auch. Seine Frau heißt Tine – sie war in Mottenkropfs guten alten Zuhälterzeiten sein bestes Pferd im Stall. Heute schaltet und waltet sie als offizielle Eigentümerin der Zentrale, sie leitet das Autohaus TM. In der Schlingerstraße 19 besitzt TM, Tine Mottenkropf, eine standesgemäße Villa, ein Millionenobjekt mit prächtigem Hallenschwimmbad und allem Komfort.

Wenn Mottenkropf seine pastoralen Minuten zelebriert und sich über den Verfall aller Werte beklagt, dass zum Beispiel die modernen Frauen nur noch an sich denken und ihr einziges Interesse darin bestehe, sich vor der Arbeit in der Familie zu drücken, wenn er über die Oberflächlichkeit der Jugend sinniert, die sich nicht mehr hocharbeiten muss, sondern hinten und vorne alles reingestopft kriegt, wenn er Arbeitslosigkeit mit Arbeitsverweigerung gleichsetzt und nach dem starken Mann im Staat ruft, der endlich mal wieder Ordnung schafft, dann vergisst er nie, die überragenden Fähigkeiten und Tugenden seiner Tine herauszustreichen: Sie war es, die ihm gerade noch rechtzeitig den Rat gab, sein Nummernkonto im Kleinwalsertal, auf dem er etwa 1,8 Millionen Euro stehen hatte, schnellstens aufzulösen. Und kaum hatte er das getan, da flatterte den österreichischen Behörden auch schon ein Rechtshilfeersuchen aus Deutschland auf den Tisch – zu spät.

Seit diesem Warnschuss bevorzugt Mottenkropf das karibische Steuerparadies Cayman Islands. Dort parkt er seine Millioneneinnahmen. Diesen Tipp wiederum gab ihm der New Yorker Anwalt Alfred H. Nixon, der ebenso wie Mottenkropf ein Mitarbeiter des Drogenkartells aus Cali ist.

Wenn mich nicht alles täuscht, war dieser Nixon auch mal höchstpersönlich in Deutschland. Wichtige Herren aus Südamerika und ihre hochqualifizierten juristischen Berater aus Nordamerika haben nämlich die Angewohnheit, ein Mal im Monat in Deutschland einzuschweben, vermutlich nicht wegen des Heilklimas oder zum Besuch einer Volksmusikveranstaltung, sondern zwecks Sondierung des mitteleuropäischen Drogenmarktes. Am Flughafen erwartet die Herren dann ein auf Mottenkropf zugelassener Rolls-Royce samt Fahrer. Ich habe mal eine solche Ankunft observieren und mit Teleobjektiv fotografieren lassen – aber wie das manchmal so geht bei der Polizei, wenn sie jemanden beschattet: Der Rolls-Royce ist den Kollegen an einer Ampel davongerauscht, und die Fotos von den Herren mit den eleganten Köfferchen waren auch nicht zu gebrauchen, weil unser eigenes Labor sie versaut hatte. Wer nun also mit wem und wo konferiert hat, und ob eventuell auch der Anwalt bei den Gesprächen dabei war – ich weiß es nicht.

Der Pizzapeter, der maulfaul und angeödet neben mir an seiner Zigarette zieht, weiß darüber auch nichts. Sonst allerdings weiß er gut Bescheid, und er hat mir auch schon so manches erzählt, zum Beispiel, dass Mottenkropf seine Inlandsgeschäfte meistens über die Volksbank seiner Heimatstadt abwickelt. Mit deren Direktor Alois Überbein, einem absolut diskreten Mann, der in der Stadt sehr beliebt ist, verbindet ihn viel. Mottenkropf betrachtet Überbein als wahren Freund. Geschäftsgeheimnisse scheint es zwischen den beiden nicht zu geben, auch nicht, was jene Kredite betrifft, die Mottenkropf gelegentlich reichlich dubiosen Typen gewährt. Selbst wenn die Geschäftslage noch so heikel ist: Überbein hält auch in den schlechtesten Tagen immer dicht, außer gegenüber dem Pizzapeter: Dessen Schwester ist Überbeins Freundin, die arbeitet in einem Nagelstudio und fährt ein teures Cabrio von Mottenkropf, und das weiß der Pizzapeter, aber er sagt nichts … Erst kürzlich ist ein Festgeldkonto von Mottenkropfs bei der Volksbank von fünf auf acht Millionen Euro aufgestockt worden. Außerdem hat man ihm eine Globalbürgschaft eingeräumt.

Mit dieser Bank und Freund Überbein im Hintergrund lässt es sich effektiv wirtschaften. Mottenkropf hat etwas geschafft, was viele nicht für möglich hielten: Allein mit seinen Autogeschäften konnte er im letzten Jahr rund 7,5 Millionen Euro Gewinne aus Drogengeschäften weiß waschen.

Pizzapeter hat mir erklärt, wie das läuft: Mottenkropf kauft von seinem Kölner Partner Klohmann einen Mercedes für 60 000,– Euro. Diese Summe steht im Kaufvertrag. Tatsächlich aber ist das Auto 80 000,– Euro wert.

Mottenkropf verkauft den Wagen dann für 90 000,– Euro weiter.

Der reale Gewinn von Mottenkropf/Klohmann beträgt also 10 000,– Euro. Dem Finanzamt gegenüber aber wird ein Gewinn von 30 000,– Euro ausgewiesen.

Somit sind 20 000,– Euro Drogengeld ehrlich geworden, oder, wie man so treffend sagt, »weißgewaschen«.

Selbstverständlich werden die gesamten 30 000,– Euro ordnungsgemäß versteuert. Demzufolge findet der Finanzminister diese Methode gar nicht so übel – schließlich wird Geld aus dem Untergrund in den Fiskus gespült, das eigentlich für die Öffentliche Hand schon verloren war, und mit dem er nun seinen meistens maroden Haushalt anreichern kann. Also, ich kann mir jedenfalls nicht vorstellen, dass ein pflichteifriger Finanzminister unbedingt ein leidenschaftlicher Gegner des internationalen Drogenhandels ist, im Gegenteil, vermutlich rechnet er mit diesen Transaktionen aus der Unterwelt und plant sie heimlich an irgendeiner verschwiegenen Ecke seines Etats ein.

Wenn dann andererseits der Innenminister schärfere Gesetze gegen die Geldwäscherei fordert, ist das nichts anderes als sinnloses Medien-Ballyhoo und populistisches Geschwätz, ein durchsichtiger Bluff. Aber das weiß man ja: An der Spitze einer wirtschaftskriminellen Vereinigung steht meistens ein Intellektueller. An der Spitze der Regierung aber … Na gut, das nehme ich zurück, wenn jemand die Meinung vertritt, die Regierung selbst sei eine wirtschaftskriminelle Vereinigung.

Geldwäsche ist auch der Zweck von Mottenkropfs Handel mit Grundstücken. Das LKA in der Landeshauptstadt hat eine ganze Weile hinter ihm her recherchiert, der Pizzapeter hat einen Teil der Akten heimlich kopiert, als er da noch seinen Dienst schob, und sie auch mir kurzfristig überlassen, bevor er sie an den Anwalt weiterreichte. Selbstverständlich habe nun auch ich einige Kopien im Safe – ein schönes Stückchen Sicherheit in unsicheren Zeiten, wo man jederzeit in Ungnade fallen kann.

Da gibt es zum Beispiel das Objekt Trautenberg. Der Vorbesitzer Franz Schädlich hatte auf das Grundstück eine Grundschuld von 400 000,– Euro eintragen lassen. Mottenkropf erfuhr das – natürlich – von seinem Freund Überbein. Die Immobilien-Kreditsachbearbeiter der Volksbank, die Herren

Dahlmann und Bäckertor, schätzten es in einem Wertgutachten auf 640 000,– Euro ein. Der in Not geratene Schädlich verkaufte daraufhin das Grundstück für 640 000,– Euro an Mottenkropf. Der Vertrag wurde bei einem befreundeten Notar namens Hans-Horst Zirblowsk aufgesetzt. Vier Monate später erstellten Dahlmann und Bäckertor ein neues Wertgutachten. Nun war das Grundstück plötzlich 1,6 Millionen Euro wert. Für genau diesen Preis erwarb es Herr Gambetta, ein guter Bekannter von Mottenkropf, und der Kauf wurde ebenfalls bei Notar Zirblowsk besiegelt. Tatsächlich erhielt Mottenkropf aber, das hatten Gambetta und er stillschweigend vereinbart, nur 700 000,– Euro. Die 900 000,– Euro Gewinn existierten nur auf dem Papier. Damit war eine schöne Stange Geld weißgewaschen. In dem Haus betreibt Gambetta heute übrigens ein Bordell.

Noch einträglicher lief der Deal mit dem Grundstück Kleinensee. Der Eigentümer, ein Herr Dohr, war ebenfalls in finanzielle Schwierigkeiten geraten. Seine Grundschulden bei der Volksbank beliefen sich auf 650 000,– Euro. Volksbank-Schätzer Dahlmann hatte fünf Jahre zuvor in einem Gutachten den Wert des Grundstücks auf 870 000,– Euro taxiert. Mottenkropf löste die Grundschuld ab und war somit neuer Besitzer des Grundstücks. Nun musste Dahlmann erneut ran. Neuer Schätzwert des Grundstückes: wunschgemäße 2,1 Millionen Euro. Dieser Aufschlag war, auch bei wohlwollender Betrachtung, ziemlich übertrieben. Aber für genau diesen Preis hat Mottenkropf dann Grundstück und Gebäude an einen Kroaten aus dem Zuhältermilieu verkauft und das Ganze wiederum rechtskräftig bei seinem Notars-Freund abgesegnet. Tatsächlich bezahlte der Jugoslawe nur 910 000,– Euro. Schon wieder 1,2 Millionen Euro strahlendweiß und porentief gereinigt.

Nicht minder gut lief es schließlich in der Grundstückssache Bachtal. In jenem hügeligen und landschaftlich reizvollen Stadtteil befand sich früher einmal das seit Generationen bei alt und jung beliebte Ausflugslokal Burg Forst. Eines Tages aber rentierte sich der Laden nicht mehr so richtig. Mottenkropf gründete mit seinem Freund Gottfried Sommer eine Gesellschaft, die dank seiner glänzenden Beziehungen zur Volksbank den ganzen Komplex kaufen und Burg Forst in ein Mehrfamilienwohnhaus umwandeln konnte. Die Kosten beliefen sich auf etwa 600 000,– Euro. Die acht Eigentumswohnungen hat Mottenkropf dann für jeweils 400 000,– Euro an Angestellte seiner Firma und andere Kreditnehmer verkauft. Sein Vorteil war klar: Er hatte auf einen Schlag 2,6 Millionen Euro so sauber, weißer geht's nicht.

Als man ihm vorhielt, dass die Leute in seiner Heimatstadt bis heute über den Verlust ihres einst so beliebten Ausflugsdomizils jammern, knurrte Mottenkropf nur kurz und ungehalten: »Die können meine Kacke fressen.«

Glänzende Augen bekommt Mottenkropf, wenn er das Stichwort »Kreditpflege« hört. Spezialist auf diesem Gebiet ist sein Freund Werner Pelpko, der eines seiner Autohäuser betreibt, daneben aber für das Eintreiben der Gelder, die Koksverteilung und das Mietwagengeschäft zuständig ist.

Beim Eintreiben der Schulden geht es naturgemäß nicht gerade zimperlich zu. Mottenkropfs Kunden stammen zum größten Teil aus dem Milieu, und sie wissen, was sie erwartet, wenn sie nicht zahlen. Im Durchschnitt kosten Mottenkropfs Luxusautos um die 100 000,– Euro. Es reicht, wenn der Kunde 10 000,– Euro anzahlt. Der Rest läuft über Wechsel. Und wenn die nicht pünktlich eingelöst werden, schwärmen Pelpko & Co aus. Die Autos werden abgeholt und sofort anderweitig verkauft. Das bereits gezahlte Geld wird selbstverständlich einbehalten.

Ein gewisser Wolf Tücken aus dem Kohlenpott zum Beispiel kann davon ein leidvolles Lied singen. Boutiquenbesitzer Tücken hatte den Hang zu Höherem. Also kaufte er bei Mottenkropf ein schniekes Mercedes-Coupé für 80000,– Euro, zahlte 15000,– Euro an und löste danach einen Wechsel über 5000,– Euro ein. Dann ging ihm die Puste aus. Mottenkropfs schnelle Eingreiftruppe überraschte ihn im Hotel Maritim, wo er die große Nummer abziehen und einer Freundin beweisen wollte, was für ein großkalibriger Hirsch er doch sei. Das klägliche Ende: Eine beeindruckende Beule am Kopf, dazu 1000,- Euro »Wegegeld« an die Schläger bezahlt und Rückfahrt nach Hause mit den öffentlichen Verkehrsmitteln.

Mottenkropfs Zorn bekam auch ein gewisser Hubert Mikoleit aus Westfalen zu spüren. Der hatte sich von ihm einen Kredit von

50000,– Euro geben lassen. Und weil Mottenkropf, wie er sagt, in solchen Fällen ein hohes Risiko eingeht, muss er auch hohe Zinsen verlangen. Schon bald betrug die Darlehenssumme 85000,– Euro, und Mikoleit zeigte erschreckend wenig Bereitschaft, das Geld zurückzuzahlen. Da wurden ihm seine Schuldnerpflichten nachdrücklich mit einem Billardqueue eingeprügelt. Eine sehr wirksame Methode, wie sich herausstellte, denn Mikoleit zahlte fortan seine Raten äußerst gewissenhaft und pünktlich.

Unangenehm überrascht zeigte sich ferner ein Architekt namens Nueßchen, der Mottenkropf etliche große Geschäfte vorgegaukelt und dem er einen Kredit von insgesamt 1,5 Millionen Euro eingeräumt hatte. Nueßchen flüchtete einfach in die USA, um sich seinen Verpflichtungen und Mottenkropfs Nachstellungen zu entziehen. Aber dessen Arm reicht weit. Mottenkropf setzte als Terminator seinen damaligen Mitarbeiter August Huttenbart aus Nordfriesland in Marsch, der die unerfreuliche Sache durch amerikanische Hells Angels zu Mottenkropfs vollster Zufriedenheit regeln ließ.

Gewiss, gelegentlich knirscht es in Mottenkropfs Getriebe. (Der Pizzapeter merkt es immer daran, dass er eine Krawatte umbinden muss, denn dann geht's wieder an die Spieltische der Umgebung, um die angespannten Nerven zu beruhigen.) Mottenkropf hatte zum Beispiel einen guten Freund, der betrieb ein Immobilienbüro. Mit dem wickelte er einige günstige Grundstücksgeschäfte ab. Das wäre an und für sich in Ordnung gewesen, aber dieser Freund war nebenbei auch noch Minister. Irgendwann wurde die Doppelbelastung des hohen Herrn ruchbar: Das Landeskriminalamt in der Landeshauptstadt hatte sein Telefon angezapft. Aber der Rücktritt des Ministers beruhigte die Gemüter schnell – heute wuselt er nur noch ein wenig in der Kommunalpolitik herum und widmet sich seiner ordentlich florierenden Anwaltskanzlei. Aber für Mottenkropf hat dieser Exminister natürlich enorm an Wert verloren, und für die Party heute Abend bringt er auch nicht mehr genügend politisches Gewicht auf die Waage.

Unangenehmer war die Geschichte, als Mottenkropf unversehens mal das Bundeskriminalamt am Hals hatte: Das war, als der Mann, der den berüchtigten Vater einer berühmten Tennisspielerin mit einem außerehelich gezeugten Kind zu erpressen versucht hatte, eines Tages mausetot, weil ermordet, in einem von Mottenkropfs Autos lag und niemand plausibel erklären wollte, wie der dort hineingekommen war. Da sah man Mottenkropf ratlos und hörte ihn klagen, heutzutage sei man ja wohl nirgends mehr vor der Mafia sicher.

Natürlich mag Mottenkropf es gar nicht, wenn gute Freunde sich so dämlich anstellen, dass plötzlich Polizei oder Steuerfahndung in der Tür stehen. Als sein Freund Tortenheber, der das Cali-Kartell in Berlin vertrat, aufflog und aus dem Verkehr gezogen werden musste, empfand der sonst so harte Mottenkropf echten Weltschmerz, aber ungehalten wurde er, als die beiden Repräsentanten einer seiner Dependancen hochgingen: Horst Küchenmeister und Alexander von Chlorow hatten versucht, ein paar Millionen abzuzweigen, indem sie einige Autos der höchsten Preisklasse den Banken als Sicherheit gleich mehrfach zwecks Kreditbeschaffung übereigneten. Dabei hätte zumindest Küchenmeister ahnen können, was für ein böses Ende es nimmt, wenn man sich unrechtmäßig bereichern will: Er selbst hatte kurz zuvor noch als Zeuge vor Gericht gestanden, und zwar in dem Verfahren gegen seine Entführer, die ihn tagelang in der Gewalt hatten, um ein Lösegeld von 730000,– Euro zu erpressen, und die dann zu hohen Freiheitsstrafen verurteilt worden waren.

Mottenkropf hätte diese Angelegenheit eigentlich von Herzen gleichgültig sein können, wenn Küchenmeister nicht in sein völlig überflüssiges Steuerermittlungs-Verfahren auch einen Mottenkropf-Intimus mit hineingezogen hätte: Den Staatsanwalt Dr. Dr. von Hauptmann, der nun in dem dringenden Verdacht steht, Küchenmeister bei seinen Steuertricksereien geholfen zu haben. Der doppelt promovierte Staatsanwalt hat sich daraufhin krank gemeldet, und in seiner Behörde geht niemand mehr davon aus, dass er je wieder an seinen Arbeitsplatz zurückkehrt.

Mangelnde Professionalität, die zu unliebsamen Enthüllungen führt, ist dem akkuraten Geschäftsmann Mottenkropf wirklich enorm zuwider, er mag damit nichts zu tun haben. Er will ein geachtetes Mitglied der Gesellschaft sein, und so, wie es aussieht, ist seine Position durchaus gefestigt. Mottenkropf, ein Glas Orangensaft in der Hand, steht zwischen Robert Lukassy und Bundesanwalt Funzlich. Und Lukassy erzählt mit vom Alkohol angedröhnter Stimme von der Spitzenkraft in einem der größten Zeitungsverlage des Landes, Coyote genannt, der vor Jahren aus reinen Publicitygründen eine gewaltige Kinderschutzaktion anrollen ließ, und der dann, auf dem Höhepunkt jener Aktion, besoffen ein Kind überfuhr, wofür er auch vom Gericht bestraft wurde. Allerdings erhielt er Bewährung. Wenig später verdrosch er – während seiner Bewährungszeit – ebenfalls total abgefüllt, einen Taxifahrer, der ihn daraufhin anzeigte. Das Verfahren wurde selbstverständlich gekonnt unter den Teppich gekehrt, und jeder, der die Geschichte heute zum Besten gibt und den Namen dieses Kinderfreundes nennt, läuft Gefahr, von ihm wegen Behinderung seiner Resozialisierung verklagt zu werden.

Lukassy muss sich vor Lachen beinahe übergeben, Funzlich sagt süffisant »Ich kenne den Fall« und Biedermann Mottenkropf bekundet seine Anerkennung für derart ausgereifte Beziehungen. Dann tritt der Anwalt in die Runde, sagt »Ich habe auch ein Hirn für Kinder« und legt Funzlich und Mottenkropf seine Arme um die Schultern. Das ist ein schönes Bild echter und gewachsener Freundschaft. Noch erfreulicher fände ich es allerdings, wenn Mottenkropf seine Daumen in des Anwalts Augenhöhlen drücken würde, dass sie ihm seitwärts zu den Ohren rauskommen.

»Dabei fällt mir ein, ich habe dir was mitgebracht«, sagt Funzlich und gibt einem jungen Mann in seiner Nähe, offenbar seinem Leibwächter, einen Wink, »hol doch mal unser Mitbringsel, es steht in der Garderobe am Eingang.«

Der flitzt davon.

»Mir was mitgebracht?«, sagt der Anwalt mit gut gespielter Verwunderung, »das wäre doch nicht nötig gewesen, aber du kennst natürlich meinen Sinn für kleine Aufmerksamkeiten, ich bin gespannt.«

Der Leibwächter ist wieder da, unter dem Arm ein Bild von Konzertplakatgröße. Nein, es ist kein Bild, es ist ein vielfach vergrößerter Zeitungsartikel in mattschwarzem Metallrahmen. Ich kann den Text nicht lesen, aber er löst beträchtliche Heiterkeit aus.

»Ich muss das mal in Ruhe genießen«, sagt der Anwalt, »das ist ja ein wundervolles Stück, ich danke dir sehr. Du hast es mitgebracht, du darfst es auch aufhängen. Und ich weiß auch schon, wo. Frau Barke! Hammer und Nagel bitte!«

Frau Barke zögert keinen Moment: »Schlaffi! Hammer und Nagel bitte, im Regal der Kammer neben der Küche, avanti!«

Schlaff kann den Befehl an niemanden weitergeben, also macht er sich mit mauligem Gesicht auf den Weg.

»In den Konferenzsaal bitte!«, ruft ihm der Anwalt hinterher, »bitte, meine Herren, dann wollen wir mal erleben, wie der Herr Bundesanwalt mit dem Hammer in der Hand aussieht, und ob er nageln kann.«

»Freund Robert wird mir assistieren«, sagt Funzlich, »er wird den Nagel festhalten, und ich schlage zu.«

Bestens gelaunt entfernt sich die Gruppe Richtung Konferenzsaal.

Ich sehe Mona und der Band bei den letzten Vorbereitungen zu ihrem Auftritt zu. »Test, Test, Test«, malträtiert der Roadie einfallslos in unterschiedlicher Lautstärke Mikros und Gästeohren, regelt hier einen Monitor nach, wechselt da einen Klinkenstecker aus, überprüft noch einmal die Sitzhöhe des Hockers für den Trommler – und nach zehn Minuten kommt der Anwalt mit seiner Naglertruppe wieder in die Lobby. Das ist das Startzeichen für die Musik, oder jedenfalls für das, was man in diesen Kreisen dafür hält.

5. Vanmijsen

Mona hat Polypen. Ihre Brust ist hübsch, aber die Luft, die sie einatmet, stößt sie beim Singen durch die Nase wieder aus, dass es wie Feueralarm klingt, und jedes ihrer Lieder ist eine Abfolge misshandelter und gedemütigter Töne. Die Texte sind nur schwer verständlich, im Moment beschwört sie offenbar irgendwelche aufgeblasenen und dann geplatzten Flugobjekte. Ihre Kapelle, fünf Herren im weißen Smoking, besteht aus abgebrühten Tanzmuckern. Ich kann diesen dumpfen Schweinebeat nicht leiden, für mich beginnt Musik bei Charlie Parker und hört einstweilen bei Prince auf. Außerdem hat Mona einen hässlichen Mund – drei Monate später geboren, und sie wäre ein Kaninchen geworden.

Die Gäste haben sich rund um Mona & Die Hurricanes versammelt und singen den Refrain mit. Ich sehe Schnubbel und Krumm – sie stehen nebeneinander in der ersten Reihe und klatschen rhythmisch in die Hände, immer auf die Eins, wie im deutschen Showbusiness üblich. Schlaff tanzt mit albern schlenkernden Armen als Single vor sich hin. Lukassy und Funzlich stehen am Fenster: Offenbar hat der Herr Bundesanwalt dem Herrn Journalisten äußerst wichtige Mitteilungen zu machen, schmierige Indiskretionen vermutlich, die der dann zu seiner Spezialität verarbeitet – Zeitungsmeldungen, die mit der Floskel »Wie aus gewöhnlich gut unterrichteten Kreisen verlautet« eingeleitet werden. Funzlich redet intensiv auf Lukassy ein und dreht dabei unentwegt am mittleren Knopf von Lukassys Jacke. Bald wird er ihn wohl in der Hand haben.

Mottenkropf schubbert sich, einfallslos auf der Stelle tretend, an einer Schokopuppe, lutscht an ihrem Hals und hat seine Hände in ihren Achselhöhlen. Sein Mund sieht aus wie ein geschminktes Hühnerafter. Es ist voll geworden auf der Party des Anwalts. Neckische Serviermädchen winden sich zwischen den Leuten hindurch, präsentieren unermüdlich Tabletts mit vollen Gläsern und reiten die Snack-Attack. Es ist laut. Eine Gruppe von Bauchtänzerinnen soll auch noch kommen. Der feiste Spitzensozi mit den dicken Brillengläsern schlabbert weiter Bier und leckt sich die wulstigen Lippen.

Ich bin nervös und frage mich, was ich hier eigentlich treibe. Bin ich der Wächter von Moral und Sitte? Hat der Anwalt etwa mir persönlich geschadet? Nein, er ist nur mein Geschäftspartner. Eigentlich kann ich in aller Ruhe mein bisheriges Leben weiterführen. Warum dann die Gewaltphantasien, was soll das spätpubertäre Terminatorgehabe? Warum habe ich die Bombe im Kopf und die Knarre bei mir? Wozu die Einwegspritze im Etui und soviel Heroin, dass es einen Ochsen zum Fliegen bringt? Wofür den Fallschirmjägerdolch an die Wade geschnallt und dünne, aber reißfeste Lederhandschuhe in der Tasche? Muss ich diesen ganzen Stress wirklich haben?

Ja. Weil ich endlich wieder raus will aus dieser Abhängigkeit, weil ich nicht mehr erpressbar sein möchte. Morgens unbeschwert und fröhlich ins Büro gehen, abends mit gutem Gewissen nach Hause kommen, nachts gut schlafen, das will ich. Und warum ist mir der Kopf so voll, warum laufen alle diese Filme nochmal ab? Das ist doch alles hundert Mal durchdacht ... Logisch, weil ich ganz sicher sein muss, dass es richtig ist, dem Drachen den Kopf abzuschlagen.

Eigentlich bin ich gegen die Todesstrafe, ehrlich. Aber das, was ich vorhabe, soll auch nicht die Strafe sein für das, was er verbrochen hat, ich denke eher, es ist eine Art putativer Rettungsschuss, eine präventive Ausschaltung, damit er aufhört, das ganze Land zu terrorisieren. Gegen Ganoven im Allgemeinen habe ich ja gar nichts, Mord- und Totschlag gibt's seit Kain und Abel, und das Verbrechen ist auch ein Motor der menschlichen Entwicklung. Wozu gäben wir uns sonst Gesetze, wenn wir nicht auch daran interessiert wären, Outlaws zu produzieren? Aber Leute, die selbstherrlich ihre eigenen Gebote erlassen und ihre ganze Umgebung diktatorisch zwingen, ihnen Tribut zu zollen, die sich ein ganzes Netz von Domestiken gefügig machen, und deren raffgieriger Machtinstinkt alles und jeden zu hündischen Unterwerfungsritualen zwingt, machen mich, sagen wir mal – aufsässig.

Doch, ich bin der Ansicht, Tyrannenmord ist gerechtfertigt. Letztlich erfülle ich nur meine bürgerliche Pflicht, weil die gesellschaftlichen Selbstreinigungskräfte in Politik, Justiz und Polizei nicht den Willen aufbringen, diese gemeingefährliche Advokatenkarikatur zu stoppen. Oh, ich weiß sehr gut, Selbstjustiz kommt eigentlich nicht in Frage, da könnte ja jeder kommen. Nein, ich bin kein Mann, der rot sieht, und auch kein fanatischer Law-and-Order-Vertreter. Ich würde sehr gern zu meinem Vorgesetzten gehen oder zur Staatsanwaltschaft und auspacken. Und dann? Ich weiß doch, was dann passiert bei diesem korrupten Verein: Ich bleibe auf der Strecke. Ich allein und außer mir niemand.

Strafanzeigen gegen Polizisten müssen bei der Behörde eingereicht werden, deren Angehörige davon betroffen sind. Was man sich dann einhandelt, ist klar: Gegenanzeigen wegen übler Nachrede, Beleidigung, Verleumdung und was weiß ich noch alles. Immer hat man eine Latte von Zeugen gegen sich. Die

Staatsanwaltschaft wird tätig auf Grund der Ermittlungen der Polizei. Daraus ergeben sich alle nur denkbaren Steuerungsmöglichkeiten. Wenn du dich gegen den Korpsgeist stellst, bist du automatisch der Verlierer. Oh ja, »Auf die Kollegen ist Verlass!« – Corporate-Identity – das ist eine Organisation zur Verhinderung der Aufdeckung von Straftaten. Und wenn du da nicht mitmachst, bist du total isoliert. Ein unvorsichtiger Satz an der falschen Stelle, und du kannst dich gehackt legen.

Wenn wirklich mal was an die Öffentlichkeit dringt, und ein aufrechter Staatsanwalt, sowas soll's ja gelegentlich auch geben, präsentiert einen Kronzeugen, der irgendwelche Ferkeleien aus dem Innenleben von Polizei und Justiz bezeugen will, wird sofort Druck ausgeübt.

Vor einiger Zeit, bei einem der größeren Polizeiskandale in Norddeutschland, hat eine Zeitung dem Innenminister im Interview die Frage gestellt:

»Wackelt der Kronzeuge?«

Da hat der doch wörtlich geantwortet: »Wir haben durch die Veröffentlichung natürlich mit dem Problem zu kämpfen, dass dieser Kronzeuge zu seinen Aussagen steht.«

Ich sage, es gibt keine demokratische Polizei. Der ganze Apparat ist nur auf Befehl und Gehorsam aufgebaut. Und der Gehorsam siegt immer über rechtsstaatliches Denken. Aber da mache ich nicht mehr mit. Ich will meine Individualität zurück. Also werde ich es tun. Ich muss mich konzentrieren, und dann werde ich ausführen, wozu ich mich entschlossen habe.

Der Pizzapeter lehnt an einer Säule und hält sich an einem Mineralwasser fest. Der Glückliche kann mit offenen Augen im Stehen schlafen. Ich schlendere ziellos durch einige Räume – überall teure Designerschreibtische, lederne Chefsessel, jede Menge Computer, Akten in verschlossenen Schränken. Alles peinlich aufgeräumt, Papiere liegen nicht herum, nirgends was zum Schnüffeln. Lasse mir einen Espresso geben, komme mit der Tasse in der Hand in den Konferenzsaal, setze mich an die Spitze des imposanten Mahagonitisches – bestimmt der Platz des Anwalts. Das ist wirklich ein Saal, nicht nur ein Raum oder gar ein Zimmer.

Da hängt das Präsent des Herrn Funzlich an der Wand, durchaus gerade, das muss man zugeben. Ja, es ist wirklich ein Zeitungsartikel, ich schätze mal, vierfach vergrößert, und aus der Schrifttype schließe ich, dass er aus einer Frankfurter Zeitung stammt:

KREATIVE STAATSANWÄLTE, SOUVERÄNER MINISTER – ERWARTETE ERKENNTNISSE IM FALL LABSAL

Parlamentarische Untersuchungsausschüsse interessieren außer den Beteiligten kaum jemanden, meist werden sie in der Öffentlichkeit für schlichtes Parteiengerangel gehalten. Untersuchungsausschüsse gelten als Mittel der politischen Grabenkämpfe, und sie dienen vor allem der Verschleierung tatsächlicher Vorgänge, ist die landläufige Meinung. Auch der Abschlussbericht, den der Untersuchungsausschuss des Landtages zum angeblichen Betrugsfall des Kunstrasenherstellers Labsal noch vor den Landtagswahlen vorlegen will, wird niemandem den Schlaf rauben. Seine Beweisaufnahme, weshalb die Staatsanwaltschaft für die Ermittlungen gegen die Labsal-Verantwortlichen eineinhalb Jahre lang brauchte, ergibt das beruhigende Bild eines normal funktionierenden Apparates.

Anlässlich der Aufklärung der Vorgänge, bei denen ein geschätztes Defizit von 1,3 Milliarden Euro erwirtschaftet wurde, ist auf allen Stufen der Justizhierarchie – Staatsanwaltschaft, Generalstaatsanwaltschaft und Justizministerium – nichts

versäumt worden, und wenn doch, dann nur insoweit, dass man von einem singulären Fehlverhalten Einzelner sprechen könne, dieses allerdings nur mit Fragezeichen.

Grundlage aller Bemühungen war eine bei Steuerfahndung und Staatsanwaltschaft eingegangene anonyme Anzeige: 14 Seiten mit umfangreicher Anlage, worin behauptet wurde, dass die Labsal AG mit gefälschten Aufträgen arbeite und fingierte Forderungen an die Finanzierungsgesellschaft ProReo verkaufe. Einer der Steuerfahnder stieß in der Tat auf »extreme Auffälligkeiten«, wie er als Zeuge den Untersuchungsausschuss wissen ließ.

Dann fand eine Besprechung statt, an der drei Oberstaatsanwälte, zwei Staatsanwälte, zwei Wirtschaftsfachleute der Staatsanwaltschaft und drei Beamte der Finanzverwaltung teilnahmen. Einer der Steuerfahnder regte an, man solle doch stichprobenartig untersuchen, ob bestimmte Vorhaben von Labsal wirklich nur auf dem Papier stünden. Die Beamten der Finanzverwaltung verließen diese Besprechung in der tiefsten Überzeugung, dass die Staatsanwaltschaft nun ganz energisch über diese Anregung nachdenken werde.

Doch der Leiter der Abteilung für Wirtschaftsstrafsachen der Staatsanwaltschaft, ein Oberstaatsanwalt, schlug einen ungewöhnlich kreativen Weg ein. Er hatte ja lediglich zwei Möglichkeiten: Entweder er verfügte die Einstellung des Verfahrens, weil kein Anfangsverdacht bestand, oder er nahm die Ermittlungen auf. Der Oberstaatsanwalt nun legte in einem Vermerk nieder, es bestehe zwar kein Anfangsverdacht, aber das Verfahren sei auch nicht einzustellen. Er berichtete auch nicht, wie es eine sture Bürokratie eigentlich gebot, seiner Generalstaatsanwaltschaft.

Eine solche Vorgehensweise – nicht einstellen, nicht ermitteln, nicht berichten – macht deshalb Sinn, weil der Ober-

staatsanwalt im Sinn hatte, die Labsal-Verantwortlichen vor Schaden zu bewahren. Der Untersuchungsausschuss sah das genauso und konnte somit in seinem Verhalten keine Verdachtsmomente entdecken. Zumal dieser Oberstaatsanwalt während seiner Laufbahn mehrfach mit dem Prädikat »hervorragend« beurteilt worden war. Zeugenaussagen vor dem Ausschuss haben ergeben, dass sein Verhalten nicht nur im Fall Labsal auffällig gewesen ist; der Strafverfolger sei bei Ermittlungen eine »Art Nadelöhr« gewesen, was für das Rechtsempfinden der Bürger ja nicht das schlechteste ist. Und er habe, was selten geworden sei heutzutage, die Labsal-Geschäftspläne mit Hilfe der alten Auflage eines juristischen Standardkommentars gewissenhaft überprüft.

Labsal hat ein dichtes Geschäftsnetz mit hochkomplizierten Finanzierungsmethoden im In- und Ausland gewebt. Hier steht nun also versierten Geschäftsleuten mit großer schöpferischer Energie ein Staatsanwalt gegenüber, der sich erst einmal die Grundzüge bestimmter Rechtsgeschäfte vergegenwärtigen muss. Das erfordert Ruhe und Konzentration.

Der Sonderermittler, ein Leitender Oberstaatsanwalt der General-staatsanwaltschaft, hat vor dem Ausschuss zwar bestätigt, dass eine genaue Prüfung der anonymen Anzeige einen Anfangsverdacht auf Betrug, Untreue und Bilanzfälschung der Labsal-Verantwortlichen hätte ergeben können, doch war das ein Grund, unseren Oberstaatsanwalt aus der gebotenen Ruhe und Konzentration aufzuscheuchen?

Der anonyme Anzeigenerstatter, ein notorischer Nörgler und frustriert von der sorgfältigen Vorgehensweise der Staatsanwaltschaft, wandte sich schließlich an die Polizei, wobei er in Kauf nahm, dass seine Identität bekannt wurde. Nun nahm ein rühriger, um nicht zu sagen übermotivierter Kriminalhauptkommissar, der gerade nichts anderes zu tun hatte, die

Ermittlungen auf. Unter anderem bat er französische Kollegen, doch mal zu überprüfen, ob Vorhaben, die Labsal für Frankreich in den Büchern führte, wirklich vorhanden seien. Nun, sie waren nicht. Na und? Der Kriminalhauptkommissar schaffte eine ganze Reihe von »Beweisen« herbei, die er allesamt an die Staatsanwaltschaft weiterreichte, wo sie natur- und ordnungsgemäß abgeheftet wurden.

Schließlich gab ein Labsal-Vorstandmitglied zu Protokoll, ihm seien die Luftgeschäfte über den Kopf gewachsen, und er wolle nun ein umfassendes Geständnis ablegen, woraufhin vier Labsal-Vorstandsmitglieder in Untersuchungshaft wanderten. Die Anwaltskanzlei der Betroffenen ist allerdings von der baldigen Freilassung ihrer Mandanten überzeugt, da »die Glaubwürdigkeit des Geständnisses doch sehr zweifelhaft sei, was die Staatsanwaltschaft ja dankenswerterweise ähnlich sehe«.

Der Untersuchungsausschuss konnte demzufolge auch zu keinem anderen Ergebnis kommen, als dass die Zusammensetzung der mit dieser Angelegenheit befassten Staatsanwaltschaft eine besonders geglückte und fachgerechte sei. So hatte sie schon wenige Tage nach den Festnahmen zugestimmt, dass die Bank der geschiedenen Ehefrau eines der Verdächtigen 740 000,– Euro in bar auszahlte. Den Betrag hatte der Verdächtige zuvor auf das Konto überwiesen. Auch diese Nichtigkeit wurde selbstverständlich nicht an die Generalstaatsanwaltschaft berichtet. Trotzdem hat, um alle Zweifel auszuräumen, die Generalstaatsanwaltschaft als vorgesetzte Behörde eine Sonderprüfung betreffend die Ermittlungen der Staatsanwaltschaft angeordnet. Deren Ergebnis war dann rundherum positiv. Und einer der Prüfer konnte dem Untersuchungsausschuss berichten, er habe alle Akten eben insoweit untersucht, wie das für ihn als »relativen Laien« in wirtschaftlichen Dingen möglich sei.

Insofern können die Äußerung des Justizministers, die überwältigende Mehrheit der Staatsanwälte sei fähig und fleißig, die Ermittlungen seien ordnungsgemäß geführt worden, und er sei da von Anfang an gutgläubig gewesen, nur als zutreffend bezeichnet werden.

Das kann die Öffentlichkeit mit Recht von ihrer Rechtspflege erwarten: einen gutgläubigen Minister, eine laienhafte Generalstaatsanwaltschaft und eine Staatsanwaltschaft, die die Gesetze zugunsten großer Unternehmen auch mal auf sich beruhen lässt. Kein Zweifel also – auch dieser Untersuchungsausschuss war völlig überflüssig und wird keinerlei Konsequenzen haben.

An so etwas hat der Herr Bundesanwalt Funzlich also seine Freude, und die Tatsache, dass er den Anwalt mit einem so höhnischen Pamphlet beschenkt, beweist, wie er dessen Einstellung zu den Justizorganen einschätzt. Offenbar sind sich die Herren darin einig, dass es sich dabei um einen Club zur Förderung der Kriminalität handelt. Und sie finden es lachhaft, ausgerechnet Juristen mit der Verbrechensbekämpfung zu betrauen.

Mich wundert diese Einstellung schon lange nicht mehr. Wenn mal irgendwo ein Polizei- oder Justizversagen ruchbar wird, gilt der allgemeine Konsens: Das legen wir ab in der Schublade »Einzelfall«, da war leider ein einzelnes »schwarzes Schaf« unterwegs. Und dann singt der Chor der Weißwäscher noch das schöne Lied:

»Die Polizei ist eben ein Spiegelbild der Gesellschaft.«

So ein Quatsch. Die personelle Zusammensetzung des Polizei- oder des Justizapparates ist genauso wenig ein Spiegelbild der Gesellschaft wie der Berufsstand der Würstchenverkäufer oder die Gilde der Friseusen, zumal die ja nicht das Gewaltmonopol beanspruchen. Obwohl, ich kenne da Friseusen …

Na gut, fauler Witz.

Andererseits sagt die Statistik: Etwa 15 % aller Deutschen verfügen über ein geschlossenes rechtsextremes Weltbild, und über ein Drittel aller Deutschen ist potentiell rassistisch. Wenn die Theorie vom Spiegelbild der Gesellschaft stimmt, dann bedeutet das: Es gibt über 100 000 Polizisten, die potentiell rassistisch sind. Vereinzelte schwarze Schafe? 100 000 einzelne verirrte schwarze Schafe?

Ich betrachte die wenigen Buchrücken in einem Regal: Juristische Fachliteratur. Stehe wieder auf, nehme einen Band mit dem Titel »Fehlurteile« in die Hand, blättere ihn durch, ohne darin zu lesen, stelle ihn wieder weg. Greife mir »Der Betriebsrat – Aufgaben – Rechte – Pflichten«, staune nur kurz über die vielfältigen Interessen des Anwalts, schlage das Buch auf und staune noch mehr: Es ist hohl, präpariert in der Art, wie man früher mal Schusswaffen in Hochsicherheitstrakte geschmuggelt hat.

Aber das Buch enthält keine Pistole, sondern eine simple Fernbedienung. Für welche Geräte? Audiovisuelle Installationen sind nirgends zu entdecken. Ich drücke auf alle Knöpfe, nichts tut sich. Packe die Fernbedienung wieder in den Buchrücken und selbigen zurück ins Regal. Und dann sehe ich, dass sich offenbar doch was getan hat: Gegenüber ist in der Wandvertäfelung ein schmaler Spalt sichtbar geworden. Eine Geheimtür. »Mein Gott«, denke ich, »wie altmodisch. Hat man heutzutage sowas noch nötig?«

Mit dem Zeigefinger stoße ich die Tür auf. An stinknormalem Platz, gleich links, der Lichtschalter. Welche Enttäuschung: ein ordinäres kleines Arbeitszimmer, vielleicht zehn Quadratmeter, weiße Raufasertapete. Leerer Schreibtisch, nur Computer plus Drucker, Telefon, Fax. Kein Fenster. Das zumindest ist verdächtig. Und gegenüber vom Schreibtisch das Feinste, was der Markt an Fernseh-, Video- und Stereoanlage hergibt. Warum soll ich nicht zu meiner Ablenkung ein Fernsehstündchen einlegen? Ich schalte ein und beginne, mich durch die Programme zu zappen.

Nichts, was mich interessiert. Wenn ich was nicht leiden kann, sind das Fernsehkrimis: Geschmierte Bullen, wenn sie denn überhaupt auftreten, werden grundsätzlich erwischt. Korrupte Anwälte, die im Verein mit einer bestochenen Justiz und ausgehaltenen Politikern die eigentliche Macht im Lande sind, existieren im deutschen Fernsehen maximal 90 Minuten, dann macht ein kolossaler Schauspieler dem Spuk ein Ende. Dauerhaftes Unrecht findet grundsätzlich zu anderer Zeit und in einem anderen Land statt.

Die sollten mal ausführlich dokumentieren, wie unsereins ausgebildet wird: der ganze Dressurakt mit der »internatsmäßigen Unterbringung«, die Abschottung vom Rest der Gesellschaft und dieser Formaldrill – das Einüben von Grundstellung, Marschieren, vorschriftsmäßiges Grüßen. Dieser bornierte Kommisston, darauf angelegt, einen zu instrumentalisieren. Die Entwicklung der Wagenburgmentalität. Das Erlernen von Gewalt als Routine und das Paukstudium, lauter Mist, weit davon entfernt, hilfreich zu sein bei Konfliktlösungen im Kiez.

Wenn ich an meine Ausbildung denke, wird mir jedes Mal schlecht. Gehorsam wurde für mich selbstverständlich, weil ich immer wieder erfahren musste, welche nachteiligen Folgen Ungehorsam für mich hat. Einmal bin ich in Uniform aufs Revier gegangen, und weil's regnete, habe ich einen Schirm aufgespannt. Das hat mir einen enormen Rüffel eingetragen, weil »ein Regenschirm nicht zum Dienstanzug gehört«. Dienstgerecht wäre es gewesen, acht Stunden lang patschnass am Schreibtisch zu sitzen und sich einen Schnupfen einzufangen.

Und dann später, als ich als angehende Führungskraft eine »Einweisung der Kräfte in die Lage« abhalten musste. Ich weiß noch wie heute: Es ging um eine Razzia im Eros-Center. Ich sage also: »Sie, Herr Dingsbums, sichern bitte die Treppe im Vorderhaus, Sie, Herr XY, übernehmen bitte die Hintertreppe, und Sie, Herr Sowieso, kommen bitte mit mir in die Räume der Geschäftsführung.«

Das brachte mir eine ganz schlechte Note in Führungslehre ein. Warum? Wer in so kurzer Zeit so oft »bitte« sagt, ist als polizeiliche Führungskraft total ungeeignet. »Bitte« ist ein echter Karrierestopper.

Da konnte ich dann anschließend auf dem Flughafen Dienst schieben, als Aufsichtsbeamter am Thron. Das ist ein auf einem Podest stehendes Klosett, da werden die Leute drauf gesetzt, die im Verdacht stehen, mit Rauschgift gefüllte Kondome verschluckt zu haben. Die müssen also drücken, und du kommst dir vor wie bei der Ziehung der Lottozahlen. Du stehst und wartest, bis die ihren Darm entleeren, und dann darfst du Gummihandschuhe anziehen und im Sieb des Rohrleitungssystems in der Scheiße rumfummeln, bis du so einen koksgefüllten Pariser zwischen die Finger kriegst. Und dann wächst in dir ein unbändiger Ausländerhass. Nein, das zeigen die nicht im Fernsehen.

Unsereins muss ja schon froh sein, wenn er nicht im Abschiebeknast beschäftigt ist. Wie die da oft in wirklich menschenunwürdigen Verschlägen untergebracht sind. Und wenn du Pech hast, kommst du in so eine Zelle rein, und dann hängt da einer am Fensterkreuz. Passiert ja alle Nase lang. Ich meine, das muss man sich mal vorstellen: Diese Leute bringen sich offensichtlich selbst um, weil sie den Tod weniger fürchten als die Rückkehr in ihre Heimat.

Aber keiner der Herren Kollegen, die die armen Teufel gefesselt und geknebelt zwecks Abschiebung in ein höchst ungewisses Schicksal in die Flugzeuge schleifen, kommt auf die Idee, entsprechende Befehle aus Gewissensgründen zu verweigern. Keiner sagt: »Ich bin vor allem dem Grundgesetz und den Menschenrechten verpflichtet und erst danach dem Innenminister.« Nein, alle erfüllen mechanisch ihre Pflicht, und abends sitzen sie dann behaglich auf dem Sofa und lesen im Gefühl moralischer Überlegenheit die Zeitungsberichte über die menschenverachtenden und verwerflichen Taten der Mauerschützen zu DDR-Zeiten.

Das müsste man dem Publikum mal klarmachen, so zwischen 18 und 19 Uhr im Regionalprogramm. Aber nein, das negative Image der Polizei ist kein Thema im Fernsehen. Man will die Leute ja auch nicht überfordern, die haben zur Abendbrotzeit an Hundefutter und Damenbinden schon genug zu knabbern. Also findet eine Streifenwagenbesatzung, die regelmäßig Verkehrsunfallopfern die Brieftaschen klaut, nicht statt. Genauso wenig wie die beamtete Bande, die im Zusammenspiel mit korrupten Finanzamtsbeamten beschlagnahmte Güter aus der Asservatenkammer verscherbelt.

Nicht sendefähig ist auch die verzweifelte Situation jenes jungen Polizisten, der eigentlich melden will, dass seine Revierwache routinemäßig Antiquitätenläden ausräumt: Zu seinem Vorgesetzten kann er nicht gehen – der hat ein Verfahren wegen Hehlerei an der Hacke. Zu dessen Vorgesetztem, dem Inspektionsleiter, kann er auch nicht gehen: Der versucht gerade, dieses Verfahren niederzuschlagen. Der Direktionschef kommt auch nicht in Frage: Der leitet zwar eine Kommission, die die Korruptionsvorwürfe gegen die Polizei untersuchen soll, aber der wird wohl stolpern, weil er Fahndungsgelder veruntreut hat. Zum Landespolizeidirektor kann er auch nicht gehen: Der hat das Haus voller geklauter Antiquitäten. Und zum Polizeipräsidenten schon gar nicht: Der hat in einem Interview erklärt, dass an allen Vorwürfen gegen die Polizei nichts dran ist.

Wenn das Fernsehen mal eine Serie machen würden, wie's oft genug zugeht bei der Polizei, wenn es mal zeigen würde, wie einer auf der Wache zusammengeschlagen oder wie ein Ausländer gezwungen wird, seinen Urin vom Fußboden der Zelle aufzulecken, das gäbe – ja, was gäbe das? Hohe Zuschauerzahlen? Oder einen Absturz der Einschaltquoten? Massive Proteste wegen Nestbeschmutzung? Irgendjemand würde die Serie vermutlich zum »Kult« erklären. Jeder mit rationalen Mitteln nicht zu erklärende Erfolg ist »Kult«. Jedenfalls, solange die Werbung mitspielt.

Das durchschnittliche deutsche Polizeirevier ist ein rechtsfreier Raum, aber der alltägliche Polizeiübergriff hat weder Nachrichten- noch Unterhaltungswert. Wer dafür ist, dem Publikum auch mal die Realität zu zeigen, gilt im besten Fall als Querulant. Aber eigentlich ist er ein Feind der Demokratie, steht dem Linksterrorismus nahe und will nur Mißtrauen gegen die Aufsichtsorgane, also die Abgeordneten, sähen.

Der Fernseher ist voller Schrott. Konflikte werden grundsätzlich mit Gewalt gelöst oder mit Autos, die wahlweise durch Supermärkte kurven oder sich von Brücken stürzen. Und wenn die Verantwortlichen sicher sein wollen, dass ein Programm die Jugendlichen von der Straße holt, dann müssen sie nur einen Film zeigen, der vollgepackt ist mit lebenden Leichnamen und leprösen Zombies, explodierenden Innereien, digitalisierten Gehirnen, computergesteuerten Emotionen, Rudelficken und abenteuerlichen Koitus-Varianten, vergewaltigten Robotern, Nekrophilie, phantasievoll entstellten Horrorvisagen und

Friedhofswitzen, die so alt sind, dass sich kein Mensch außer den Drehbuchautoren noch an sie erinnert. Fernsehen ist wie Einblick in die offene Psychiatrie. Und weil, was ich da sehe, mir nicht gefällt, werde ich einiges ändern. Jedenfalls in meinem Privatleben. Demnächst.

Ich zappe weiter und plötzlich, auf Kanal 39, trifft mich fast der Schlag: Reality-TV in hochrangiger Besetzung! Der Anwalt hockt mit baumelnden Beinen auf der Ecke eines Schreibtisches, unter ihm, in einem schwarzen Ledersessel, Staatsanwalt Vanmijsen. Die Herren befinden sich vermutlich im Raum hinter der Tür mit dem Bronzeklopfer, überwacht von Kameras, deren Bilder hier vor meinen Augen aufgezeichnet werden. Ich drehe den Ton etwas lauter. Das habe ich mir immer gewünscht: Eine Direktübertragung, wenn die Chefs eine Strategie ausknobeln. Sehe ich das richtig? Der Anwalt benutzt nicht etwa einen Aschenbecher, er lässt die Asche seiner Zigarette ganz beiläufig auf Vanmijsens Knie fallen, und der arme Kerl wagt nicht mal, sie abzuklopfen.

»Also«, sagt der Anwalt mit müder Stimme, »dieser Bankräuber –«

»Jens Kocher«, sagt Vanmijsen.

»Kocher«, bestätigt der Anwalt, »dieser Herr Kocher war fleißig und besaß demzufolge auch einiges. Ich kann dir auch sagen, was.«

Der Anwalt holt einen Zettel aus seiner Brieftasche: »Die Hälfte eines Hauses, Schätzwert 200 000,– Euro, außerdem Beutegelder in Höhe von rund einer Million Euro, deponiert auf Konten in Luxemburg und Florida und jederzeit verfügbar, eine Videoanlage und etliche Fahrräder, tja, und dann der Fuhrpark mit 12 Autos, vom gelben Daimler-Benz über einen roten Golf GTI bis zum grünen 525er BMW, alles dabei.«

Der Anwalt sieht Vanmijsen an.

Der will tatsächlich Widerworte wagen: »Ja schon, aber ich habe –«

Weiter kommt er nicht.

»Ich weiß«, sagt der Anwalt, »du hast eine Aktennotiz verfasst.«

Er dreht den Zettel um und liest: »›Die sichergestellten PKWs, deren Zeitwert 4000,– Euro nicht überschreitet, sollen den Verteidigern zurückgegeben werden. Überdies dekretiere ich: Eine Kontenbeschlagnahme wird nicht beantragt.‹ Deine Worte. Die Autos hast du noch am gleichen Tag deiner Freundin ausgehändigt. Und was macht die? Sie verwandelt den ganzen Fuhrpark subito zu Geld und lässt sich von Kocher zur Sicherung ihrer Honorarforderungen erst mal 14000,– Euro abtreten. Und zu allem Überfluss hast du ihr sogar einen properen 190er Mercedes, lindgrün, das Kennzeichen habe ich auch irgendwo, na, ist ja egal, gegen Quittung ausgehändigt – Kochers Renommierkutsche. Damit fährt sie heute noch durch die Gegend.«

»Ich war eben total auf die abgefahren«, sagt Vanmijsen kleinlaut.

Diese Teenagersprache wirkt lächerlich bei einem virilen Endvierziger, der viele Jahre lang im Dezernat 126 der Staatsanwaltschaft zuständig war für Schwerverbrechen im Bereich der organisierten Kriminalität, der aber seinen Beruf stets als Hobby betrachten konnte, weil er, mit einer grundsoliden Frau verheiratet, von Hause aus vermögend ist. Vanmijsen hat ein Kind, fährt teure Autos, sammelt Kunst, geht auf die Jagd, hat ständig irgendwelche Affären, und seine langjährige Liaison mit einer Jugendrichterin ist auch stadtbekannt. Und dann dieses infantile »total abgefahren« – der Mann hat doch einen Defekt. Sein Gesicht ähnelt einem Pferdeeuter. Es zeigt einige neurodermitische Flecken, rötlich.

»Du warst unzurechnungsfähig«, bemerkt der Anwalt kühl. »Elke Blökenzorn, so hieß die Dame ja wohl –«

»Blökezorn«, wirft Vanmijsen ein, »Blökezorn ohne ›n‹. Kein ›n‹ in der Mitte.«

»Ich habe jetzt keinen Sinn für Petitessen«, sagt der Anwalt, »Frau Blökenzorn mit oder ohne ›n‹ ließ sich auch noch 75 000,– Euro per Notarvertrag aus dem Verkauf der Kocher-Liegenschaft verpfänden. Wahrlich ein stattliches Honorar für die vier Verhandlungstage im Prozess. Und sie konnte ebenfalls über die Beutegelder aus dem Ausland verfügen. Ihr Treuhandkonto bei der Stadtsparkasse wies das erstaunliche Guthaben von 499 766,70 Euro auf. Das war eine aussichtsreiche Basis für die Verhandlung mit den Versicherungen. Gibst du mir recht?«

Vanmijsen krümmt sich wie ein runtergefallenes Würstchen.

»Ich konnte sie einfach nicht mehr stoppen«, stammelt er.

Der Anwalt gibt ihm mit einer kleinen Geste zu verstehen, er solle gefälligst sein Maul halten: »Sie hat auf jeden Fall erst mal die eigenen Ansprüche klargestellt. Sie wollte, völlig unüblich, jeden Versicherungsfall gesondert abrechnen, zu Honoraren, die nicht nur für normale Anwälte schlicht sittenwidrig sind, sondern die sogar meinen Rahmen gesprengt hätten, der gewiss nicht kleinlich gesteckt ist. Wenn es nach ihren Vorstellungen gegangen wäre, hätte sie für die Abwicklung dieses Falles rund 70 000,– Euro einkassiert.«

Staatsanwalt Vanmijsen ist schwer beeindruckt von den Detailkenntnissen des Anwalts. »Ich gebe ja zu«, sagt er, dass das alles ziemlich überzogen war, aber sie hat ja dann auch dafür bezahlt.«

»Kaum«, entgegnet der Anwalt, »75 000,–Euro an die Versicherer der überfallenen Banken. Das Gericht kritisierte in seiner Begründung völlig zu Recht das auffällige Missverhältnis zwischen der Höhe des Honorars und dem Umfang ihrer anwaltlichen Tätigkeit als Strafverteidigerin. Es hat nämlich mehr als das 20fache der gesetzlichen Höchstgebühr und mehr als das 36fache der gesetzlichen Mittelgebühr betragen. Und das Gericht kam zu dem Schluss, Frau Anwältin hat den Bankräuber Kocher bewusst und gezielt zur Benachteiligung seiner Gläubiger verleitet und das außer den Beutegeldern vorhandene Vermögen gegenüber den Versicherungen systematisch verschleiert. Trotzdem stufte die Staatsanwaltschaft, also du, mein Lieber, ihr Verschulden als gering ein. Was habt ihr gesagt? Hier hab ich's ganz exakt: Eine Geldbuße in Höhe von 5 000,– Euro erscheint geeignet, das öffentliche Interesse an einer Strafverfolgung zu beseitigen.«

Vanmijsen grinst verklemmt, er bettelt um gut Wetter: »Das ist doch nun alles erledigt …«

Der Anwalt lächelt zurück: »Nicht ganz, mein Freund. Ich frage mich nur, wo wohl die fehlenden 180 000,– Euro des von Kocher erbeuteten Geldes geblieben sind. Die sind spurlos verschwunden.« Und dann mit bedrohlichem Unterton: »Hast du die?«

Vanmijsens auch vom Alkohol derangiertes Gesicht verfärbt sich ins Karottenhafte. »Ich? Grundgütiger Himmel, nein, ehrlich nicht, ich schwöre. Ich weiß nicht mal, dass da was fehlt, das ist das erste Mal, dass ich davon höre.«

Vanmijsen lügt. Und sein Entsetzen ist grottenschlecht gespielt.

Der Anwalt wird fast väterlich: »Ich glaube dir«, sagt er, »aber dann muss ich mich an deine Freundin halten.«

Vanmijsen will etwas sagen, aber der Anwalt stoppt ihn sofort:

»Erzähl mir von ihr. Alles. Lass nichts weg.«

Vanmijsen ist völlig verunsichert. »Tja«, sagt er, »wo soll ich da anfangen?«

»Vorne«, ermuntert ihn der Anwalt.

Vanmijsen nickt. »Also gut. Du hast sie ja gesehen. Ich war einfach nicht zu halten, als sie mir im Justizgebäude das erste Mal über den Weg lief. Ihr Kostüm saß so knapp, dass ich fast keine Luft mehr bekam. Wenn die die Treppe hochgeht, da würde der Papst ein Loch ins Sakristeifenster stoßen.«

»Ein Wonneproppen also. Na und? Deswegen muss du doch nicht aus der Kurve fliegen.«

»Naja, stell dir das doch mal vor: Eine attraktive Juristin in diesem tristen Gebäude, 32 Jahre, allerfeinstes Qualitätsgewebe, eine Figur, dass du denkst, du halluzinierst, das hat's doch noch nie gegeben in diesem düsteren Gemäuer. Dabei total unerfahren, beruflich, und absolut hilflos in dieser antierotischen Umgebung – da habe ich sie eben sozusagen ein bisschen gesponsert.«

Der Anwalt reagiert ausgesprochen herzlos: »Wenn du jetzt erst mal onanieren möchtest, bitteschön. Ich kann ja so lange rausgehen.«

Vanmijsen, in seiner Schwärmerei kalt ausgebremst, bittet um Entschuldigung. »Weißt du«, versucht er's auf die ganz arme Tour, »ich habe eben nicht nur Nähmaschinenöl im Beutel, ich –«

»Ich bin am Inhalt deines Skrotums nicht interessiert, bitte weiter.«

Vanmijsen schluckt und reißt sich mühsam zusammen: »Naja, dann kam mir der Kocher in die Finger. Als der mir im Polizeipräsidium gegenübersaß, freiwillig ein umfassendes Geständnis ablegte und nach einem Wahlverteidiger verlangte, dachte ich mir, auf der Schiene kann ich die Tante aushebeln. Also empfahl ich ihm Elke Blökezorn.

Am nächsten Tag bevollmächtigte der Festgenommene, du kennst die Floskel besser als ich, die hier anwesende Frau Rechtsanwältin mit seiner Verteidigung. Und um ganz sicher zu gehen, dass nichts passieren konnte, stellte ich ihm als Pflichtverteidiger den Herrn Fack zur Seite.«

Der Anwalt zieht gekonnt eine Augenbraue hoch und merkt fachmännisch an:

»Der ist doch stockschwul.«

»Und wie«, antwortet Vanmijsen, froh über so viel Gemeinsamkeit zwischen ihnen bei der Beurteilung eines Sachverhalts, »aber ich schiebe ihm so viele Mandate wie möglich zu, weil er mir gegenüber, na, sagen wir mal, außerordentlich geschmeidig ist, also, er stellt sich jedenfalls nicht gegen meine Interessen, und es macht eigentlich nie Probleme, Urteile mit ihm vorher abzusprechen.«

»Weiter, weiter«, drängelt der Anwalt.

»Ja. Ich freute mich darüber, dass es von nun an mit Elke bergauf ging. Sie war ja Sozia bei einem libanesischen Anwalt und bekam bei dem nur kleine Strafdelikte und Zivilsachen von geringem Streitwert auf den Tisch – da wird man nicht fett von. Bei uns ging dann so richtig die Post ab, jeden Abend schwirrten wir beide in der Gegend herum, so richtig verliebt, und amüsierten uns über ihren verbiesterten Libanesen mit seinem kalbgroßen Bernhardiner, den keiner so richtig lieb hatte, und Elke träumte davon, sich demnächst eine eigene Praxis einrichten zu können und anständig was aufs Konto zu kriegen.« Vanmijsen sieht den Anwalt um Verständnis flehend an.

»Weiter, weiter«, sagt der Anwalt.

»Als die Versicherer der überfallenen Banken, vertreten durch eine Anwaltskanzlei im Süddeutschen, einen Ausgleich für die illegal abgehobenen Beträge forderten und routinemäßig einen Arrest-Befehl in das gesamte Vermögen des Herrn

Kocher erwirkten und danach vorsorglich bei mir anfragten, wie es denn um das Vermögen des Bankräubers Kocher bestellt sei und wann sie Akteneinsicht bekommen könnten, habe ich mich dumm gestellt und nur trocken geantwortet: Was wollen Sie mit der Akte? Kocher hat doch nichts. Und überhaupt: Dieser Arrest geht ins Leere, weil sich alle Vermögenswerte des Bankräubers im Ausland befinden. Im übrigen, so argumentierte ich weiter, besteht keine Gefahr für die Versicherer, weil sich die Rechtsanwältin Elke Blökezorn um die Wiedergutmachung kümmert.

Die Kanzlei gab sich damit zufrieden und verzichtete auf den Arrest-Vollzug, den formalen Zugriff auf ein Vermögen, das es angeblich nicht gab. Also, ich gebe zu, dass ich die ganz schön vorgeführt habe. Aber, und das muss ich sagen, ich konnte natürlich nicht wissen, dass meine Elke nun ausrastet und plötzlich alles zu Geld machen will, was in ihre Reichweite gerät.« Vanmijsen stockt, sieht um Gnade flehend zum Anwalt hoch.

Der schaut kühl auf ihn herab. »Weiter«, sagt er.

»Und dann, ganz plötzlich, von heute auf morgen, war ich out bei ihr. Sie behandelte mich kühl wie ein ausrangiertes Unterhemd, und ich hatte keine Ahnung, warum. Aber Vollzugsbeamte sind ja manchmal wahre Freunde. Die haben mir erzählt, dass sie es mit dem Kocher in seiner Zelle treibt. Da war ich ganz schön fertig. Ich balanciere am Rande eines Dienstvergehens, und die rammelt wie ein Karnickel mit dem Gangster.«

»Ja und? Weiter.«

»Dann flatterte ihrem libanesischen Sozius ein Schreiben der Versicherungskanzlei ins Haus, in dem die Hessen um Aufklärung über die Vermögensverhältnisse des Mandanten Kocher baten. Der Idiot griff daraufhin zum Telefon und brachte damit den Stein ins Rollen. Er erzählte denen von seiner Besorgnis, dass seine Partnerin außer Kontrolle geraten und auf dem besten Wege sei, die Versicherer zu schröpfen. Auf der Stelle brachen die Versicherungsanwälte die Vergleichsverhandlungen ab und erstatteten Strafanzeige gegen Elke Blökezorn. Da kamen wir natürlich ganz schön ins Schwitzen und berieten in großer Runde lange über eine Gegenstrategie.«

»Große Runde? Wer?«, fragt der Anwalt.

Darauf Vanmijsen mit vager Geste: »Bäumlich, Will, Hinzel und so. Die ganze Truppe. Schließlich zeigte Elke auf unseren Vorschlag hin ihren libanesischen Expartner sowie die Anwälte der Versicherer an. Sie erhob den Vorwurf des Parteiverrats, das ist ja ein Offizialdelikt, das die Untreue von Anwälten gegenüber Mandanten meint und mit Strafen zwischen drei Monaten und fünf Jahren belegt ist.«

»Du musst mich nicht belehren, ich bin schon Anwalt«, sagt der Anwalt.

»Entschuldigung«, murmelt Vanmijsen.

»Weiter«, sagt der Anwalt, »weiter.«

»Selbstverständlich landeten beide Anzeigen auf dem Tisch meines Vorgesetzten Bäumlich. Der konnte sich ja schlecht gegen mich stellen, und er machte auch das Beste daraus: Er stellte das Verfahren gegen Elke Blökezorn sofort ein. Gegen ihren ehemaligen Partner und gegen die Rechtsbeistände aus Süddeutschland ließ er aber erst einmal weiterermitteln, um Zeit zu gewinnen. Geld hatten die bis dato nicht gesehen, und ich denke, die rätseln bis heute, wo das wohl alles geblieben ist.«

»Ich auch, mein Lieber, vergiss das nicht«, sagt der Anwalt.

»Ich weiß es doch auch nicht«, stöhnt Vanmijsen.

»Weiter«, befiehlt der Anwalt.

»Was danach folgte, war der totale Horror für mich. An einem Freitag wurde ich morgens kurz nach Dienstbeginn zum Leitenden Oberstaatsanwalt zitiert. Er eröffnete mir, dass ich auf Anweisung des Justizministers ab sofort suspendiert sei. Und er verwies dabei auf einen absolut verleumderischen und mich kompromittierenden Zeitungsartikel, der just an diesem Freitagmorgen erschienen war. Danach bekam ich keine Ruhe mehr.

Auf Schritt und Tritt wurde ich von irgendwelchen Zeitungsfritzen und Fotografen verfolgt. Schwarzer Freitag für die Staatsanwaltschaft, lauteten die Schlagzeilen in der lokalen Presse, du erinnerst dich vielleicht: Der Ankläger für organisiertes Verbrechen, Vanmijsen, ist in den Geruch unsauberer Machenschaften geraten. Er soll seiner Freundin Elke Blökezorn, einer aufstrebenden jungen Rechtsanwältin, zu einem Teil des Vermögens des Bankräubers Jens Kocher verholfen haben.«

Vanmijsen war ins Deklamieren gekommen und schier überwältigt von seiner tragischen Rolle. »Ich sage dir: Es war ein Spießrutenlaufen für mich. Und du warst für mich nicht zu sprechen. Als ich wirklich mal deine Hilfe brauchte, warst du für mich nicht da!« Vanmijsen versucht klagend einen bescheidenen Gegenangriff, er will raus aus seiner Position des Delinquenten.

Der Anwalt mustert ihn, als wolle er eine Diagnose stellen, wie ein Chirurg den gerade auf den Operationstisch angelieferten Motorradfahrer. »Ich war zu der Zeit in der Karibik«, sagt er, »irgendwann muss sich der Mensch auch mal von den Fehlern seiner Umgebung erholen.«

»Der einzige, der zu mir gehalten hat, war der General.«

»Ja, auf Freund Bäumlich ist immer Verlass«, bestätigt der Anwalt.

»Das kriegen wir schon wieder hin, hat er mich immer wieder beruhigt, wir lassen dich doch nicht fallen. Der hat sich wirklich persönlich für mich stark gemacht.«

Der Anwalt scheint belustigt: »Der hatte ja auch allen Grund, dafür zu sorgen, dass die Suppe nicht überkocht.«

Vanmijsen nickt Zustimmung.

Ich sehe, wie es in Vanmijsens Kopf arbeitet. Er schwankt zwischen Angst und heftigster Aggression. Er weiß nicht, worauf der Anwalt genau hinauswill, und er versucht angestrengt, sein Selbstbewusstsein zu reaktivieren. Der Anwalt schaut immer noch auf ihn herab, als wolle er ihn sezieren.

Nach einigen Sekunden teilt er ihm mit: »Ich weiß, was du denkst, Jochen. Du denkst, dass es gefährlich ist, dich zu verärgern. Du denkst, wenn du aus Verärgerung auch nur einen kleinen Teil von dem, was du über die enge Zusammenarbeit zwischen mir, dem General Bäumlich und unserem gemeinsamen Freund Lukassy weißt, an der richtigen Adresse rauslässt, ist es dem Ministerpräsidenten persönlich ein Herzensanliegen, uns alle in die Luft zu jagen und Bäumlich mit gekürzten Bezügen in Pension zu schicken.«

Jetzt fühlt sich Vanmijsen sicherer, jetzt hat er sich besser in der Gewalt. »Stimmt«, sagt er, »aber so was würde ich natürlich nie tun, das weißt du.«

Der Anwalt schmunzelt gelassen. Das ist wirklich ein Könner. Ein Künstler im Fachbereich Heucheln auf dem Hochseil.

Vanmijsen legt eine Schleimspur: »Wenn ich da nur an den Einsatz in der Liebstöckelgasse denke ... Da habe ich mir auf deinen und den Wunsch des Generals den Arsch aufgerissen, um aus ganz gewöhnlichen Puffbetreibern kriminelle Überflieger zu machen, eine organsierte Drogen- und Mädchenhändlerbande mit engen Kontakten zur internationalen Szene, was wirklich ein Witz war. Ich habe wunschgemäß den Lukassy über jeden Schritt informiert, mit Material versorgt und ihn sogar bei seinen Recherchen begleitet, um dem Ganzen noch mehr Gewicht zu geben. Und was habe ich davon gehabt?

Nichts! Im Gegenteil: Letztlich stand ich im Wind mit meinem kurzen Hemde, weil wir uns ein Ermittlungsverfahren wegen Geheimnisverrats eingefangen haben.«

»Wir haben immer alle hinter dir gestanden«, kontert der Anwalt, »aber du bist freiwillig und leichtsinnig aus der Deckung gesprungen mit deiner blöden Blökenzorn.«

Vanmijsen will protestieren, kommt aber nicht dazu.

»Du hast deine Triebstruktur nicht im Griff«, haut ihm der Anwalt um die Ohren, »und jetzt? Fräulein Elke hat geheiratet, höre ich! Wer ist denn der Unglückliche?«

Vanmijsen zuckt zusammen, als hätte ihn jemand in den Unterleib getreten. An der Stelle ist er wehleidig. »Ich hab's in den Klatschspalten gelesen«, sagt er leise, »der Typ ist Anwalt und heißt Horst Stehlen.«

»Ein diskriminierender Name für unseren Berufsstand«, mokiert sich der Anwalt.

Vanmijsen reagiert nicht, vielleicht hat er das Witzchen gar nicht verstanden. Er erzählt: »Elke kannte ihn angeblich erst ganz kurz. Eines Morgens will er Brötchen holen, so was machen die jungen Leute, der Herr ist 34, ja heutzutage mit dem Wagen. Dabei hat er auf der Allee eine Platane umgefahren und eine Straßenbahn gestreift und so seinen Sportwagen zu Schrott gefahren. Leider hat er sich nicht den Hals gebrochen, sondern nur ein paar Knochen. Als er im Krankenhaus lag, soll Elke täglich an seinem Krankenbett gesessen und Händchen gehalten haben. Kaum konnte er wieder laufen, haben die beiden geheiratet – dabei kannten sie sich mal gerade sechs Wochen. Jetzt wollen sie eine gemeinsame Praxis eröffnen. Die Dame weiß, wo's langgeht.«

Ohoh, Vanmijsen ist ziemlich angefressen. Eifersucht und Missgunst machen ihm schwer zu schaffen. Und dann die Angst, der Anwalt könne ihm das zum Vorwurf machen.

Glaubwürdig zu erklären, dass er mit Elke Blökezorn nichts mehr am Hut habe, das dürfte ihm schwerfallen.

»Ich staune«, sagt der Anwalt, »du lässt dich also neuerdings von der Klatschspalte beeindrucken.«

Vanmijsen stößt einen leisen Seufzer aus und versucht, den Anwalt mit einem treuherzigen Augenaufschlag zu erweichen: »Ich weiß nicht, ob's noch mal so sorglos und gemütlich wird wie früher. Die Gelage bei Lukassy, einmalig. Sein Koch ist auch hier, habe ich vorhin gesehen.«

»Schlaffi«, sagt der Anwalt trocken.

»Ja, und dann das Altbier im ›Runden Eck‹, eimerweise … Irgendwie haut das alles nicht mehr hin seit meiner Strafversetzung. Ich bin wieder hier, aber der alte Schwung ist hin.«

»Kommt schon wieder«, sagt der Anwalt milde.

Vanmijsen hebt den Blick. Mit schmalen Augen und in erstaunlicher Schärfe geht er plötzlich in den Angriff: »Du hast Schnubbel eingeladen.«

Der Anwalt tut erstaunt. »Warum nicht?«, antwortet er, »das ist schließlich ein geschätzter Kollege und mein alter Partner. Und ich denke, wenn ich meine neue Kanzlei einweihe, kann ich einladen, wen ich will, oder?«, fügt er mit deutlich ironischem Unterton hinzu.

»Selbstverständlich, aber sicher«, antwortet Vanmijsen hastig, »aber –«

»Aber?«

»Naja, ich sage dir ganz ehrlich: Wenn ich gewusst hätte, dass Schnubbel heute Abend auch hier ist, wäre ich nicht gekommen. Wenn ich diesen fetten opportunistischen Paragrafenkellner nur sehe, kriege ich Gefrierbrand. Der ist tagsüber ein mittlerer Angestellter, und nachts ist er's wahrscheinlich auch. Wer so pingelig tut wie der, der kratzt auch tote Tiere von der Autobahn.«

Der Anwalt sieht sich diesen Hassausbruch amüsiert an.

»Aber Schnubbel war doch dein Vorgänger in der Staatsanwaltschaft, oder?«

»Das hat damit nichts zu tun. Ich will dir mal was sagen: Schnubbel war die ganze Zeit über geil auf Elke, und weil er bei ihr überhaupt nichts werden konnte, hat er gedacht, er kann mir karrieremäßig ans Bein pinkeln.«

»Schnubbel und Frau Blökenzorn? Das ist ja ein Traumpaar!« Der Anwalt lässt ein paar heisere Laute hören, für seine Verhältnisse eine deftige Humorbekundung.

Vanmijsen ist dadurch nicht zu bremsen: »Schnubbel war mit dem libanesischen Partner von Elke dick befreundet, er hat ihn auch in dem Verfahren wegen Parteiverrats vertreten. Ich möchte schwören, er war es auch, der mir die Presse auf den Hals gehetzt hat. Und ich weiß ganz genau, als alles fast schon erledigt war, hat er noch mal den Justizminister angeschrieben. Und in dem Brief stand: Nachdem bereits die Presse im Zusammenhang mit den Verfahren gegen Staatsanwalt Vanmijsen und Frau Rechtsanwältin Blökezorn berichtet hat, wurde eine strenge Untersuchung in Aussicht gestellt. Mit Befremden muss ich nun zur Kenntnis nehmen, dass dem nicht so ist.«

Gott schütze Schnubbel, kann ich da nur beten, möge er Vanmijsen nie im Dunklen begegnen, und der poltert: »Das ist doch ein Kameradenschwein!«

Der Anwalt, bedächtig: »Du hast recht. So etwas tut man nicht.«

Vanmijsen kann seine Dankbarkeit für soviel Zustimmung kaum verbergen. »Sind wir fertig?«, fragt er.

»Gleich«, antwortet der Anwalt, »aber weißt du – ich brauche diese verschwundenen 180000,– Euro. Mein Mandant hat mir ein sehr ordentliches Honorar in Aussicht gestellt, wenn ich ihm sein Eigentum wiederbeschaffe.«

»Kocher?«, Vanmijsen verliert die Beherrschung über seinen Unterkiefer, sein Mund steht offen. »Du vertrittst jetzt Kocher?«

»Ja«, bestätigt der Anwalt. »Also, überlege dir bitte, ob du mir nicht doch irgendwie helfen kannst. Der Mottenkropf hat mir neulich seine Inkassoabteilung angeboten, falls ich mal Bedarf habe, aber ich würde nur ungern darauf zurückgreifen. Wir wollen doch wegen 180000,– Euro keinen Ärger miteinander bekommen.«

Der Anwalt nickt Vanmijsen stumm ein kurzes »Du bist entlassen« zu, der erhebt sich völlig entgeistert, und Asche rieselt aus seinem Schoß auf seine Schuhe und zu Boden. »Wird schon werden, Kopf hoch, Jochen«, sagt der Anwalt völlig unverbindlich und geleitet den Herrn Staatsanwalt zur Tür. Der flüstert ein sinnloses »Ja, ich danke dir« und geht hinaus.

Der Anwalt setzt sich hinter seinen Schreibtisch, stößt sich ab und dreht sich vergnügt wie ein kleiner Junge auf dem Rummelplatzkarussell, mehrmals um die eigene Achse.

Ich spüre einen leichten Luftzug im Genick, drücke sofort wahllos eine der Tasten auf der Fernbedienung, der Anwalt verschwindet zugunsten einer Katzenfutterreklame.

Eine Stimme sagt: »Was machen Sie denn hier?«

Ich, so unbefangen wie möglich: »Ich sehe fern. Läuft aber nichts Vernünftiges.«

Ich schalte den Apparat aus, stehe auf, drehe mich um.

Vor mir steht der Sozius des Anwalts, dieser ungeheuer feine Herr Grauschelke, der mit den parfümierten Visitenkarten. »Ach wirklich?«, fragt er ironisch, »wie sind Sie denn hier hereingekommen?«

»Wieso?«, frage ich ganz cool zurück, »durch die Tür natürlich. Das Licht brannte.«

Ich schwitze.

Grauschelke sieht mich nachdenklich an. »Merkwürdig«, sagt er, »vorhin war sie verschlossen. Wir dachten eigentlich nicht, dass sich unsere Gäste zum Fernsehen zurückziehen, das werden Sie verstehen, das ist ja nicht der Sinn einer Party.« Er komplimentiert mich hinaus. »Gehen Sie nur schon vor, ich will kurz noch telefonieren.«

Ich schaue auf die Uhr: Der neue Tag beginnt in zehn Minuten. Hoffentlich hat Mona, die zwitschernde Tütensuppe, ihre Gesangsdarbietung mittlerweile eingestellt. Sie hat eine unangenehme Art, meine Konzentration zu stören. Aber was mir gefällt: Vanmijsen hat wirklich gute Gründe, den Anwalt zu ermorden.

6. *Paulsen*

Ich bewege mich wieder ins Zentrum. Der Anwalt, einen vermutlich alkoholfreien Gemüsecocktail in der Hand, hält Hof. Sitzt huldvoll lächelnd in einem der Sofas, eingerahmt von Damen der feinen Gesellschaft, die ihn anhimmeln. Kein Wunder, er trägt, jetzt sehe ich's erst, seidene Socken in der Farbe seiner Krawatte, und auf jedem seiner Knöchel faucht einer dieser etwas zu goldenen Löwenköpfe.

Um ihn herum sitzen oder stehen, lässig Standbein/Spielbein betonend, seine Hofschranzen, Zuträger, Dienstboten, Sicherheitskräfte, Geschäftspartner, Mandanten, das ganze arschkriecherische Gesindel, das sich durch ihn geadelt fühlt, die ehrenwerte Gesellschaft, wie man sie eigentlich nur aus Romanen oder Filmen über Palermo kennt, was gewiss eine üble und kaum gerechtfertigte Beleidigung Palermos ist, die nur deshalb entstehen konnte, weil niemand auch nur die geringste Kenntnis davon nimmt, wie die Kapitalbeschaffungsmaßnahmen in unserer heimatlich-deutschen Umgebung ablaufen.

Jetzt steht Vanmijsen am Fenster, dreht der Party den Rücken zu und schaut auf die Straße. Der Mann ist schwer angeschlagen, keine Frage. Ich wette, er würde den Anwalt liebend gern ersäufen. Oder ihm eine Plastiktüte über den Kopf ziehen, ihm dann einen Strick um den Hals legen, ihn vom Hochhausdach schubsen, mit einer MP durchlöchern und abschließend im Säurebad auflösen.

»Kommt Jakob Paulsen eigentlich auch?«, kräht eine junge Dame, die ich, wenn mich nicht alles täuscht, schon mal als Model für Büstenhalter in einem Versandhauskatalog habe posieren sehen, »den möchte ich ja zu gern mal kennenlernen!«

Mit diesem Satz trifft sie den Nerv der Gesellschaft. Es gab in den letzten Jahren kaum ein anderes Thema in der Landeshauptstadt: Paulsen und der Mord ohne Leiche. Ein wildes Durcheinanderreden beginnt. Wie viele Gäste, so viele Theorien. Ich ziehe mir einen Stuhl heran, setze mich in die 3. Reihe des Kreises, der sich um den Anwalt gebildet hat, schräg hinter Schnubbel, der gerade eine furchteinflößende Portion Mousse au Chocolat in sich hineinlöffelt.

»Kennst du Paulsen?«, frage ich ihn.

»Flüchtig«, antwortet Schnubbel.

Jakob Paulsen, genannt Paule, ist Mitte 50, ein hagerer Typ mit knochigem Gesicht und hoher Stirn, der, ich zitiere den Pizzapeter, einen zu allem entschlossenen stechenden Blick hat. Er soll nach Meinung der Staatsanwaltschaft den 70-jährigen Oskar-Emil Petrus umgebracht und dann dessen Leiche wenige Tage später mit seinem Jeep an einen sicheren Ort befördert haben, um so zwei Allererste-Sahne-Grundstücke in der Kaiserstraße der Landeshauptstadt in seinen Besitz zu bringen.

»Nein, mein Liebe, Herr Paulsen wird wohl nicht kommen. Ich denke, er ist nach wie vor verhindert«, sagt der Anwalt.

»Aber ich habe gelesen, er hat eine halbe Million Kaution bezahlt und ist frei. Dann kann er doch herkommen«, hält sie dagegen.

»Oh, sie kann lesen«, sagt ausgerechnet Mottenkropf.

Und der Anwalt antwortet äußerst charmant, »nein, meine Schönste, das Wünschenswerte ist nicht immer das Machbare.

Er sitzt zwar nicht mehr im Gefängnis, aber immer noch im Schließfach.«

Die Schönste versteht nicht.

»In der Klapse«, sagt Mottenkropf, »Balla Balla, der Mann ist durchgeknallt.«

»Er hat schwere Depressionen«, korrigiert ihn sanft der Anwalt.

»Sein Gehirn ist ein Elendsquartier«, setzt Mottenkropf einen drauf.

Der Anwalt mustert ihn nachdenklich.

Die Freundin des hohen Funktionärs der Bundesanwaltskammer hat eine unangenehm durchdringende Stimme: »Da war doch ganz viel Neid im Spiel. Dem haben doch sehr viele Leute seinen Erfolg nicht gegönnt.«

Sie hat recht, aber ihr Begleiter bremst sie: »Lass gut sein, Ilona.«

Sogar Schlaff mischt sich ein: »Eine Lederjacke mit Persianerkragen und dann im knallroten Ferrari F 40 im Schritttempo über unsere Prachtmeile, das war aber auch ein bisschen zu dick aufgetragen.«

»Seien Sie doch nicht so spießig!«, kriegt er dafür vom Model zu hören.

Mottenkropf erzählt dem Anwalt laut genug, damit es alle mitkriegen: »Der Ferrari war von mir. Ein Traumstück. Hätte ihnen auch gefallen. Dabei gar nicht mal so teuer: Knappe 600 000,–«

Der Anwalt lächelt. »Ach wissen Sie, so aufdringlich brauche ich's nicht.«

Eine mir unbekannte Pfauenhenne küsst den Anwalt zart auf die Wange und kichert, »das stimmt, du bist hier auch der Platzhirsch, wenn du Fahrrad fährst.«

Dieser Satz gefällt dem Anwalt offenbar nicht so sehr, er will kein fahrradfahrender Platzhirsch sein. Er sagt zu seiner

Nachbarin auf der anderen Seite: »Ich kenne Herrn Paulsen so gut wie gar nicht. Aber ich denke, von allen unseren Unternehmern ist er einer der begabtesten, mit einem fantastischen Instinkt für sinnvolle Investitionen.«

Damit sind die Weichen gestellt, von nun an wird sich niemand mehr trauen, ein negatives Wort über Paulsen abzusondern.

»Ich kenne ihn noch von früher«, eröffnet der Chef jener Firma, die die Computeranlage in der neuen Anwaltskanzlei installiert hat, die Reihe der Lobredner. »Als Paule in den Sechzigerjahren seinen ersten Coup in unserer Heimatstadt landete, hatte er nicht mehr als 5,– Euro in der Tasche, und die hatte er sich noch von mir geliehen. Das war einfach genial, wie er damals einer Bäuerin wertvolles Bauerwartungsland abgeschwatzt hat. Und seine ersten Millionen machte er im deutsch-belgischen Grenzgebiet, bevor es ihn dann die Landeshauptstadt lockte. Das hat hier ja auch geboomt, das glaubt man heute gar nicht mehr. Innerhalb kürzester Zeit zog er zum Staunen der Konkurrenz ein Dutzend Projekte in allerbesten Lagen hoch. Das war ja kein Zufall, dass ihn unsere Presse übereinstimmend nur den Stararchitekten Paulsen nannte. Paule war wirklich ein Baulöwe.«

So ein hirnrissiges Gerede. Ich weiß genau: Paulsen konnte kaum einen geraden Strich ziehen. Und seine Ausbildung als Makler hatte er per Fernkursus hinter Gittern absolviert, wo er als junger Mann wegen diverser Eigentumsdelikte, fahrlässiger Tötung und Fahrerflucht eine Gesamtstrafe von viereinhalb Jahren abzusitzen hatte. Baulöwe – das war eine schlimme Herabwürdigung des Königs der Tiere, der Typ war höchstens eine Bauratte. Aber diese dunkle Seite von Paulsens Vergangenheit hatte sich in der Landeshauptstadt einfach nicht herumgesprochen. Oder sie interessierte niemanden. Der Mann brachte schließlich Leistung.

»Sollte er nicht auch mal Präsident von einem Karnevalsverein werden?«

Der Anwalt sieht sich nach dem Fragesteller um – es ist der freundlich lächelnde Schnubbel. »Jaja«, antwortet er, »das hätte wohl auch geklappt, aber ich habe ihm damals dringend abgeraten. Geschäftlich wäre das nicht sinnvoll gewesen. Wenn man in die Kungeleien da hineingezogen wird, alle diese Intrigen ... Ich war sehr froh, als er den Gedanken aufgegeben hat.«

Niemand scheint aufzufallen, dass der Anwalt gerade eben noch behauptet hat, Paulsen so gut wie gar nicht zu kennen. Und dann so froh, dass der seine Ratschläge befolgt ...? Schnubbel beugt sich zu mir rüber und flüstert mir ins Ohr: »Er kannte doch Paulsens Vergangenheit, oder?«

»Logo«, flüstere ich zurück.

Der Präsident einer Karnevalsgesellschaft, dessen Vorstrafenregister unter Umständen Gegenstand von Büttenreden wird – das wäre ein Skandal gewesen, wie ihn der Anwalt aus tiefster Seele verabscheut, zumal, wenn es sich um einen Geschäftsfreund und nicht um einen Gegner handelt. Deshalb hatte er wohl rechtzeitig eingegriffen.

Ein olivfarben-glatter Herr mit Sonnenbrille meldet sich zu Wort. Araber? Perser? Schwer zu sagen. Er spricht ausgezeichnet deutsch, mit ganz weichem Akzent: »Ich kenne ihn. Paule ist ein wundervoller Mensch, der seine Heimat und diese Stadt über alles liebt. Er ist der Dynamik der Kaiserstraße verfallen. Er will nur hier leben, hier sterben, und am liebsten auch hier begraben werden, zwischen den Banken, den Bars, den eleganten Läden und den Luxusrestaurants, an den kanalisierten Ufern des Flüsschens, das unserer schönen Metropole den Namen gab.«

Die ganze Runde schaut den Redner verblüfft an. So viel geballten Schwulst kriegt man nicht alle Tage serviert. Der lächelt verbindlich und sagt: »Ich komme aus Iran, ich weiß, wovon ich rede. Wir Iraner lieben unsere Heimat auch über alles und kämpfen für sie.« Er schweigt.

»Tja«, sagt Schnubbel leise, »wenn das so ist …«

»Entschuldigen Sie«, mischt sich eine hochtoupierte gelbgraue Dame ein, die offenbar große Anstrengungen unternommen hat, um ihr Profil aus dem Haarspray herauszumeißeln, »entschuldigen Sie, wenn ich mal ganz dumm frage, warum dieser wundervolle Herr Paulsen in der, in der – äh, im Irrenhaus sitzt. Ich bin da überhaupt nicht informiert, aber ich bin ja auch nicht von hier.« Dieses Hinweises hätte es nun wirklich nicht bedurft: Die Dame sprach das grauenvollste sächsisch, das die Welt seit August dem Starken gehört hat.

Plump und prompt schlägt Mottenkropf zu: »Wo haben Sie denn sprechen gelernt? Im Zoo?« Er lacht allein, aber laut. »Kennen Sie den Unterschied zwischen einem Türken und einem Sachsen? Den finde ich wirklich sehr gut: Der Türke kann deutsch.« Jetzt lachen auch die anderen.

Ehe noch jemand eine giftige Bemerkung über Exoten im Allgemeinen und hässliche Sächsinnen im Besonderen abschießen kann, ist Lukassy zur Stelle: »Jakob Paulsen wird beschuldigt, Oskar-Emil Petrus ermordet zu haben. Dessen Vermögen schätzt man auf mindestens 150 Millionen Euro, er besaß Aktien und zwei der begehrtesten Immobilien der Landeshauptstadt.«

»Na, dann hat sich der Mord ja gelohnt«, antwortet die Dame auf sächsisch, offenbar völlig unbeeindruckt von den Scherzen auf ihre Kosten. Und was sie sagt, stimmt. Ich wüsste nur gern, für wen.

In den Klatschspalten der Zeitungen wurde Petrus »Der schrullige Opa« genannt oder »Der komische Millionär«. Vermutlich, weil der Mann zuletzt in seinem heruntergekommenen Haus Kaiserstraße Nr. 78 auf einer Matratze am Boden schlief, sich von ungeschältem Reis aus dem Reformhaus ernährte und zum jährlichen Gesundheits-Check mit Löchern in den Socken erschien.

»Habt ihr mal das Fahndungsfoto von Petrus gesehen?« Mottenkropf schaut sich fragend in der Runde um. »Das müsst ihr euch ansehen: ein Herr von Welt, in flottem Jackett, mit roter Seidenkrawatte und rotem Einstecktüchlein, eine schwarze Aktenmappe in der Linken, die Rechte lässig in die Hosentasche gesteckt, eine tadellose Erscheinung. Drunter steht: Wer hat diesen Mann gesehen – tot oder lebendig? Petrus ist 1,76 Meter groß. Farbe der Augen: blau. Besondere Kennzeichen: starke Padarontose der Vorderzähne.«

»Parodontose«, korrigiert der Anwalt leise.

»Sag ich doch«, erwidert Mottenkropf.

»Ich kenne seine Familie, ziemlich gut sogar«, sagt ein mausfarbener älterer Herr, der sichtlich mit seiner allzu langen Zunge zu kämpfen hat, und den ich bisher überhaupt noch nicht bemerkt habe. Der Anwalt stellt ihn als einen seiner Buchhalter vor. »Schon meine Eltern haben bei der Familie jahrelang ihren Mosel gekauft. Ganz erlesene Tropfen: Güldener Pfaffenstoß und Buhler Sonnenfurz. Kann ich nur empfehlen. Als Petrus dann aus den Moselweinbergen hierher in die Landeshauptstadt kam, machte er in der Kaiserstraße eine Weinhandlung und das Weincafé Bastille auf. Ein Kollege von mir führte da die Bücher. Naja, und dann kaufte er die beiden Grundstücke Kaiserstraße 76 und 78. Eine hervorragende Investition. Zuletzt kassierte er allein für das Erdgeschoß eines der beiden Häuser 40 000,– Euro Miete pro Monat.«

Der Buchhalter verstummt. Er sieht aus, als sei er tödlich erschrocken über seine lange Rede.

Der Anwalt erhebt sich. »Entschuldigen Sie mich einen Moment«, säuselt er und verschwindet Richtung Sanitärbereich.

Des Buchhalters ungebremster Redefluss und die Abwesenheit des Anwalts ermutigen Schlaff, den hohen Informationsstand, über den er als Journalist verfügt, ultimativ unter Beweis zu stellen. »Kennen Sie Gitterkotz?«, fragt er. Niemand antwortet. Das freut den Schlaff, er hat mal wieder was exklusiv. »Gitterkotz ist auch ein Cafébesitzer, der beste Freund von Petrus. Der hat mir erzählt, Petrus war ständig von der Furcht gebeutelt, er könne durch irgendwelche Verbrechen oder auch Verwaltungsakte alles wieder verlieren. Durch diese Angst ist der eigentlich sehr gutmütige Mann oft aggressiv geworden. Zum Beispiel hat er ein Jahrzehnt lang verbissen gegen seinen Nachbarn wegen der Belastbarkeit einer Brandmauer prozessiert. Aber seinen Freunden gegenüber war er wirklich fürsorglich. Na schön, er hatte nicht so viele, aber immerhin. Einer befreundeten Apothekerin hat er jedenfalls mal geholfen, das Familiengrab zu harken, und als er selbst, also Gitterkotz, mal in finanzielle Schwierigkeiten geriet, hat ihm Petrus ohne weiteres mit einer 300 000,–Euro-Bürgschaft unter die Arme gegriffen.«

Schlaff macht ein Gesicht, als erwarte er Applaus. Die ganze Runde ist von so viel Nächstenliebe tief beeindruckt. Schnubbel klopft mit dem Löffel auf seinem Teller Beifall, bevor er ihn auf einem Beistelltisch abstellt.

Krumm mischt sich ein. Wie schön, dass er nach wie vor als Verdächtiger zur Verfügung steht. Sein Gespräch mit dem Anwalt musste wohl erfreulich gewesen sein, sonst wäre er ja längst wieder verschwunden. Krumm teilt mit, er habe Petrus und Gitterkotz fast jeden Mittag gegen 14 Uhr im Restaurant Kupferkanne gesehen. Da hockten sie dann, zwei böse alte Knattergreise, die das Leben auf der Kaiserstraße mit gallebitteren Kommentaren an sich vorüberziehen ließen und den Schwachstellen der Passanten hinterherhechelten.

»Ich glaube«, fährt Krumm fort, »die Herren fühlten sich als einsame Kämpfer gegen den vereinigten lokalpolitischen Filz in der Landeshauptstadt. Gitterkotz hatte ja wohl auch aus Protest gegen die etablierten Parteien einen Ableger von so einer sinisteren rechtsradikalen Partei gegründet, und Petrus wurde eines der ersten Mitglieder. Und der Gitterkotz sitzt doch immer noch für die Freie Wählergemeinschaft im Stadtrat, stramm auf Hindenburgkurs.«

»Darf ich noch mal ganz dumm fragen«, meldet sich die Sächsin erneut, »der Herr Petrus hatte diese beiden wertvollen Häuser, und die wollte er partout nicht verkaufen?«

»Richtig«, sagt Schlaff.

»Ja, hat ihm denn niemand ein akzeptables Angebot unterbreitet?« Dieser Dame scheint es offenbar ganz und gar unverständlich, dass es auch mal Dinge gibt, die für kein noch so hohes Angebot zu kaufen sind.

»Offerten gab's genug«, sagt der Buchhalter, nachdem er sich mit flinken Äugelein davon überzeugt hat, dass der Anwalt noch nicht in Sichtweite ist, »ein bedeutender Konzern hat schon vor Jahren 48 Millionen für die beiden Grundstücke geboten. Und eine äußerst geschäftstüchtige Spitzenmaklerin, Mathilde von Tobler-Bohne, hat sechs Jahre lang vergebens versucht, ihn zum Verkauf zu überreden. Die ist auch ganz hoch rangegangen. Zuletzt soll eine internationale Gruppe sogar 90 Millionen geboten haben.«

»Aber Gitterkotz hat mir erzählt«, jetzt war Schlaff wieder dran, »dass Petrus ihm gesagt hat, er wolle für kein Geld der Welt seine Immobilien abgeben, niemals, denn die beiden Grundstücke seien sein eigentlicher Lebensinhalt.«

Der Anwalt ist zurückgekommen und hat wieder auf dem Sofa Platz genommen. »Ich denke, es ist ein bisschen anders«, sagt er, »ich denke, das Verhandeln über einen Verkauf war sein Lebensinhalt, nur das Verhandeln. Petrus pokerte wie ein Spieler mit Immobilienhändlern, Baulöwen und Konzernen. Er bluffte und trieb die Preise hoch, und wenn dann seine höchsten Forderungen akzeptiert wurden, gab er den Interessenten einen Korb. Das war seine größte Freude.«

Bei diesem Thema fühlt sich Mottenkropf wie zu Hause, also sagt er auch was: »Wie eine Jungfrau, die die Jungs reihenweise anmacht und dann von der Bettkante stößt. Anficken und stehenlassen.«

Eine kleine pikierte Stille macht sich breit. Im Blick des Anwalts erkenne ich deutlich die nur mühsam beherrschte Verachtung, als er sich Mottenkropf zuwendet und gekonnt wie immer eine Augenbraue hochzieht. Und dann sagt er leise, aber messerscharf: »In einer Unterhaltung mit mir bitte ich Sie doch, sich eines Minimums an Intelligenz zu befleißigen.«

»Ich spreche die deutsche Sprache ja nicht perfekt«, äußert sich der Iraner mal wieder, nicht ohne kokett eine genügend lange Pause nach diesem Satz einzulegen, damit Raum für Widerspruch und Komplimente bliebe, »aber Sie reden von Herrn Petrus immer in der Vergangenheit. Es ist doch gar nicht sicher, dass er tot ist, oder? Er ist doch nur verschwunden, nicht wahr?«

»Ich bin völlig ihrer Meinung«, antwortet ihm der Anwalt höflich, »es kann durchaus sein, dass Herr Petrus im nächsten Augenblick höchst munter und fidel hier hereinkommt und etwas zu trinken verlangt.«

»Dann wäre die Unschuld von Paulsen ja wohl erwiesen, nicht wahr, Herr Generalstaatsanwalt«, fragt einige Dezibel zu schrill das Model mit den ideal geformten Milchdrüsen, und Bäumlich, der sich bei dieser Konversation merklich abseits hält, murmelt ein mürrisches »Davon möchte ich mal ausgehen.«

Die Sächsin findet auf sächsisch, dass das eine wunderbar spannende Geschichte sei, dann behauptet sie, am liebsten wäre sie beruflich zur Gripo gegangen, womit sie Kripo meint, und schließlich verlangt sie Aufklärung, wie denn Baulsen mit Bedrus in Gondagd gekommen sei.

Aber den Anwalt bringt ja gar nichts aus der Fassung. »Gnädige Frau«, sagt er formvollendet, »ein stadtbekannter Immobilienbesitzer und ein bedeutender Architekt und Bauherr, die begegnen sich zwangsläufig. Sie aus unseren neuen Ländern wissen doch sehr gut, was ein Filetstück ist, das reizt nun mal jeden Feinschmecker.«

Schlaff fühlt sich als Kenner der Materie und als solcher auch berechtigt, sein überlegenes Wissen unter die Leute zu bringen. »Gitterkotz hat mir erzählt, dass Paulsen dem Petrus im Streit mit dem Nachbarn um die Brandmauer sehr geholfen hat, und dadurch kamen die beiden sich näher. Petrus hat immer gesagt, der Paulsen sabbelt mich voll. Aber er war durchaus daran interessiert, was Paulsen vorhatte. Der wollte ja ein Objekt hochzuziehen, dagegen sollten alle anderen Luxusgalerien ein Dreck sein. Architekten zeichneten Entwürfe für die Neubebauung. Ein Einkaufszentrum sollte entstehen, mit Marmor, Messing und Tempelsäulen, eine eindrucksvolle Landschaft von Hochhaustürmen. Und in großen Lettern sollte, das hatte er versprochen, am Eingang stehen: Petrus-Passage. Aber dann muss irgendjemand gegen Paulsen intrigiert haben. Jedenfalls zog sich Petrus ein wenig von ihm zurück.«

Schwer zu ertragen, dieser Wichtigtuer. Ich weiß, was jetzt noch alles kommt. Ich gehe das Bier wegbringen. Ein bisschen vor der Kachelwand stehen, in Ruhe sich entsaften, kein Geschwätz erdulden, nichts hören müssen. Das hier war alles Treppenhaustratsch und stand in den Gazetten. Ich kann's im Schlaf herbeten:

Im Mai verliert Petrus vor dem Oberlandesgericht endgültig den Dauerprozeß gegen seinen Nachbarn. Er wird noch ängstlicher als vorher. Häufig hört er angeblich verdächtige Geräusche in seinem Haus. Das große Bund mit den Generalschlüsseln für seine Häuser versteckt er sorgfältig in einem Luftschacht in der Tiefgarage. Und nachts hat er immer ein Gewehr griffbereit am Bett.

Ebenfalls im Mai wird Petrus 70 Jahre alt. Er lässt bei seinem Hausarzt ein EKG machen. Ergebnis: Der alte Mann ist kerngesund. Anfang Juli erzählt er der Apothekerin von zwei merkwürdigen Unfällen. Einmal klagt er über eine Brustprellung, und dann hat er sich das Fußgelenk verstaucht. Jedes Mal, so sagt er, sei er in seinem Haus auf der Treppe gestolpert.

Am 12. Juli wird Oskar-Emil Petrus zum letzten Mal gesehen: Er lässt sich bei seinem Hausarzt eine Vitamin-B-Spritze geben und kauft in einem Reformhaus ungeschälten Reis und Fruchtsäfte.

Am 19. Juli wird bei Notar Dr. Dörre ein Kaufvertrag zwischen Oskar-Emil Petrus und der Plus Consult AG, Sitz in Winterthur/Schweiz, verhandelt. Laut Vertrag wechseln die beiden Petrus-Grundstücke Kaiserstraße 76 und 78 für 30 Millionen Euro den Besitzer. Davon sollen 25 Millionen in bar an den Verkäufer Oskar-Emil Petrus ausgezahlt werden. Petrus ist bei Vertragsabschluss nicht persönlich anwesend – er und auch die Käuferfirma werden von ein- und derselben jungen Dame vertreten, von Gabriela Helga Vucosicz, geborene Winzig, 29 Jahre alt. Die zweifach Bevollmächtigte ist, und da wird's spurentechnisch zum ersten Mal völlig humorlos, die Lebensgefährtin des Sohnes von Jakob Paulsen.

Am 22. und am 29. Juli beglaubigt in Zürich das Notariat Hutterer in einem Routineverfahren die Unterschriften von Oskar-Emil Petrus unter zwei Vertragstexten. Damit wird erstens das Gesellschaftsvermögen der Petrus KG, der die Grundstücke in der Kaiserstraße gehören, aufgelöst und zweitens Jakob Paulsen als Liquidator bestellt. Als den Schweizer Notaren später Fotos von Petrus vorgelegt werden, können die sich nicht erinnern, den Mann jemals gesehen zu haben.

Im September wird Paulsens Anwalt Rüdiger Bellmann von der Schweizer Plus Consult die Vollmacht für Miet- und Nutzungsangelegenheiten der Kaiserstraße – Häuser Nr. 76 und 78 – übertragen. Bellmann, inzwischen verstorben, war ein ehrgeiziger Bursche, der seinen Namen gern in der Zeitung las. Und so erzählte er der Gesellschaftskolumnistin einer Zeitung ausführlich die Geschichte, die am 14. September erschien.

Schlagzeile: Der komische Opa: 30 Millionen im Koffer – ab in die Schweizer Berge. Kurzfassung: Der Rentner P. (70) habe seine beiden Häuser an der Traummeile für 30 Millionen an die Immobilien-Agentur Plus Consult verkauft und dabei den alerten Typen aus der Schweiz knallhart seine Bedingungen diktiert. Ich will alles in bar! Oder das ganze Ding ist geplatzt! Drei Stunden habe der kauzige Geizkragen im ersten Stock seines Hauses Tausend-Euro-Scheine in einen riesigen braunen Reisekoffer (mit verstärkten Ecken) abgezählt. Anwalt Bellmann will während der Transaktion einen Roman gelesen haben. Dann sei der ledige P. mit dem 45 Kilo schweren Geldkoffer ohne Angabe der Adresse abgehauen in die Schweizer Berge. Ende der Geschichte. Mit 70 beginnt das Leben.

Die Kollegen von der Kripo sind sich ziemlich sicher, dass Oskar-Emil Petrus zu dieser Zeit bereits wochenlang tot war. Die von Anwalt Bellmann erzählte Story, so behaupten sie, sollte Petrus für die Öffentlichkeit künstlich am Leben erhalten, um ein Verbrechen zu vertuschen, das Paulsen begangen hat. Und der sagt dazu natürlich nur: Ihr habt sie wohl nicht alle. Wo sind denn eure Beweise?

Die Anklage von Staatsanwalt Thomas Suff steht tatsächlich auf wackligen Beinen. Eine Quittung über den Kauf von Müllsäcken kann er anbieten, einer Ytong-Säge, eines Spatens, einer Kreuzhacke und einer Beton-Gießkarre. Daraus schließt er: das Mordopfer Petrus wurde in Säcke verpackt und einbetoniert.

Paulsens Verteidiger kommentieren die Suff-Ausführungen nur mit Kopfschütteln und Gelächter, und sie argumentieren, das seien doch alles nur haltlose Phantasien und windige Spekulationen, schließlich bewege man sich im Baugewerbe, und da seien das alltägliche Gebrauchsgegenstände der Angestellten von Paulsen.

Die Leiche von Oskar-Emil Petrus, wenn er denn überhaupt gestorben ist, hat bis heute jedenfalls niemand gefunden. Ein Mordverfahren ohne Leiche zu führen – für mich ist das Quatsch. Wenn du mich fragst, hockt der Petrus fröhlich jodelnd auf einer sonnigen Alm und hat sich für 30 Millionen Schweizer Vollmilchschokolade gekauft. Oder so was ähnliches.

Ich wasche mir die Hände und kehre in die Gesprächsrunde zurück. Krumm hat das Wort. Täusche ich mich, oder ist er etwas weiß um die Nase? Keine Frage, er hat sich einen Kreativitätsschub gegönnt. »Gitterkotz hat einen Tag vor Weihnachten Vermisstenanzeige erstattet, und zwar auf Drängen der Kripo, weil die nämlich rausgefunden hatte, dass der Kaufpreis für die Petrus-Immobilien nicht hier bei uns in der Landeshauptstadt, sondern in Liechtenstein gezahlt worden war. Aber keineswegs 30 Millionen in bar, sondern nur 10 Millionen in bar und 15 Millionen per Scheck, und Paulsen persönlich soll der Geldbote gewesen sein. Der aber sagt, er habe nur Bargeld und Barschecks von der Liechtensteiner Lüster-Bank geholt und dort noch am selben Tag an Oskar-Emil Petrus weitergereicht. Sein Pech ist, dass Petrus in Liechtenstein laut Kripo von niemandem gesehen worden ist, und dass das Labor des Landeskriminalamtes steif und fest behauptet, die Vertragsunterschriften von Petrus seien allesamt gefälscht. Ich weiß ja nicht wer, aber ich werde den Verdacht nicht los, irgendjemand will dem Paulsen was anhängen.«

Krumm starrt dem Anwalt geradezu unverschämt ins Gesicht.

Der bleibt völlig ungerührt. »Sie haben da einen weißen Krümel an der Nase«, sagt er, »das ist doch Verschwendung.«

Krumm kriegt einen roten Kopf und geht zur Toilette.

Der Anwalt verfolgt seinen Abgang mit zusammengekniffenen Augen.

Bevor die Sächsin eine überflüssige Bemerkung absondern kann, greift Mottenkropf ein: »Das einzige, was man meines Erachtens dem Paulsen wirklich vorwerfen kann, ist die Nummer, die er mit Fritz Geier abgezogen hat. Das war nicht in Ordnung, so was macht man nicht.«

»Geier? Geier möchte ich nicht im Dunklen begegnen, der hat doch so eine Vorstrafenlatte«, mischt sich Schlaff, seine Arme theatralisch weit ausbreitend, ein, und dann, unter dem Blick Mottenkropfs, beißt er sich auf die Lippen, ist sich bewusst, dass das wohl arg vorlaut war und sackt in sich zusammen, ein dünnes »Verzeihung« murmelnd.

»Fritz Geier ist ein hochanständiger Mensch und immer korrekter Geschäftspartner«, stellt Mottenkropf unumstößlich fest, »ich arbeite seit Jahren problemlos mit ihm zusammen. Und als Manager von Catch-Veranstaltungen ist er sogar Sonderklasse.«

»Catchen sehe ich zu gern«, jubelt das Model.

»Ich nehme Sie gerne mal mit«, reagiert Mottenkropf sofort.

»Was hat der Paulsen denn mit dem Geier angestellt?«, steht als sächsisch gestellte Frage im Raum.

Der Anwalt himself antwortet. »Herr Paulsen hat Herrn Geier beauftragt, mit ein paar kräftigen Freunden das Petrus-Haus in der Kaiserstraße 78 zu entrümpeln. Als Lohn durfte er alles behalten, was er findet. Und er fand einiges: Echtes Meißner Porzellan, eine wertvolle Briefmarkensammlung und einen gültigen Reisepass, ausgestellt auf den Namen Oskar-Emil Petrus. Außerdem ein Stück Papier mit der Überschrift »Mein letzter Wille« – Petrus' handschriftliches Testament, in dem sein Neffe Norbert Petrus als Erbe eingesetzt wird, und in dem ausdrücklich steht: Meine Häuser in der Kaiserstraße dürfen nicht verkauft werden.«

Ein kleines höhnisches Lächeln sitzt in den Mundwinkeln des Anwalts, aber ich bin wohl der einzige, dem das auffällt.

»Ich habe dem Geier noch gesagt, er soll die Finger davon lassen«, erklärt Mottenkropf, »ist doch klar: Da waren dann im ganzen Haus die Fingerabdrücke von ihm, und bei ihm in der Wohnung findet man die Wertsachen, die dem toten Petrus gehört haben. Ich habe noch zu ihm gesagt, du reitest dich da in was rein, das hast du dann nicht mehr unter Kontrolle. Aber er hat ja nicht auf mich gehört. Und das Ding war nicht in Ordnung von dem Paulsen, das sieht doch echt so aus, als wollte er dem Geier was anhängen.«

Der Anwalt ist wirklich ein glänzender Schauspieler. Zur Abwechslung schaut er jetzt mal ehrlich bekümmert. »Lieber Freund«, sagt er milde, »das ist doch eine durch nichts bewiesene Hypothese. Vielleicht wollte Herr Paulsen dem Herrn Geier wirklich nur etwas Gutes tun. Herr Paulsen ist doch in der ganzen Stadt für seine Gutmütigkeit bekannt.«

Aber Mottenkropf lässt sich von seiner Meinung nicht abbringen: »Immerhin ist der Geier erheblich von der Kripo belästigt worden, und eingebuchtet hat man ihn vorübergehend auch.«

»Ich glaube nicht, dass der arme Paule das gewollt hat.« Das war wieder die Samtstimme aus dem Orient.

»Ja«, sagt der Anwalt, »wirklich, der arme Herr Paulsen. Er wurde am selben Tag in seiner schönen Altbauvilla festgenommen, an dem die Bagger die Häuser an der Kaiserstraße platt machen sollten. Der Haftbefehl lautete: Verdacht des Betruges und der Urkundenfälschung. Aber ermittelt wurde, das verkündete ein hochdynamischer Kriminaldirektor namens Donald Mostharn in der Presse, auch wegen Mordverdachts. Eine zwanzig Mann zählende Sonderkommission vernahm mehr als fünfhundert Leute, und die meisten davon gehörten zur High-Society.«

»Herr Paulsen ist ihr Mandant? Haben Sie ihn verteidigt?«, fragt der Iraner.

»Nein, gottseidank nicht«, antwortet der Anwalt, »ich kann mich ja nicht um alles kümmern. Eine sachgerechte Verteidigung scheint mir da auch nicht mehr möglich. Kripo und Staatsanwaltschaft lassen sich einfach nicht davon abbringen, dass er den Petrus umgebracht hat.«

»Stark fand ich ja den Auftritt von dem Heinz Glaubenich.« Mottenkropf spricht den Anwalt direkt an, er will keine Verstimmung zwischen ihnen aufkommen lassen. »Das ist der Verteidiger von Geier. Der hat sich vor die Fernsehkameras gestellt und behauptet, er würde den Mörder kennen. Nein, er hat gesagt, er kennt einen, der den Mörder kennt. Und der ist irgendwo im Ausland, und wenn man ihm eine siebenstellige Summe bezahlt, dann wäre der möglicherweise bereit, das Versteck der Leiche zu verraten.«

Schlaff hat sich erholt. Schlaff hat wieder die spannenden Ermittlungsergebnisse parat: »Scharf war doch auch die Sache mit dem schwarzen Jeep Cherokee mit den dunklen Scheiben, den Paulsen mal seiner Frau Evelyn geschenkt hat, und in dem Petrus' Leiche transportiert worden sein soll. Man wirft Paule vor, dass er den Wagen wenige Tage, nachdem Petrus zum letzten Mal lebend gesehen worden war, in eine Werkstatt gebracht hat und der Jeep bestialisch stank. Paule sagt nun, das kam von einem Buttersäureanschlag, den unbekannte Täter auf den Wagen verübt hatten. Durch die Heckscheibe ist eine Flasche voller Stinkbomben-Flüssigkeit geworfen worden, sagt er. Und das ist ja klar, da musste er das Fahrzeug von innen völlig entkernen und sämtliche Plastikteile, Polster und Stoffbezüge erneuern lassen. Das hat ihn mehr als 12 000,– Euro gekostet. Er hat den Schaden auch der Versicherung gemeldet, aber die Kripo mault, das ist Spurenbeseitigung. Die wollen sogar im Wageninneren mikroskopisch winzige Blutspuren entdeckt haben, und die sollen nun als Beweis für einen Mord herhalten, bei dem es keine Leiche gibt. Unglaublich.«

Schlaff schüttelt den Kopf ob so vieler Ungereimtheiten.

Die Freundin des hohen Funktionärs der Rechtsanwaltskammer, das verhuschte Wesen, hat natürlich nur ein Interesse: »Gibt's eigentlich eine Belohnung, wenn man die Leiche findet?«

Ihr Lebensgefährte sagt trocken: »Mach dir keine Hoffnungen, du findest die sowieso nicht«, und Schlaff weiß alles:

»Die Familie Petrus hat gleich eine Million ausgesetzt für Hinweise, die zum Fund der Leiche führen. Weil ohne Leiche, ohne endgültigen Beweis, dass Oskar-Emil Petrus tot ist, gab's ja erstmal nichts zu erben. Mittlerweile ist er offiziell für tot erklärt worden, und sein Neffe kriegt alles.

»Hat er ja Glück gehabt«, murmelt Schnubbel, »jetzt wird er wohl hoffen, dass sein Onkel nie gefunden wird.«

»Sehr erheiternd«, sagt der Anwalt, »war ja auch dieser Direktor eines Kurhotels im hessischen Bad Schwalbach, der wenige Tage nach dem Beginn des Prozesses gegen Herrn Paulsen in einem Gast, der mehrere Tage in dem Hotel logierte, den verschollenen Petrus erkannt haben wollte. Aber Wichtigtuer gibt's überall.«

Krumm, mit blitzenden Augen, aber ohne Krümel an der Nase, hat sich auch wieder eingefunden. Offenbar will er provozieren: »Ich bin eigentlich ziemlich sicher – der Paulsen hat seine Depressionen nur vorgeschoben. Reine Verfahrenssabotage. Der weiß doch wesentlich mehr, als er rauslässt. Und er muss weiterhin dichthalten, wenn er andere Leute nicht um ihren gesunden Schlaf bringen will. Und dafür, dass er schweigt, kassiert er kräftig. Es wäre schon interessant zu erfahren, wer seine Hintermänner sind.«

Wieder dieser unverschämte Blick Richtung Anwalt.

Aber der, ganz locker: »Ich glaube nicht, dass ein Herr Paulsen irgendwelche Hintermänner nötig hat. Der kann sehr gut auf sich selbst aufpassen.«

»Hoffen wir's«, entgegnet Krumm fast schon pampig.

Der Anwalt prostet ihm mit einer gurkenfarbenen Flüssigkeit zu.

Das Model, das die Unterhaltung in Gang gebracht hat, ist noch nicht zufrieden. »Und jetzt ist er verrückt, der Paulsen? Wie äußert sich das denn?«

Und mit einem Blick zu Krumm: »Glauben Sie wirklich, der spielt nur Theater?«

Der Anwalt hat eine unnachahmliche Art, graziös den Kopf zu schütteln.

»Jeder, der so viele Jahre, möglicherweise absolut unschuldig, vor Gericht gezerrt wird, ist einer ungeheuren Belastung ausgesetzt. Der arme Paulsen war diesem Druck nicht gewachsen. Der Gutachter, ein Psychiater, spricht von einem chronifiziert-fluktuierenden Krankheitsverlauf.«

»Aha«, nickt das Model.

»Komm, wir holen uns ein Bier«, sagt Schnubbel zu mir, »aus dem Kühlschrank in der Küche.« Im Regal steht ein Radio, er schaltet es ein. Deutsche Countrymusik, ein Gräuel. Er dreht lauter. Lehnt sich mit seinem Hintern an die Fensterbank, winkt mich näher zu sich ran. »Kann sein, dass hier irgendwo Wanzen angebracht sind«, sagt er leise.

Ich nicke, das denke ich auch.

Schnubbel kippt sich eine halbe Flasche Bier in den Hals und schüttelt sich. Er leidet unter Sodbrennen und saurem Aufstoßen. »Krumm ist immer noch ziemlich geladen«, sagt er.

»Das habe ich auch gemerkt«, antworte ich, »die Unterhaltung mit dem Anwalt hat wohl nicht viel gebracht.«

Schnubbel macht die Flasche ganz leer. »Der Anwalt hat ihm gedroht, er soll mit der Schnüffelei gegen ihn aufhören, sonst gibt's Ärger. Und er hat verlangt, dass Krumm ihm die Akte rausgibt, die er über den Anwalt angelegt hat. Dafür will er ihm Geld geben.«

»Wieviel?«, frage ich.

»Zu wenig«, sagt Krumm, »sie wollen im Verlauf des Abends noch mal miteinander reden.«

Ich sehe auf die Uhr. Viel Zeit bleibt nicht mehr für dieses Gespräch.

»Hinsichtlich dieser Paulsen-Petrus-Geschichte hat mir Krumm einiges erzählt, was wohl kaum jemand weiß.«

Ich kriege lange Ohren.

»Der Anwalt und Paulsen sind Nachbarn mit ihren Briefkastenfirmen in London. Du weißt, Take Raise. Im gleichen Haus, die gleiche Adresse, derselbe Verwalter, da hat Paulsen ebenfalls seine Briefkästen.«

»Überraschend, aber nicht verwunderlich«, sage ich, »aber beweisen kann man damit ziemlich wenig.«

Schnubbel sieht mich grinsend an. »Damit nicht«, sagt er breit, »aber jetzt halt dich fest: Paulsen hat nicht nur die Plus Consult in Winterthur, sondern über einen Dr. Sieg in Glarus auch die Nikolaus-Finanz, und die wiederum ist Gesellschafter von, von – na? Sag schon, sag's, damit ich's glaube!«

Schnubbel sieht mich erwartungsvoll an.

»Take Raise? Sag bloß, der hängt über Take Raise bei Paulsen mit drin?«

Schnubbel nickt. »Du sagst es. Paulsen und der Anwalt sind Partner.«

Aha, denke ich, daran ist Petrus gestorben. Und wie das eben so geht in gediegenen Partnerschaften: Der eine ist aus dem Verkehr gezogen und erledigt, und der andere hat profitiert. Dem Anwalt gehört jetzt also die Kaiserstraße. Das hat er ja sauber hingeferkelt.

Ich frage: »Weiß das die Kripo?«

»Ja.«

»Na und?«

Schnubbel bohrt sich mit dem kleinen Finger im rechten Ohr. »Krumm hat mir erzählt, er kennt eine sehr erfahrene und besonnene Kriminalbeamtin, und die hat gesagt, manchmal wäre es schon zu viel, wenn man nur den Hörer in die Hand nimmt. Dann bekäme man sofort Druck von oben. Da gäbe es einflussreiche Persönlichkeiten, die mit allen Mitteln immer wieder versuchen zu verhindern, dass überhaupt ermittelt wird. Die ist so sauer, die droht, eine neue RAF zu gründen.«

Schnubbel öffnet sich noch eine Flasche. Offenbar ist er willens, Bier und Ärger gleichermaßen runterzuspülen.

Ich frage: »Du hast doch vorhin auch mit ihm gesprochen. Was Ernstes?«

Kaum ist die Frage raus, sehe ich, dass es Schnubbel unangenehm ist, über sein Gespräch mit dem Anwalt zu reden. »Nichts Besonderes«, sagt er ausweichend, »er hat mich nur an alte Zeiten erinnert und mir erzählt, dass er gerade dabei ist, in meiner Gegend ein paar Grundstücksprojekte anzuleiern.«

»Verstehe«, antworte ich, »er will dich in die Pflicht nehmen. Beziehungen installieren. Die alte bewährte Tour.«

Schnubbel reagiert nicht. Hat sein Kinn auf der Brust, atmet mehrmals tief durch, versucht die Bierflasche auszuwringen. Dann strafft er sich plötzlich und schaltet mit energischem Griff das Radio aus.

In die Stille hinein sagt er laut und deutlich und entschlossen: »Ich könnte ihn ermorden.« Das ist ein Satz, der klingt gar lieblich in meinen Ohren.

Andererseits – Schnubbel möchte ich in die Sache eigentlich nicht hineinziehen.

7. *Lukassy*

Die Paulsen-Gesprächsrunde hat sich aufgelöst, der Anwalt ist nirgends zu sehen. Tanzpaare haben sich gefunden, die nur noch durch ihre Textilien vom sofortigen Koitusvollzug abgehalten werden. Ein ramponierter Lukassy mit verquollenen Säuferaugen und offenem Hosenstall, aus dem ein Zipfel seines weißen Hemdes herausschaut, mit Haaren, die einem aufgeplatzten Sofakissen ähneln und in einem Jackett, an dem ein Büschel Nähgarn davon Kunde gibt, dass hier mal ein Knopf angebracht war, mit einer Flasche Champagner in der Hand, schiebt Mona, die gerade zu einer neuen Darbietung ansetzen will, vom Mikrofon weg und verlangt Ruhe.

Niemand nimmt von ihm Notiz. Er verlangt: »Spiel doch mal 'n Tusch! Los, spiel doch mal 'n schönen Tusch!«

Die Musiker sehen sich feixend an. »Können wir nicht«, lügt einer, »haben wir noch nie gemacht«, ein anderer. Sowas Triviales kann man von diesen Symphonikern aber auch wirklich nicht verlangen.

Lukassy bringt das nicht aus dem Konzept. Energisch schreit er: »Ruhe, verdammt nochmal, ihr Sumpfnasen, hört doch mal zu!«

Die Leute drehen sich zu ihm hin, verwundert, peinlich berührt. »Völlig besoffen« und »schamlos« ist das allgemeine Urteil.

Lukassy hält sich am Mikrofon fest, er grinst, hochzufrieden, dass ihm nunmehr unumschränkte Aufmerksamkeit zuteil wird. »Ich will jetzt hier mal einen Toast ausbringen«, brüllt er, »einen Toast auf unseren hochverehrten Herrn Präsidenten des Bundeskriminalamtes, der immer so wunderbar deutliche Worte findet, und der sich bestimmt ganz großartig amüsieren würde, wenn er hier unter uns weilen würde, und ich möchte mal sagen, und ich nehme an, jeder der geschätzten Anwesenden hier wird mir da recht geben, dass der Herr BKA-Präsident völlig auf unserer Linie liegt, wenn er davor warnt, dass die Mafia in Entscheidungsbereiche der deutschen Polizei, Justiz, Verwaltung und Politik einsteigt, weil, das ist schließlich unser Revier, und wir sind gewiss auch alle seiner Meinung, dass Deutschland eine Drehscheibe der organisierten Kriminalität ist, sodass wir gezwungen sind, uns durch Geldwäsche ein legales Standbein zu verschaffen, und wir bedauern, dass die Korruption in Deutschland mittlerweile ähnlich professionell organisiert ist wie die internationale Spionage, weil, der Standard könnte wirklich noch ein bisschen höher sein, und wir gratulieren dem Herrn Präsidenten zu der Erkenntnis, dass die Zunahme von Korruptionsfällen im Staatsapparat besorgniserregend ist, denn das darf nicht sein, weil es beweist, dass wieder mal was rausgekommen ist, was wir uns ja nun wirklich nicht wünschen.«

»Stell doch mal einer den Quatschkopf ab!«, schreit Vanmijsen.

Und Mottenkropf, laut und scharf: »Willst du hier Ärger machen, du Wichser?«

Aber Lukassy lässt sich nicht beirren: »Also, wir trinken auf das Wohl des Herrn Präsidenten des Bundeskriminalamtes, und ich beantrage seine Anerkennung als Sozialfall und allzeit freie Fahrt in den öffentlichen Verkehrsmitteln. Und besonders herzlich schlucke ich einen auf die Gesundheit seiner schärfsten

Waffe, der insgesamt vier Undercoveragenten des BKA, die, weltweit im Einsatz, auch in der kleinsten Steueroase für Recht und Ordnung sorgen, damit unsereins nirgends kalte Füße kriegt und abends gut schlafen kann, prost.«

Lukassy setzt die Champagnerflasche an den Mund, aber er kippt sich das edle Nass hinter seinen Hemdkragen, denn Mottenkropf hat ihn gepackt und ihn sich über die Schulter geworfen. Lukassy strampelt grotesk, aber Mottenkropf trägt ihn mühelos zum Eingang der Kanzlei, wo er ihn einfach auf den Fußboden wirft. Die Party hat ihren so dringend benötigten ersten Höhepunkt und Nachschub an Gesprächsstoff bis in die frühen Morgenstunden.

Irgendwo habe ich mal gehört, man sollte dem Satz »Die Gedanken sind frei« grundsätzlich ein »Ja, leider« anhängen.

Lukassys Frau betrachtet die Szene relativ gefasst. Sie hat anscheinend Routine in der Bewältigung solcher Auftritte ihres Gatten. Der will auf dem Fußboden liegen bleiben und erklärt, er wolle jetzt erst mal ein Stündchen schlafen.

»Aber doch nicht hier«, sagt sie, »komm, ich helfe dir.«

Die attraktive Frau Barke, des Anwalts bevorzugte Mitarbeiterin, packt auch noch mit an, und mit vereinten Kräften schleppen sie den völlig abgeschlafften Lukassy in eins der Büros, wo sie ihn in einen Sessel plumpsen lassen.

»Früher hätte er sich sowas nicht erlaubt«, seufzt Heidrun Lukassy, nun doch wohl etwas mitgenommen.

»Komm«, sagt Frau Barke, »komm, wir setzen uns in eine ruhige Ecke, trinken einen schönen Cognac auf den Schrecken und reden ein bisschen von alten Zeiten. Der wird schon wieder« – sie streift Lukassy mit einem angewiderten Blick – »wir haben uns ja ewig nicht gesehen.«

Die Damen haken sich unter und gehen zurück in die Lobby, wo sie weitab vom Tanzgeschehen in einem Sofa Platz finden. Dass ich hinter ihrem Rücken, getrennt durch einen leichten Grünpflanzenvorhang, mit meiner Limonadenflasche in einem Sessel einen großen Lauschangriff starte, nehmen sie nicht zur Kenntnis.

»Deinen Sargdeckelöffner hat's ganz schön geschmissen«, sagt Frau Barke im Ton einer mäßig teilnahmsvollen Krankenschwester.

»Sargdeckelöffner? Wieso nennst du ihn Sargdeckelöffner?« Heidrun steht der Mund offen.

»Wusstest du das nicht? Das war immer sein Spitzname in der Zentrale in München: Der Sargdeckelöffner vom Rhein.« Frau Barke verlangt von einem der Serviermädchen zwei Cognacs. »Ich denke mal, weil keine Leiche im Keller vor ihm sicher war. Für einen Journalisten ist so was ein Ehrentitel.«

»Na, ich weiß nicht«, sagt Heidrun.

Frau Barke zündet sich eine Zigarette an. »Euch ging's nicht so gut da drüben, was?«

Heidrun zuckt die Schultern. »Es war nicht wirklich schlecht, aber wenn ich so zurückdenke ... Als ich noch bei euch in der Kanzlei war ... all die guten Freunde ... der Anwalt, du, Bäumlich, Will, Hinzel, Bender, die familiäre Atmosphäre, die Gemeinschaftserlebnisse ... das hatte eine andere Qualität, da habe ich mich wesentlich wohler gefühlt. Und mein Sargdeckelöffner auch.«

Beide Frauen lachen.

»In letzter Zeit redet er viel von früher, von seinem Elternhaus in Wetzlar, von seiner konservativen, streng katholischen Erziehung, und wie er als Kind immer regelmäßig zum Gottesdienst musste, weil er da einen schlecht bezahlten Job als Messdiener hatte.«

»Das erklärt manches.« Der sarkastische Unterton in Frau Barkes Stimme ist unüberhörbar.

Heidrun geht darauf nicht ein. »Dann war er ja in der Lokalredaktion von so einer Bauernzeitung am Rande des Harzes, Niedersächsischer Landbote oder so, er hat ja seinen Beruf von der Pieke auf gelernt, auch die ersten wichtigen Beziehungen geknüpft, weil er ja schon in seiner Jugend immer sehr intensiv gegen die Linken gekämpft hat, und mit dem Stadtdirektor von, na, Dingsda, ist egal, haben wir heute noch guten Kontakt, weil, der hat ihm damals sehr geholfen, besonders als er so ziemlich alles verzockt hat, sogar unser Auto, das war ja eine harte Zeit damals, und du kannst dir nicht vorstellen, was der damals so alles getrieben hat.«

Frau Barke merkt an, dass sie den Herrn Lukassy ja auch schon eine ganze Weile kennt, ihre Vorstellungskraft somit gut trainiert sei.

»Auf Dauer war das natürlich ziemlich miefig da in der Kleinstadt, und als wir dann hierher in die Großstadt kamen, das war schon toll, weil, mein Gott, ich war die erste Zeit in der Kanzlei doch ziemlich aufgeregt, und das war schon ein besonderes Glück, dass der Anwalt uns dann alle Türen bei der Justiz geöffnet hat, und Robert hat immer ganz stolz gesagt: Ich bin der Pressemann des Anwalts und der Justiz, und wie er dann immer die frischen Leichenfotos vom Professor Bender aus der Anatomie mit nach Hause brachte – Wahnsinn.«

»Und die habt ihr euch dann beim Abendbrot angeguckt?« Also, der Humor dieser Frau Barke wird mir immer sympathischer.

»Das war eben arbeitsmäßig und finanziell so schön, weil, wenn den Chefs vom Robert eine Story mal zu regional erschien und sie die deswegen nicht gebracht haben, dann konnten wir die immer noch woandershin lancieren, ist ja klar, also zum Beispiel die Koksgeschichte von dem Modefuzzy, von dem Krumm, die haben wir ja auch hier gemacht, und der hat uns vorhin begrüßt, ich weiß nicht, ob du's gesehen hast, aber der war überhaupt nicht sauer, weil, ich meine, der Robert hat ja auch nur seine Pflicht getan.«

Schwer zu ertragen, diese Heidrun Lukassy. Sie redet, ohne jemals einen Punkt zu machen, und das in einem Diskant, der einem quer durchs Hirn pfeift und mich auf Dauer in den Wahnsinn treiben würde.

Kurze Pause.

Der Cognac ist gekommen, die Damen trinken sich zu.

»Hast du denn keine Freundin, mit der du mal reden kannst?« Diese Frau Barke ist wirklich ein ausgeschlafenes Biest. Immer mitten hinein in den entzündeten Nerv.

»Keinen Menschen«, sagt Heidrun, und so, wie sie das sagt, kann sie einem fast leidtun. »Früher hatten wir natürlich auch Neider und Leute, die uns überhaupt nicht leiden konnten, hauptsächlich sogenannte Kollegen von der Konkurrenz, die sich über unsere guten Kontakte ärgerten, weil, wenn die noch hinter irgendwelchen Kriminalgeschichten herdüsten, hatten wir sie schon längst in der Tasche – mit Detailinformationen, über die alle Welt verwundert und die Polizei manchmal sogar verzweifelt war. Ich weiß nicht, ob du dich erinnerst, da gab's zum Beispiel so einen Rundfunkjournalisten, das war so ein richtiger Neidhammel, und der veröffentlichte doch tatsächlich unter seinem richtigen Namen nach einem unserer Ausflüge einen unglaublich verleumderischen Leserbrief, und da schrieb der: Da wird auch künftig der kleine Hascher, der mit zehn Gramm Shit aus den Niederlanden kommt, für zweieinhalb Jahre in den Knast geschickt, und leitende Oberstaatsanwälte dürfen sich – wie selbst beobachtet – weiterhin bei Vergnügungsfahrten der Oberfinanzdirektion so besaufen, dass sie schon um drei Uhr nachmittags nicht mehr alleine zum Klo gehen können, weil ihnen vom Suff so ist wie mir vom Anblick dieser Zustände: Zum Kotzen! Aber der Brief ist ihm gar nicht gut bekommen, weil, der durfte sich dann einen neuen Arbeitsplatz suchen.«

Oh, Frau Barke kann auch einfühlsam sein: »Ja, da hast du ganz schön was mitgemacht ...«

»Naja, ich konnt's aushalten«, sagt Heidrun, »das Positive hat doch immer überwogen, und wir haben ja auch immer das Beste daraus gemacht, und wenn mal was kam wegen Geheimnisverrats zum Beispiel oder so, dann landete das ja alles beim Oberstaatsanwalt Schultz auf dem Tisch, und der war sowieso eingeweiht und hat die Anzeige einfach zu den Akten gelegt, weil, das war eben auch einer von unseren engsten Freunden, jedenfalls auf der Getränkebasis, meine ich, aber heute? Ich sag dir ehrlich, wenn ich könnte, ich würde sofort wieder von vorne anfangen, denn wenn ich so an die Bekannten denke da drüben im Osten, die hatten einfach nicht unsere Lebensart ... Gib mir bitte auch eine Zigarette.«

Pause.

Kramen, anzünden, pusten, husten.

»Könnte es sein, dass dein lieber Mann einfach keinen Alkohol mehr verträgt? Hat er etwa mit dem Trinken aufgehört?« Frau Barke will einfach alles wissen.

»Kann schon sein, aber das wüsste ich wohl, ich meine, er ist sicher kein militanter Antialkoholiker, aber diese ausgiebigen, altbierseligen Abende wie früher, das gibt's schon lange nicht mehr, und das sagt er oft, wie ihm das fehlt, zum Beispiel die gemeinsamen Ausflüge mit dem Kleinbus, den dieser emsige Toyota-Vertreter immer zum Sonderpreis zur Verfügung stellte, in Richtung Bayerischer Wald, wo der Herrgott Urlaub macht, wie's in der Touristenwerbung immer so schön heißt, oder die Touren auf den Zollbooten der Oberfinanzdirektion am Niederrhein, worüber der Spinner den Leserbrief geschrieben hat, was ich eben erzählt habe, und da waren die Herren ja mindestens einmal im Jahr, und immer mussten die Zöllner ihnen das Bier kistenweise an Bord schleppen, oder wenn Robert und ich mal zusammen verreisen wollten, dann hat der liebenswürdige Herr Generalstaatsanwalt Bäumlich daheim immer unsere beiden Katzen versorgt.« Heidrun Lukassy, geborene Hüttenholz, ist vor Rührung den Tränen nahe.

Frau Barke liefert Lebenshilfe frei Haus: »Ja, gute Freunde sind Gold wert.« Dynamisch triefendes Botox-Geschwätz, ich bitte Sie, Frau Barke, ein bißchen mehr könnten Sie sich schon anstrengen bei Ihrer Phrasenfindung.

»Kennst du die Geschichte, wie Robert und Oberstaatsanwalt Schultz ihre Jacken vertauscht haben? Die waren zusammen im ›Runden Eck‹, und als sie gingen, hackevoll natürlich, da haben die ihre Jacken vertauscht. Das war echt total irre!«

»Erzähl«, ermuntert Frau Barke.

»Naja, wie der Herr Oberstaatsanwalt zu Hause ankommt, wollen die Schlüssel, die er aus dem Jackett zieht, partout nicht zu seiner Wohnung passen, also schreit er Zeter und Mordio, bis Nachbarn die Polizei rufen, und wie die Streife kommt, weist er auf seinen hohen Rang als Justizbeamter hin und zückt zum Nachweis natürlich Roberts Presseausweis, weil, er hat überhaupt nichts mehr geschnallt, und da musste der arme Herr Schultz den Rest der Nacht in Polizeigewahrsam im Präsidium verbringen, aber das hat sich damals wie ein Lauffeuer in der Stadt herumgesprochen, und du hast nichts davon gehört?«

Meine liebe Frau Barke lässt nichts aus: »Doch, selbstverständlich, ich wollte dich jetzt nur nicht unterbrechen. Aber ich werde dir auch eine Geschichte erzählen, und ich kann mir kaum vorstellen, dass du die schon mal gehört hast.«

Heidrun sagt, dass sie das aber sehr wundern würde.

»Pass auf. Du weißt ja, bei dem Gerichtsmediziner Bender wurde im Partykeller auch immer kräftig gebechert. Als die Herren eines Abends mal besonders gut drauf waren, hat Bender sie alle in sein Institut eingeladen. Die sind also dahin gefahren, und dann hat der gutgelaunte Professor Bender eine Leiche auf den Tisch gelegt und angefangen, sie aufzuschneiden. Danach durften die betrunkenen Herrschaften dann der Reihe nach unter ständigem weiteren Alkoholkonsum auch mal ran an die Leiche und an ihr rumschnippeln. Bäumlich war dabei, sein leitender Oberstaatsanwalt Hinzel, LKA-Chef Will, Vanmijsen und unser Sargdeckelöffner. Es muss ein gigantisches Vergnügen gewesen sein.«

Heidrun sagt eine Weile nichts. Und dann, etwas kleinlaut: »Nein, die Geschichte hat er mir nie erzählt. Hat er wohl vergessen.«

Frau Barke lächelt bezaubernd.

Donnerwetter, denke ich, ein Anfall von Scham bei Robert Lukassy?

Die Damen trinken einen weiteren Cognac. »Doch, das war schon eine schöne Zeit damals«, stellt Heidrun Lukassy fest. »Allein die Feste in unserer Wohnung, wenn der Schlaffi gekocht hat, einmalig, aber schade, dass der dann so blöde rumgequatscht hat, weil, ich meine, wenn man mit wildfremden Journalisten redet, da muss man doch vorsichtig sein, nicht? Die Geschichte über Vanmijsen und den Anwalt und die Razzia in der Liebstöckelgasse und den Robert und seine Fotografen, das war ziemlich übel, und von da an war der Wurm drin, weil, da gab's auch irgendwie einen Knacks zwischen Robert und dem Anwalt.«

Schau an, Heidrun ist auch nicht ganz doof. Jetzt will sie doch tatsächlich die Barke ausholen.

Aber die ist zu clever: »Der Anwalt spricht nach wie vor sehr nett über deinen Mann, wenn er überhaupt mal was sagt.«

»Ja, aber irgendwie verhielt er sich merkwürdig, als er die Story gelesen hat, als ob Robert was dafür könnte, und die Chefredaktion in München ging auch plötzlich auf Distanz zu uns, und da waren wir plötzlich regelrecht abgeschnitten.«

»Das kannst du so nicht sehen«, entgegnet Frau Barke, und es klingt, als spräche der Anwalt aus ihr, »wir haben uns doch auch weiterhin um euch gekümmert. Du hast weiter in der Kanzlei gearbeitet, und dein Mann ist doch die Treppe raufgefallen. Glaub doch nicht, dass das ohne die Protektion vom Anwalt geschehen ist.« Die Zurechtweisung ist unüberhörbar.

Heidrun knickt sofort ein: »Dafür sind wir ja auch dankbar.«

»Was glaubst du denn, warum der Justizminister den leitenden Oberstaatsanwalt Hinzel abgeordnet hat, um in Brandenburg die Geschäfte eines Generalstaatsanwalts wahrzunehmen? Doch nur, weil der Anwalt ihn darum gebeten hatte. Und du warst doch dabei, als der Anwalt zu deinem Mann sagte, wenn es Probleme gibt, halte dich an Hinzel, das hast du doch selbst gehört. Das hast du ja wohl nicht vergessen, oder?«

In Frau Barke hat der Anwalt wirklich eine wertvolle Mitarbeiterin.

Heidrun pflichtet ihr sofort bei: »Den Rat haben wir ja auch sofort befolgt, weil, Hinzel war so ziemlich der einzige, zu dem wir in der ganzen Zeit da oben einen wirklich guten Kontakt hatten, und Hinzel hat den Robert immer ganz liebevoll mein missratenes Söhnchen genannt, und Robert hat von ihm immer als Papi gesprochen.«

»Mehr kann man nicht verlangen«, sagt Frau Barke, »und die Stellung deines Mannes bei dieser Zeitung war doch auch ganz ordentlich. Deswegen hat der Anwalt schließlich auch ein paar Mal telefoniert.«

»Mega« war ein fabelhaftes Blatt, so richtig frech und auf dem neuesten Stand, und auch politisch immer ganz vorne.« Heidrun ist hochbegeistert. »Und mit Coyote sind wir auch bestens ausgekommen.«

»Coyote?«

»Der Chefredakteur. Ein knallharter Typ, aber ganz lieb, wenn man ihm nicht in die Quere kommt. Da gibt es Promis, die lassen sich von ihm auch ihren Pimmel an die Stirn tackern, wenn's der Karriere dient.«

»Ah, jetzt weiß ich, wen du meinst: Den Papst der Schlüpferpresse!«

»Genau. Aber der hat auch seine guten Seiten: Der hat vor Jahren mal eine sehr berühmte Kinderschutz-Aktion ins Leben gerufen, du weißt schon, das ist der, von dem Robert vorhin erzählt hat, dass er besoffen das Kind übergemangelt hat.«

»Ah ja, und was war dein Mann bei ›Mega‹ genau?«

»Chefreporter. Aber anfangs hat er sich da gar nicht wohl gefühlt. Diese Berliner Mentalität, dann ist die ganze Stadt ja eine einzige Baustelle, und dann war ›Mega‹ auch in einem ziemlich gruseligen Gebäude untergebracht, da war früher der ehemalige DDR-Staatsnachrichtendienst ADN drin, und Robert musste von montags bis freitags bis spät in die Nacht in der Redaktion schuften, und abends fiel er dann total übermüdet in sein Hotelbett im 17. Stock von diesem Hochhaus am Alexanderplatz, aber Gott sei Dank konnte er wenigstens am Wochenende bei mir sein, da kam er dann immer angeflogen, bis ich dann auch nach Berlin gegangen bin.«

»Umso schöner, dass ihr heute mal wieder hier seid.« Honigsüß, Frau Barke, und so warmherzig.

»Arbeitsmäßig war's dann ganz toll, richtig spannend. Ich weiß gar nicht, ob ihr das hier so richtig mitgekriegt habt, was da abging. Da hat die Mordkommission zum Beispiel einen Nekrophilen aus einem brandenburgischen Dorf verhaftet, der im Wald in der Gegend da fünf Frauen und ein Baby ermordet hatte, das war also die Bestie, die wurde früh um neun Uhr von den Beamten der Mordkommission vernommen und hat auch sofort ein Geständnis abgelegt, um etwa elf Uhr wurde die Staatsanwaltschaft informiert, die den Haftbefehl beantragte, und schon Minuten später wusste mein Robert genauestens Bescheid, sodass er gleich einen Mitarbeiter losschicken konnte, der die Bestie um Punkt 12 Uhr auf dem Weg zum Untersuchungsgefängnis exklusiv fotografierte, aber die Konkurrenz konnte erst kurz nach 15 Uhr aktiv werden, nachdem die Mitteilung des Innenministeriums an die Presseagenturen gegangen war, und da war's für die natürlich viel zu spät für ein Foto.«

»Hinzel. Richtig?«

»Klar. Der Papi hat sein missratenes Söhnchen nicht im Stich gelassen.«

»Na also«, sagt Frau Barke, als hätte sie die gute Zusammenarbeit zwischen Justiz und Presse persönlich veranlasst.

»Danach war Robert natürlich in seinem Element. Er hat bei ›Mega‹ fast den ganzen Monat lang für die Ossis nur Schlagzeilen über das abartige Sexualleben des Finsterlings aus dem Wald produziert, und der Hammer war, als er im August auch noch mit einer Kopie des kompletten Geständnisses der Bestie in der Chefredaktion aufkreuzen konnte, weil, das hatte ihm natürlich auch der Papi zugesteckt.«

»Gerieten da nicht die Beamten der Mordkommission in Verdacht, das gegen Honorar weitergegeben zu haben, um ihr Haushaltsgeld aufzubessern?«

Natürlich, so war's gewesen. Frau Barke kennt den Fall offenbar recht gut, aber Heidrun ist viel zu sehr in Fahrt, um das zu merken. »Das waren doch sowieso alles rote Socken«, sagt sie, »egal, was man denen vorwirft: Es stimmt immer. Naja, und dann kam ja Grauschelke, und der übernahm die Pflichtverteidigung von der Bestie, und das war dann wie in den allerbesten Tagen hier, weil, der Informationsfluss war gesichert und damit die Garantie für erstklassige Schlagzeilen, und wir hatten die ganze Story fest im Griff, und weil das alles so unheimlich gut lief, hat der Papi eines Tages in einer Kneipe den Robert einem leibhaftigen Bundesanwalt vorgestellt, Funzlich, dem habe ich vorhin hier auch schon guten Tag gesagt. Kennst du ihn?«

»Flüchtig«, sagt Frau Barke, »nur so von grüß Gott und Glück auf den Weg. Soll ein netter Mann sein.«

Sie schwindelt, ich höre es deutlich. Aber Heidrun nicht: »Robert und Herr Funzlich verstanden sich auf Anhieb, politisch, meine ich, aber auch menschlich, weil, beide sagen immer, dass man den Kommunisten keine Chance lassen darf, wenn man verhindern will, dass die Nazis wieder an die Macht kommen.«

Darauf Frau Barke, gekonnt lakonisch: »Das ist eine interessante Theorie.«

»Naja, die Zusammenarbeit zwischen ›Mega‹, also Robert, und dem Bundesanwalt war intensiv und für beide Seiten ziemlich erfreulich, weil, der Staatsdiener hatte seinen Vorteil und Robert immer wieder neue Geschichten, aber manchmal hat er natürlich auch schon mal ein bisschen was getürkt oder hingeflickt, das finde ich ja so toll an ihm, dass er so phantasievoll ist, und das entsprach ja auch der Devise von Coyote, dass ›Mega‹ immer ganz lesernah bleiben muss, und manchmal haben die sogar die Titelzeile und den Vorspann geschrieben, bevor irgendein Reporter überhaupt ein Telefon in die Hand genommen hatte, und daran wurde dann natürlich auch nichts mehr geändert, weil Coyote immer sagt, nichts ist langweiliger als die Wahrheit, was ja auch stimmt, und es war schon sehr komisch, weil, die haben ein paar Mal Geschichten veröffentlicht, bei denen war kein Wort wahr.«

»Muss anregend sein, so ein Leben als Journalistenfrau«, sagt Frau Barke. Verliert sie die Lust an dieser Unterhaltung?

Heidrun merkt davon nichts. »Das kann ich dir sagen. Robert genoss ja das vollste Vertrauen der Chefredaktion. Der hatte sogar so was wie eine schwarze Kasse, ich meine, für Sensationen und spezielle Fotos muss eine Zeitung eben gelegentlich auch ganz schön was springen lassen, und dann hat er mir immer erzählt, was für hohe Regierungstiere in der Redaktion aus und eingingen, natürlich die meisten von unserer christlichen Volkspartei, ist ja klar, und irgendwie war die Arbeit echt in Ordnung, aber sonst so, das gesellschaftliche Leben, das kannst du vergessen, echt vergessen. Und es war auch übel, wie der Verlag dann ›Mega‹ eingestellt hat, weil, so einem Typen wie Coyote macht das ja nichts aus, der ist reich genug, bei dem geht die Karriere immer weiter, aber wir haben doch ziemlich alt ausgesehen, und Robert war jedenfalls fix und fertig.«

»Und weißt du, was Freund Hinzel heute macht?«

»Papi hat sich abgeseilt in den vorzeitigen Ruhestand, der geht heute nur noch im Kurpark von Bad Mergentheim spazieren.«

Das Gespräch beginnt, mich zu langweilen. Ich schlendere in den Raum, in dem Lukassy deponiert wurde. Er schläft in einem Sessel. Sein Gaumensegel flattert vernehmlich. Zu seinen Füßen liegt zerknüllt sein Jackett. Aus der Innentasche schaut mich ein Briefumschlag auffordernd an. Normalerweise greife ich Leuten nicht heimlich in die Taschen, aber in diesem Fall kann ich nicht widerstehen. Ich bin eben eigentlich ein guter Polizist, und der ist nun mal von Berufs wegen neugierig. Lukassy grunzt und pennt, niemand beobachtet mich, also nehme ich den Briefumschlag, gehe ins Klo, riegle zu und setze mich auf die geschlossene Brille. Ich lese:

Lieber R.L., exklusiv für Sie. Bei uns kann ich das nicht veröffentlichen. Mein Verleger würde im Dreieck springen. Sorry für die Anonymität. Machen Sie was Gutes daraus.

DND im Fadenkreuz.
Politische Seilschaften mit besten Beziehungen wollen DND auf Kurs von Kanzler, Loewe und Großindustrie bringen.

Ein Geflecht von Industrie-, Banken- und Rotarier-Seilschaften hat diskrete Verbindungen geknüpft, die die traditionelle Unabhängigkeit des größten Deutschen Nachrichtendienstes (DND) in Frage stellen.

Gut unterrichtete Kreise, die die DND-Berichterstattung nicht nur in Wahlkampfzeiten aufmerksam verfolgen, sind mit in den Filz verwoben.

Merkwürdige Zufälle:
Der Vorsitzende des DND-Aufsichtsrates, Sebastian Linsen-Schaf, ist hauptberuflich Verleger der Neuen Nachrichten. Außerdem ist er Rotarier und Wirtschaftsbeirat der Landesbank, die sich in den jüngsten Jahren mit aggressiver Expansionspolitik und mit milliardenschweren Industriebeteiligungen zur drittgrößten deutschen Bank entwickelt hat.

Eine Verbindung von Linsen-Schaf zum Anwalt ist wahrscheinlich (Golf!), aber z.Zt. nicht nachweisbar. Ein gemeinsamer guter Bekannter ist jedenfalls Geschäftsfreund Karl Spocho, Rotarier und guter Freund des Hauses Hügel, einflussreicher Messe-Chef in der Landeshauptstadt, der ein Büro bei der Landesbank als einer der hochdotierten Berater mit prächtigen Verbindungen zu Politik und Industrie hatte.

Spocho-Tochter Michaela liebt Reiseeinladungen ins Ausland, beispielsweise mit Kranichflug nach Peking, mit LATEU in die Karibik oder mit Halske nach Singapur. Außerdem ist sie kunstsinnig und fördert internationale Kunstausstellungen, etwa die GASAG, wobei DND dann die publizistische Begleitmusik liefert.

Spocho-Schwiegersohn Merlin, Rotarier mit Journalistenkarriere in diversen großen Zeitschriftenverlagen, liebt ebenfalls Reiseeinladungen ins Ausland, beispielsweise mit Halske nach Südafrika, mit LATEU nach Mexiko oder mit Kranichflug nach Hawaii. Er wurde DND-Chefredakteur, als Linsen-Schaf Aufsichtsratsvorsitzender wurde.

(Ebenfalls mit dem Anwalt persönlich bekannt.)

Seitdem werden – wie Insider zu berichten wissen – bei DND neue Akzente gesetzt, etwa bei der Personalpolitik im Regierungsbüro. Der Medien-Marschall des Kanzlers, Matthias Friedrichshündel, ist damit, wie er in kleiner Runde versichert, »nicht unzufrieden«. DND-Redakteure bekommen die intimen Klüngelkenntnisse und Spezi-Interessen hautnah zu spüren.

So wurde der Charterflieger LATEU (zu 34 % in Landesbankbesitz) bei DND zum bevorzugten Veranstalter von Amigo-Reisen. Wenn's um LATEU geht, legt der DND-Chef persönlich Hand an. Dann werden auch die innerredaktionellen Kontrollen außer Kraft gesetzt.

Kunstsponsor GASAG (GASAG-Chef Seiler ist Rotarier, GASAG-Vorstand Mussmährer ist Landesbankbeirat, die Landesbank ist Miteigentümer von GASAG) wird bei DND so recht gewürdigt, wenn die Gattin mitgewirkt hat.

Halske (Vorstand Brezn war im Landesbankbeirat) betreute den DND-Chef immer wieder bei internationalen Reiseeinladungen, ebenso wie Kranichflug, deren Exchef Runghold wie einst Spocho ein repräsentatives Büro plus einträglichem Beratervertrag von der Landesbank hat.

Landesbankchef Fridolin Alter, Dreh- und Angelpunkt für personelle Seilschaften und Industrieverflechtungen mit politischen Ambitionen, gilt als Meister in Sachen Lobbyismus: Freund des Ministerpräsidenten, Berater des Kanzlers, eng verbunden mit Landesbankberater und Hügel-Aufsichtsratschef Meinolf Lemming, den der Kanzler persönlich zum Verwaltungsratschef einer bedeutenden Treuhandgesellschaft berief.

Weitere Glieder der Kette sind Abu Arab – Du weißt, der ewig biersaufende fette Spitzensozi mit den dicken Brillengläsern – und Egon Huberty, Freund von Alter, Landesbankbeirat und wichtigster Mann im Reich des Handelsriesen Zentra (Kaufhäuser, Supermärkte), dessen Gründer und Mitbesitzer der legendäre Multimilliardär Bodo Kauhaus ist, der stets bemüht ist, seine Geschäfte intensiv vor der Öffentlichkeit abzuschirmen.

Als sicher gilt, dass Kauhaus (dessen Angestellter Jan Spessart einst als Kanzler-Freund den Verwaltungsratsvorsitz der o.g. Treuhand an Lemming von der Landesbank übergab) seit einigen Jahren ein gieriges Auge auf die deutsche Medienlandschaft geworfen hat. Nicht nur Zufall, dass die Landesbank bei vielen Millionengeschäften als Hausbank für Kauhaus und die Zentra dient.

Als sicher gilt weiterhin, dass Kauhaus den Medienmulti Loewe finanziell unterstützte und umfangreiche Geschäftsbeziehungen mit ihm pflegt. Loewes Stellung in der Verlags- und seine Geschäfte in der TV-Landschaft sowie seine politische Allianz mit dem Kanzler sind bekannt.

Auch Loewe wurde ausgestattet mit Geld und Krediten der Landesbank, bei der die Fäden von DND und Hügel bis zum Kaufhausimperium und Loewe zusammenlaufen. Alles klar?

Ich stecke das Schreiben ein. Lukassy wird es vermissen, aber wohl kaum eine Diebstahlsanzeige erstatten oder gar darauf bestehen, dass die Partygäste deswegen gefilzt werden. Ich sehe zwar keine Chance, momentan etwas damit anzufangen, aber an der richtigen Stelle platziert, kann es mir vielleicht mal nützlich sein.

Jemand rüttelt an der Klotür. »Moment«, sage ich, »bin gleich fertig.« Reiße Papier von der Rolle, täusche Beendigung eines Stuhlgangs vor, spüle, komme raus. Da steht Lukassy. Er sieht erbarmungswürdig aus, völlig verlottert. Ich muss mich an ihm vorbeiquetschen, weil er keine Anstalten macht, beiseitezutreten.

Von einem Tablett greife ich mir ein Mineralwasser. Plötzlich Lärm von der Eingangstür her. Lautes Geschrei. Ein junger Mensch in Jeans und Lederjacke, absolut unpassend gekleidet, Baseballmütze verkehrt rum auf dem Kopf, und mit der Akne würde ich jedenfalls nicht mehr unter Leute gehen.

»Wo ist er? Ich will ihn sofort sprechen!«, brüllt er.

»Den Anwalt kannst du jetzt nicht sprechen, komm Montag wieder«, versucht ein Serviermädchen begütigend auf ihn einzuwirken.

»Nein, jetzt!«, brüllt er, »der Verbrecher versaut mir meine Zukunft!«

Schlaff hält den Tobenden nur mit Mühe fest.

Da muss ich mich einmischen, deswegen bin ich ja wohl hier. Als ob der Anwalt es geahnt hätte, dass es zu so einem Zwischenfall kommen kann. Ich sage: »Was ist denn, mein Junge«, und ich lege ihm die Hand um die Schulter, dass er sich wie in einer Schraubzwinge fühlen muss, »komm mit in die Küche, da kriegst du ein Bier, und dann erzählst du mir, was du hier willst.«

Der Knabe sträubt sich einen Moment, dann sieht er ein, dass es wohl besser ist, mir zu folgen.

Erst schweigt er nur trotzig, aber beim Bier blubbert es dann aus ihm raus: »Der Anwalt sagt immer, dass er fast pleite ist. Ich bin bei ihm Auszubildender, ich kriege sowieso kaum was. Und jetzt habe ich schon seit drei Monaten kein Gehalt mehr bekommen. Ich kann gar nichts machen, ich kann auch nichts sagen, ich kriege ja keine andere Lehrstelle. Und auch meine Lehrerin in der Berufsschule sagt, es ist besser für mich, wenn ich ruhig bin. Mit mir kann er's ja machen. Ich weiß doch, dass er sein ganzes Geld in der Schweiz und anderswo gebunkert hat. Der lebt doch wie ein Ölscheich mit seinen Autos und seinem Golf, und ich habe nicht mal den Eintritt für die Disco.«

Mit dem Ärmel wischt er sich Rotz von der Nase.

Ich sage: »Wieso kommst du ausgerechnet heute Abend?«

Er antwortet: »Ich wusste, dass hier heute die Einweihung ist. Ich habe gedacht, ich mache das bei den vielen Leuten einfach mal öffentlich, was das für ein Sklaventreiber ist. Mir ist das jetzt nämlich egal, ob er mich rauswirft. Hier werde ich ja doch nur fertiggemacht.«

»Ziemlich mutig von dir«, sage ich, »aber es ist wirklich besser, wenn du jetzt wieder abhaust. Nimm dir ein paar Flaschen Bier mit.«

Er verstaut vier Flaschen in Hose und Jacke, und ich gebe ihm einen Zwanzigeuroschein. Er zieht fröhlicher ab, als er gekommen ist.

Das war die gute Tat des Abends.

Ich drehe mich um, will zurück in die Lobby, da steht der Anwalt vor mir: »Schwierigkeiten?«

»Nicht der Rede wert«, antworte ich höflich, »schon alles erledigt.«

»Die jungen Leute heutzutage haben einfach keine Manieren. Wir sind damals nicht so anmaßend und unbescheiden gewesen. Demut, mein Lieber, man muss ihnen Demut beibringen.« Er lässt mich stehen.

Ja, da gibt's wohl große Unterschiede zwischen damals und heute. Und Demut ist die erste Stufe zur Niedertracht, habe ich bei Seume gelesen. Wenn ich den Anwalt töte, gibt es keinen einzigen Menschen weniger. Insofern bin ich die Vollendung der französischen Revolution.

Ich beziehe wieder meinen Horchposten hinter den beiden Damen. Die sind dabei, das Outfit der Konkurrenz niederzumachen, und Frau Barke stellt sachlich richtig fest, sie könne unmöglich Rastazöpfe tragen. Dann nähert sich Lukassy, und sein Schwanken hält ihn im Gleichgewicht. Er wirft sich neben seine Frau ins Sofa. »Na, geht's dir wieder besser?«, fragt Heidrun.

»Besser? Wieso besser?«, höhnt Lukassy, »was hast du denn hier mit dieser intriganten Schnepfe zu tratschen? Glaubst du vielleicht, die interessiert sich noch für uns? Wir sind doch hier total überflüssig!«

»Ich bitte dich, Robert«, fleht Heidrun.

»Dein Robert verliert die Contenance«, sagt Frau Barke sichtlich indigniert.

»Halten Sie ihre blöde Schnauze, Sie altes Felsenkrokodil«, artikuliert Lukassy überraschend sauber.

Frau Barke erhebt sich. »Das ist nicht mein Stil«, antwortet sie, und zu Heidrun gewendet: »Man sieht sich.«

Sie rauscht davon.

»Ist doch wahr«, mault Lukassy, »jeden Morgen lässt sich dieser Großkotz von Anwalt von seinem Negerfahrer wie eh und je zum Golfspielen kutschieren und geht ansonsten weiter seinen finsteren Geschäften nach. Dass dabei alte Freunde und Mitstreiter auf der Strecke bleiben, kümmert ihn überhaupt nicht. Er denkt nur an seinen eigenen Vorteil. Es ist ja fast schon ein Wunder, dass er mich heute hierher eingeladen hat.«

»Robert, du bist betrunken«, stellt Heidrun zutreffend fest, »sei doch bitte nicht so laut.«

»Ach was«, tönt Robert unverdrossen, »das kann er ruhig hören, was ich von ihm halte, dieser Lackschuhgangster, ich mach ihn fertig, ich kann da nämlich einiges erzählen, dass ihm die Augen tränen, der soll es bloß nicht zu weit treiben, das sage ich dir.«

Lukassy ist mächtig in Fahrt.

»Jemanden wie mich, ja, der erfolgreich an erster Position in Berlin gearbeitet hat, mich ausgerechnet in dieses klerikale Karnevalskaff abzuschieben, in die tiefste Provinz, ausgerechnet zu diesem Sex- und Schmuddelblatt, was nicht mal eine klare politische Ausrichtung hat, wo er genau weiß, dass ich da nicht mal tot überm Zaun hängen will. Als ob ich so ein Feld-Wald-und-Wiesen-Reporter wäre. Für was hält der mich? Für eine von seinen Dumpfbacken, die ohne ihn nicht in der Lage sind, sich ihren Lebensunterhalt zu verdienen? Dem Herrn werde ich's zeigen, der soll mich bloß nicht reizen, dann kann er mich mal kennenlernen, ich habe da noch einiges auf Halde, das sage ich dir.«

»Pscht, pscht«, macht seine Frau, und er hält den Mund, aber eher erschöpft als gehorsam.

Das hätte ich nicht gedacht, das ist ja eine erfreuliche Perspektive: Ich kann Lukassy in meine Überlegungen miteinbeziehen. Die Liste potentieller Mörder wird immer länger: Schlaff, Krumm, Vanmijsen, Mottenkropf, Schnubbel, der auch, jawohl, und nun auch noch Lukassy.

Ich muss allmählich zur Sache kommen.

8. *Der Perser*

Vier schnauzbärtige Herren morgenländischer Herkunft mit extrabreiten Schultern und entsprechend kurzen Beinen rudern durch die Menge, wühlen sich quer über die Tanzfläche, schauen in jede Ecke, fixieren alle Anwesenden männlichen Geschlechts über 1,70 Meter, machen ein grimmig-unbeteiligtes Gesicht und verteilen sich unübersehbar im Raum: Vorboten einer hochrangigen Persönlichkeit, Security mit großkalibrigen Kanonen in Schulterhalfter und Hosenbund, wie man sie aus B-Movies kennt. Der Anwalt schreitet federnd Richtung Eingang. Von dort kommt ihm entgegen: Der Perser. Begrüßung wie zwischen den Potentaten zweier miteinander verfeindeter Volksrepubliken – Küsschen links, Küsschen rechts.

»Da ist er ja, mein Salonmuselmane«, lächelt der Anwalt.

»Wie geht es dir, du ungläubiger Halsabschneider, ist dein Intelligenzquotient immer noch so niedrig wie bei unserem letzten Treffen?«, erwidert der Perser in perfektem deutsch.

Großes aufgesetztes Gelächter. Anschließend Shakehands mit den anderen Würdenträgern. Umarmung des feisten Spitzensozis mit den dicken Brillengläsern, Schulterklopfen, Handkuss für Frau Barke. Der Anwalt öffnet die Tür mit dem Bronzeklopfer. Einer der Leibwächter geht hinein, kommt nach einigen Sekunden wieder heraus, nickt. Der Anwalt und sein neuer Gast verschwinden, die Tür fällt zu. Ein Leibwächter bezieht breitbeinig davor Posten. Die drei anderen trinken Mineralwasser und glotzen den Serviermädchen auf die sekundären Geschlechtsmerkmale.

Ich kenne den Perser. Seine Akte lag auf meinem Tisch, ich hatte zum Teil mit den Ermittlungen in seiner Sache zu tun. Das ist ein Mann zum Fürchten, ein mächtiger Klotz, glitschig wie ein Froschlurch, dabei mit unangenehm jovialen Umgangsformen. Er gehört zu einer der ersten und einflussreichsten Familien seines Landes. Sein Smoking ist allerfeinste Maßarbeit, sein Gesicht wird dominiert von Schlupflidern, öligem Schlafzimmerblick und schlaffen Hängebacken, seine Zähne strahlen so makellos, als stammten sie aus der königlich-preußischen Porzellanmanufaktur, auf einen Hals hat er zugunsten von mehreren Wülsten verzichtet.

Seit Jahrzehnten schon versucht der Perser mit viel diplomatischem Geschick die vorgeblich wichtigste Versorgungslücke des Iran zu schließen: Er besorgt den Waffennachschub. Die Herrschaften müssen ja angeblich fast gegen die ganze Welt kämpfen, erst gegen alle Golfstaaten, die den Irak finanziell, militärisch, nachrichtendienstlich und propagandistisch unterstützten, dann gegen die USA, gegen die Sowjetunion und gegen Israel. Ihm ist zum großen Teil zu verdanken, dass sich die Revolutionsregierung trotz allem so gut behaupten kann. Egal, ob es sich um italienische Kampfhubschrauber oder deutsche U-Boote handelt – er, die graue Eminenz, hat immer seine dick beringten Finger im Spiel.

Außerdem, so behauptete es jedenfalls mal der oppositionelle »Nationale Widerstandsrat Iran«, hat er sich selbst dabei maßlos bereichert. Naja, natürlich genoss er alle Privilegien der Herrscher im Iran: eine streng abgesicherte Villa im Norden von Teheran, bewaffnete Leibwächter, Luxuslimousinen. Aber das finde ich in Ordnung – ein Grenzgänger wie der, mit einem so heißen Job, der muss schließlich was auf der hohen Kante haben. Politische Kreise betrachten ihn jedenfalls als einen der wichtigsten Kontaktleute des Iran zur westlichen Welt. In Deutschland wussten vor allem der Außenminister und der feiste Spitzensozi mit den dicken Brillengläsern seine Dienste als Sonderbotschafter seines Landes zu schätzen.

Der Perser, ein promovierter Biochemiker, der in Deutschland studiert hatte, gehörte schon in jungen Jahren zum engsten Führungskreis der fundamental-islamischen Opposition im Exil. Gemeinsam mit seinem Onkel versorgte er zu Schah-Zeiten die Basare von Teheran mit Waffen für die Revolutionäre, und als die neuen Herrscher mit einer Sondermaschine der Air France in Teheran einschwebten, saß er ganz vorne, mitten im Zentrum der Macht.

Ihm wurden sofort hohe Staatsämter anvertraut. Er war stellvertretender Innenminister, dann sogar kommissarischer Regierungschef, und schließlich Sonderbotschafter. Als Repräsentant des neugebildeten Verteidigungsrates – bestehend aus Staatspräsident, Ministerpräsident, Außenminister, Verteidigungsminister, Generalstabschef und zwei Vertretern der Geistlichkeit – hielt er während aller kriegerischen Auseinandersetzungen die Verbindung zum Ausland und vor allem zu den westlichen Waffenlieferanten. Aber zwischenzeitlich kehrte er immer wieder zu seiner Familie nach Deutschland zurück, die ganz in der Nähe vom Anwalt in der Landeshauptstadt wohnte.

Der Perser hat in all den Jahren mehr als ein Dutzend Anschläge ohne den kleinsten Kratzer überlebt. Doch als er eines Tages, es war ein Samstag, aus Zürich kommend, kurz nach 19 Uhr in der Landeshauptstadt landete, geriet er in Turbulenzen, die ihm und anderen einige Kopfschmerzen bereiteten: Zu seinem großen Erstaunen durfte er den Zoll diesmal nicht wie üblich unkontrolliert passieren. Die Zöllner baten ihn vielmehr höflich, sein Gepäck zu öffnen. Darin befanden sich Dutzende Stangen Rohopium, verpackt in Tüten, mit Cellophan und Tesakrepp umwickelt. Insgesamt 1,65 Kilogramm. Zu Heroin verarbeitet, hätte dieses Rauschgift einen Wert von einer Million Euro gehabt.

Kurioserweise war bei uns in der Drogenfahndung am Nachmittag, kurz vor Dienstschluss, ein Anruf der Staatsanwaltschaft eingegangen mit der Order, ich möge mich doch bitteschön gegen 18 Uhr 30 bereithalten für einen Einsatz am Flughafen, und es sei eine Festnahme zu erwarten. Und so raste ich dann, neben dem Oberexperten der Staatsanwaltschaft, diesem gnadenlosen Kifferjäger, Oberstaatsanwalt Helge Hohnhall, im Fond sitzend, mit Blaulicht zum Flughafen. Hohnhall musste also zuvor einen Tipp bekommen haben, anders war diese Aktion ja nicht zu erklären.

Dann saßen wir uns im Wachzimmer der Flughafenpolizei gegenüber: der Oberstaatsanwalt, ich und zwei Zollfahnder auf der einen Seite des Tisches, der Perser auf der anderen. Er war ziemlich von der Rolle, ihm wollte ums Verrecken keine plausible Erklärung einfallen. Die klebrig-braunen Stangen in dem Päckchen seien gar kein richtiges Opium, versuchte er sich zunächst herauszureden, sondern »ein altes persisches Hausmittel«. Das Zeug müsse man sich hinter die Ohren schmieren, und es wirke ganz vortrefflich gegen Schnupfen und Kopfschmerzen. Als er damit nicht durchkam, erzählte er, es handele sich um ein nur im Orient erhältliches starkes Schmerzmittel für seine krebskranke Tante. Und schließlich servierte er uns eine dritte Version: Politische Neider oder Feinde der Revolution hätten ihm das Zeug heimlich ins Gepäck geschmuggelt, um ihn zu diskreditieren und politisch in seiner Heimat zu erledigen.

Aber was er auch vom Himmel herunterlog, Oberstaatsanwalt Helge Hohnhall war nicht zu erweichen, und er wurde seinem Ruf als harter Hund vollkommen gerecht: Er knallte den Haftbefehl auf den Tisch.

Und dann bekam ich große runde Augen: Oberstaatsanwalt Hohnhall zog ein kleines, mir nur allzu gut bekanntes Formular aus der Tasche, und er sagte, »wenn Sie sich juristisch beraten lassen wollen, was ich Ihnen dringend anrate, dann kann ich Ihnen nur diese Kanzlei empfehlen, da finden Sie den auf solche Fälle in unserer Stadt spezialisierten Anwalt, der wird das Menschenmögliche für Sie tun. Wenn Sie hier unterschreiben, werde ich dafür sorgen, dass er Sie so bald wie möglich aufsucht.«

Der Perser unterschrieb und bedankte sich artig.

Sein Aufenthalt in der Zelle war kurz, sehr kurz. Die Zellentür war noch nicht einmal richtig hinter ihm verschlossen, als er auch schon untertänigst wieder hinausgebeten wurde. Seine Freunde im deutschen Außenministerium hatten Wind von der Sache bekommen und das Justizministerium eingeschaltet. Die Beamten vor Ort wurden sofort telefonisch angewiesen, ihn »mit größtmöglicher Courtoisie« zu behandeln. Also rief man ihm ein Taxi, und trotz des Haftbefehls fuhr er unbehelligt vom Gefängnis in sein behagliches Zuhause. Er musste eine Kaution von 200 000,– Euro hinterlegen, aber das war kein Problem. Er hatte genügend Schecks bei sich.

Administration und Justiz der Bundesrepublik Deutschland behandelten ihn auf Anweisung des Außenministers stets behutsam wie eine entsicherte Tretmine. Der Perser war der Gesprächspartner hoher deutscher Staatsdiener, wenn es darum ging, festzulegen, welche seiner Landsleute denn tunlichst in die persische Heimat abzuschieben seien, wo sie oft genug Knast, Folter oder Henker erwarteten, und welche in Deutschland bleiben durften, notfalls unter stillschweigender Duldung der Illegalität. Oft genug haben der Perser und der Außenminister persönlich die Modalitäten ausgehandelt.

Aber beim Rauschgift allein blieb's nicht. Das Außenministerium musste noch an anderer Stelle erste Hilfe leisten. Da galt es zu verhindern, dass der Perser von Fahndern des Bundeskriminalamtes hochgenommen wurde. Die verdächtigten ihn, gegen das deutsche Kriegswaffenkonrollgesetz verstoßen zu haben. Unter dem Aktenzeichen 243 Js 25080 betrieb eine Staatsanwaltschaft in Süddeutschland hartnäckig ein Ermittlungsverfahren gegen vier Deutsche und einen Iraner, die in eins seiner Waffengeschäfte verwickelt waren.

Diese Waffengeschichte war »unschön aus politischen und juristischen Gründen«, hat der Perser später gegenüber Presseleuten zugegeben. Er hätte das alles getan, »um sein Land zu retten«.

Über Mittelsmänner hatte ihm der Berner Kaufmann Werner Gnadenholz den Kauf von 50 amerikanischen M-48-Kampfpanzern angeboten. Abgewickelt werden sollte dieser Panzer-Deal (465 Millionen Euro) über die Londoner Handelsgesellschaft Topco Ltd. Die Firma zahlte vertragsgemäß 70 Prozent des Preises auf das Konto einer Bank in der Landeshauptstadt – doch ans Ziel kamen die Panzer nie; Gnadenholz und zwei Helfer hatten sich mit einem Teil des Geldes abgesetzt. Ehrlich gesagt, ich fand's fast schade, dass die Herren erwischt und später in Zürich verurteilt und eingelocht wurden.

Für das deutsche BKA wurde der internationale Handel zum Kriminalfall, weil der Vertrag mit dem Perser in der Landeshauptstadt unterzeichnet worden war, und die nach Paragraf 4 a des Gesetzes über die Kontrolle von Kriegswaffen notwendige Genehmigung der Bundesregierung nicht existierte – und sich darüber aufzuregen, war schließlich die Pflicht der Waffenspezialisten vom Bundeskriminalamt. Die waren ganz schön frustriert, als ihnen die Intervention der Regierung hereinschneite. Der Hinweis auf den diplomatischen Status des Persers genügte, sie mussten ihn laufen lassen – obwohl er gar nicht als Diplomat akkreditiert war. Na gut, das ist eben Politik: der Außenminister befürchtete, dass eine Inhaftierung des Persers die ohnehin schon komplizierten Beziehungen zwischen Deutschland und dem Iran belasten könnte.

Mit dieser Nummer war ich damals natürlich nicht befasst, ich habe die nur am Rande mitgekriegt. Aber bei seiner und meiner Rauschgiftaffäre lag der Fall anders. Da musste er wohl wirklich einen Knick in seiner steilen Revolutionärskarriere befürchten, weil im Iran der Handel mit Rauschgift als schweres Delikt gilt. Die Revolutionsgerichte da haben schließlich Drogendealer im Akkord hinrichten lassen. Folgerichtig hat sich der Perser, wie Oberstaatsanwalt Hohnhall es ihm empfohlen hatte, an den Anwalt gewandt und sofort die geforderte Summe für dessen Bemühungen abgedrückt.

Die beiden müssen sich auf Anhieb verstanden haben, Firle & Fanz, aber ehrlich. Die Kontakte des Anwalts zu südamerikanischen Drogenhändlern und die Waffenhandelsbeziehungen des Persers: Das war ein optimal explosives Gemisch.

Aber erst mal mussten die drei Jahre Haft aus der Welt, die das Landgericht zwei Monate nach dem Vorfall auf dem Flughafen gegen ihn verhängt hatte – in Abwesenheit allerdings, denn auf einen nachdrücklichen Wink des Geheimdienstkoordinators im Kanzleramt, Burkhart Schnitzel, hatte er sich rechtzeitig in die Heimat absetzen dürfen.

Umstritten war damals, ob der Perser, als er in die Flughafen-Falle tappte, wirklich in geheimer diplomatischer Mission unterwegs war, wie das Außenministerium wissen ließ: Dann wäre er straffrei ausgegangen. Aber da war der wackere und unbeugsame Richter Oscar Emu vor, der den Spieß umdrehte. Der beschuldigte nämlich das Außenministerium, diese Entlastung des Persers »lediglich fingiert« zu haben, und er verneinte einfach den Diplomatenstatus. Der Bundesgerichtshof kassierte zwar später den Spruch des Richters Emu, weil er offenbar die internationalen völkerrechtlichen Gepflogenheiten nicht kenne, aber die Bundesrichter wiesen auch darauf hin, dass nach Ablauf der Immunität durchaus ein neues Verfahren mit dem alten Vorwurf angeleiert werden könne. Dem Perser drohte also ein neuer Haftbefehl.

Also, irgendwie lief das nicht richtig rund. Und da wurde der Anwalt aktiv. Der fädelte in der Schweiz ein ganz obskures Ding ein. Naja, dass er's wirklich selbst eingefädelt hat, konnte letztlich niemand beweisen, aber mich soll der Lochfraß holen, wenn er nicht der Drahtzieher war: In einem Gepäckfach des Berner Hauptbahnhofs fand die Polizei eines Tages gefälschte Ausweispapiere und ein Schlüsselbund. Die Spur führte zu einer Schweizerin, die in den Schah-Zeiten in Persien gelebt hatte und nun mit einem Exil-Perser die Wohnung teilte.

Bei der Vernehmung gab die Frau an, sie sei vor mehr als einem Jahr von ihrem Freund Dschami Alawi aufgefordert worden, auf dem Flughafen Zürich »einem hohen iranischen Funktionär« Rohopium ins Handgepäck zu schmuggeln, gegen ein Honorar von 20000,– Schweizer Franken. Sie habe abgelehnt, und deshalb habe Alawi einen Landsmann namens Sanai angeheuert – mit Erfolg.

Mit dem Funktionär war natürlich der Perser gemeint – und der Herr Alawi sollte ein Mitglied der damals moskautreuen Tudeh-Partei sein, die das im Iran herrschende islamische Regime erbittert bekämpfte. Aber diese Story war einfach zu abenteuerlich, vor allem, weil niemand Sanais Identität lüften konnte. Da half auch der Hinweis des Anwalts nicht weiter, dass es sich wahrscheinlich um einen Aliasnamen handele.

Doch der Anwalt ist ja hartnäckig. In Bern und in der Landeshauptstadt erstattete er Strafanzeige gegen Alawi wegen falscher Anschuldigung und Freiheitsberaubung, um »diese Komplott-Theorie weiter auszuforschen«, wie er der Presse sagte. Außerdem legte er die Erklärung eines mit ihm befreundeten Kollegen aus der Schweiz vor, der versicherte, bei ihm habe die Schweizerin schon vor längerer Zeit ein Geständnis abgelegt. Sie habe sich zwei Wochen nach der behaupteten Verschwörung diesem Rechtsanwalt anvertraut, weil sie sich angeblich davor fürchtete, in einen Kriminalfall hineingezogen zu werden, und Gott sei Dank habe man, sagte der Anwalt, ihre Angaben protokolliert.

Ich weiß das alles, weil ich den größten Teil des Schriftwechsels auf den Schreibtisch bekam und auch mehrmals mit den Schweizer Kollegen telefoniert habe. Ich erfuhr auch, dass der Anwalt mit den Kopien der Strafanzeigen und der Erklärung seines Freundes aus der Schweiz im Gepäck nun nach Teheran gereist ist. Dort traf er sich mit mehreren Leuten im Haus eines Generalstaatsanwalts, und die neueste Entwicklung in der Rauschgiftaffäre des Persers wurde ausgiebig diskutiert. Drei Protokollführer hielten schriftlich fest, was der Anwalt und der Perser vortrugen. Dann beschloss die Runde, in Abstimmung mit dem iranischen Außenministerium, eine großangelegte diplomatische Offensive.

Wenig später wurde dem deutschen Botschafter mitgeteilt, »im Interesse der beiderseitigen Beziehungen« müsse der Fall nun endgültig vom Tisch, der Perser sei absolut unschuldig. Der iranische Generalstaatsanwalt ist persönlich von Kollege zu Kollege tätig geworden. Er telefonierte mit dem deutschen Generalbundesanwalt und erbat Unterstützung. Nach Deutschland zurückgekehrt, ließ der Anwalt in der Landeshauptstadt verlauten, dass der Perser nunmehr zu Recht wohl so etwas wie eine »Ehrenerklärung« von der westdeutschen Justiz erwarten könne.

Es dauerte dann nicht mehr lange, bis endgültig der barmherzige Mantel der Geschichte über die Sache gebreitet war. Der deutsche Außenminister telefonierte schon bald wieder freundschaftlich mit dem Perser, der feiste Spitzensozi mit den dicken Brillengläsern hatte keinerlei Scheu, ihm seine Kooperationsbereitschaft bei einem der Drogen- und Waffengeschäft zu signalisieren, und für die Presse war der Fall erledigt. Ich denke, da sind entsprechend präzise Ratschläge von ganz Oben an die Chefredaktionen weitergegeben worden. Der Perser jedenfalls kann in Deutschland wieder ein- und ausreisen, wie er mag, und seinen schmierigen Geschäften nachgehen, wie er es für opportun hält.

Gern hätte ich einen klitzekleinen Beweis dafür, dass der Anwalt es war, der den Perser in der Flughafenaffäre bei Oberstaatsanwalt Hohnhall verpfiffen hat. Dass er das getan hat, steht für mich außer Zweifel. Die ganze Aktion trägt seine Handschrift. Ich denke, die Südamerika-Connection hat die Drogen-Aktivitäten des Persers eine Weile misstrauisch beäugt, sie wusste, was er in seinem angeblichen Diplomatengepäck mit sich führte, dann hat sie seine Reisepläne studiert und schließlich den Anwalt beauftragt, den ungebetenen Konkurrenten aus dem Orient mit Hilfe der deutschen Justiz an die Kandare zu legen.

Schade, dass ich keinen Beweis für diese naheliegende Theorie habe, sonst müsste ich mir um die Endlagerung des Anwalts keine weiteren Gedanken machen: Der Perser würde gewiss einen geeigneten Schacht für ihn ausgraben lassen.

Ich wurde dann von dem Fall abgezogen, was mir ganz lieb war, denn dieses ewige Lavieren, dieser allmorgendliche Loyalitätskonflikt, der ging mir doch erheblich auf die Nerven. Aber zwei gute Kumpels von mir, beide bei der Zollfahndung, tauchten zu anderer Gelegenheit mitten hinein und noch tiefer in den Jauchetümpel.

Sie nahmen eines Tages eine kleine Dealerin auf dem Parkplatz des Eisstadions in der Landeshauptstadt fest. Sie hieß Miriam, war Studentin und hatte zehn Kilogramm Haschisch bei sich. Über ihre Lieferanten schwieg sie wie ein Tiefseefisch. Erst nach der Hauptverhandlung, in der sie saftig verdonnert wurde, war sie plötzlich bereit, auszupacken. Als Gegenleistung erwartete sie, dass Haftbefehl und Haftstrafe außer Vollzug gesetzt wurden.

Meine beiden Kumpels haben sie wochenlang im Knast verhört. Was Miriam ausplauderte, klang so wahnwitzig, dass sie nicht anders konnten, als ihr zu glauben. Sie beantragten also Außervollzugsetzung des Haftbefehls. Der mit der Angelegenheit befasste Richter war ausgerechnet der wackere Oscar Emu. Der sah einen Anfangsverdacht gegen den Anwalt als wahrscheinlich Verantwortlichen für den Haschischimport als gegeben und empfahl weitere Ermittlungen. Miriam wurde auf freien Fuß gesetzt. Und sie entwickelte offenbar Spaß am Detektivspielen.

Auf Zuraten meiner beiden Kumpels fuhr sie mit einem Dealer namens Faber in die Schweiz. Was da genau abgelaufen ist: ich weiß es nicht. Feststeht, dass das Pärchen in Kontakt kam mit einer Schweizer Briefkastenfirma des Anwalts, über die ein vielversprechender Deal abgewickelt werden sollte. Die handelnden Personen im Hintergrund waren der Perser und der feiste Spitzensozi mit den dicken Brillengläsern.

Eine Schweizer Firma wollte Waffen in den Iran vermitteln, und der Perser sollte dafür Diamanten und 1, 2 Tonnen Kokain nach Deutschland liefern, insgesamt ein 100-Millionen-Euro-

Paket. Der Plan war, das Koks über die Schweiz und via England in den Holmen von Oldtimer-Autos und sogar mittels Bundeswehrhubschrauber zu verfrachten. Die Abwicklung der Formalitäten in England sollte eine von des Anwalts Londoner Take Raise-Briefkastenfirmen besorgen.

Auch diese Räuberpistole besaß das für Glaubwürdigkeit notwendige Mindestquantum an Unwahrscheinlichkeit. Und zum Beleg präsentierte Miriam einen stattlichen Rohdiamanten, der angeblich aus der iranischen Probesendung stammte.

Meine beiden Kumpels von der Zollfahndung beantragten daraufhin eine Telefonüberwachung des Anwalts, des Persers (jedenfalls seines Wohnsitzes in der Landeshauptstadt), des feisten Spitzensozis mit den dicken Brillengläsern und anderer möglicherweise Beteiligter. Dieser Antrag löste erst Panik und dann hektische Gegenaktivitäten aus, als deren Endergebnis die Behördenleiterkonferenz beschloss: Die Akten werden geschlossen. Und der Chef der Rauschgiftbehörde legte noch einen drauf: Er leitete gegen Miriam ein Verfahren wegen falscher Verdächtigung ein, und er beauftragte mit dessen Durchführung ausgerechnet, surprise surprise, den Anwalts-Spezi Oberstaatsanwalt Helge Hohnhall. Der offerierte der mittlerweile kranken und hochschwangeren Miriam das Angebot, er werde das Verfahren gegen sie sofort einstellen, wenn sie ihre Aussage zurücknehme.

Schnubbel, damals noch bei der Staatsanwaltschaft tätig, war bei dem Gespräch dabei. Er hat mir erzählt, dass Miriam natürlich überhaupt kein Vertrauen mehr in die Justiz und die Schnauze gestrichen voll hatte. Sie hat mit ziemlich unflätigen Worten zu Protokoll gegeben, sie hätte ihre Aussagen gegen den Anwalt und die andere ehrenwerte Gesellschaft nur gemacht, um Haftverschonung für sich zu erreichen. Aber das war offensichtlich gelogen.

Trotzdem, das Verfahren gegen den Anwalt & Co wurde eingestellt. Meine beiden Kumpels von der Zollfahndung hatten sich als unerwünschte Schnüffler geoutet. Sie wurden zu einem zweijährigen Lehrgang auf eine Polizeischule in der Provinz abkommandiert, wo sie sich vom mittleren für den gehobenen Dienst qualifizierten. Nach Abschluss ihrer Ausbildung fand man für sie einigermaßen attraktive Jobs irgendwo an der polnischen Grenze, weit weg vom Anwalt, vom Perser und vom feisten Spitzensozi mit den dicken Brillengläsern. Ich habe den Kontakt zu ihnen verloren, aber von Grund auf anständig, wie sie nun mal sind, hätten sie für meine heutigen Pläne wohl kaum das rechte Verständnis aufgebracht.

9. *Funzlich*

Der neue Tag, dessen früher Morgen dem Leben des Anwalts ein gewalttätiges Ende setzen soll, ist eine Stunde alt. Die Stimmung auf der Party entspricht dem Durchschnittsalter der Gäste – ältere Herren und junge beutehungrige Damen im Verteilungskampf. Der Fotograf, der die einschlägigen Klatschspalten der Zeitungen versorgt, blitzt sich durchs Getümmel. Selbst Bundesanwalt Funzlich versucht, ohne Frage unwissentlich, im Arm eines Transvestiten tanzend dem Rhythmus der Musik zu folgen. Eleganz strahlt er dabei nicht gerade aus.

Mein Telefon vibriert.

Ich melde mich. »Ich habe was für dich, daran kannst du dir die Füße wärmen«, sagt eine männliche Stimme, »wo bist du? Ich bring's dir vorbei!« Das war Claus. Claus ist ein ganz alter Freund von mir, noch aus der Schulzeit. Er hat eine Figur wie ein Pfeifenreiniger und arbeitet beim Fernsehen. Er hat eine für Leute seiner Strickart typische Bilderbuchkarriere hinter sich: Soziologie und Volkswirtschaft studiert, keinen Job gefunden, Taxifahrer geworden und dann im Zwischenarchiv des Senders gelandet. Da wird das Material aufbewahrt, das demnächst gesendet wird.

»Das ist jetzt schlecht«, antworte ich, »wir treffen uns morgen.«

»Ausgeschlossen«, sagt Claus, »ich will's loswerden, und du wirst dich echt freuen. Also?«

Ich gebe ihm die Adresse. Claus, der sich in seinem Job langweilt, ist er immer ganz gierig darauf, von mir die scharfen Stories aus der Welt der Großkriminalität zu hören. Und nun ist Claus offenbar in die Situation gekommen, mir auch mal was bieten zu können.

»Die sind da an einer ganz harten Nummer dran«, hatte er mir vor einigen Tagen erzählt, »das Material ist hammerhart. Ich kann mir gar nicht vorstellen, dass die das jemals senden.«

»Um was geht's?«, fragte ich.

»Bundesanwalt Funzlich«, sagte er, »der Mann ist wohl fällig.«

»Kannst du eine Kopie besorgen?«, fragte ich Claus.

Claus, froh, endlich auch mal konspirativ tätig zu sein und ein wenig Risiko in seine schummrige Archiv-Existenz zu bringen, hatte mir von dem brisanten Material eine Kopie gezogen.

Ich stiefele die Marmortreppe runter, stelle mich vor die Haustür, es nieselt immer noch. Ich rauche eine Zigarette, denke, wie schön es wäre, Kratzbäume für Katzen zu bauen, dann wäre ich ein Katzenkratzbaumingenieur, und warte.

Eine Mercedes-Limousine mit Überlänge fährt vor, der Chauffeur steigt aus und öffnet die Türen. Im gleichen Augenblick kriege ich einen unsanften Stoß in den Rücken: Zwei Leibwächter des Persers sind aus dem Haus gekommen, schieben mich wortlos zur Seite, sichern den Vorgarten. Der Anwalt begleitet den Perser bis zum Wagen, sie verabschieden sich geradezu innig voneinander. Die beiden anderen Leibwächter sichern die Straße. Dann steigt der Orient in die deutsche Wertarbeit und schlägt die Türen hinter sich zu. Die Limousine rauscht davon, und der Anwalt winkt ihr huldvoll hinterher.

In dem Moment kommt Claus auf seinem Motorrad. »War überhaupt kein Problem«, sagt er, »mein Kollege ist krank, ich war den ganzen Abend allein. Die Kopie ist astrein, ich hab's überprüft. Sogar ein Sprechertext ist schon drauf.« Er drückt mir eine Video-CD in die Hand und verschwindet wieder.

Der Anwalt dreht sich zu mir um, wischt sich mit einem Taschentuch die Hände ab, kommt direkt auf mich zu, guckt mich an. »Na, mein Freund«, sagt er huldvoll, »was haben Sie denn da Schönes?«

»Ja«, antworte ich lahm, »eine Video-CD.«

»Das sehe ich. Was Gutes?« Er nimmt mir die Kassette aus der Hand, guckt sie sich an. Darauf prangt groß und unübersehbar der Schriftzug des Senders. »Die ist ja wohl kaum für den Privatgebrauch bestimmt«, sagt der Anwalt, oder? Kleines Privatgeschäft, was?«

»Ja«, stottere ich, »nein, die ist mir angeboten worden, und ich habe mir gleich gedacht, dass Sie das wahrscheinlich interessieren wird, ich habe die gerade eben gekriegt und wollte sie Ihnen hochbringen.«

Der Anwalt starrt mir in die Augen.

»Ich freue mich immer, wenn einer meiner Leute mir was Interessantes mitbringt«, sagt er.

Wie ist es nur möglich, dass der Mann mich derartig einschüchtern kann, dass er mich so in der Gewalt hat? Ich könnte ihm jetzt einfach das Genick brechen. Er würde ohne zu schreien ganz entspannt unter ein Gebüsch in seinem Vorgarten sinken und ein wenig feucht werden.

Nein, noch nicht. Nicht im Freien. Da weiß man nie, wer zufällig um die Ecke guckt. Ich gehe ruhig hinter ihm die Treppe hoch. Was ich schon alles nicht getan habe, das macht mich völlig fertig. »Ich weiß ungefähr, was drauf ist, aber gesehen habe ich's auch noch nicht«, sage ich.

Der Anwalt lächelt mir über die Schulter zu:

»Ich bin schon sehr neugierig, mein Freund.«

Mir bricht der Schweiß aus. Der Anwalt macht genau das, worauf ich schon den ganzen Abend warte: Er schließt die Tür mit dem Bronzeklopfer auf und sagt: »Kommen Sie rein.« Aber das bringt mich natürlich kein Stück weiter: Zu viele Leute haben registriert, dass sich die Tür hinter uns beiden geschlossen hat.

Der Raum ist keineswegs so protzig, wie ich erwartet habe. Sicher, der Schreibtisch hat das Format eines französischen Bettes, und die Sitzgarnitur ist vielleicht mit Fliegenleder bezogen, und eine vergoldete Telefonanlage hat auch nicht jeder, aber irgendwie hatte ich mir das noch bombastischer vorgestellt. Sein Papierkorb zum Beispiel ist eine relativ schlichte chinesische Ming-Vase. Was mir auffällt, ist die Stille in diesem Raum, vom Lärm der Party ist nichts zu hören, er muss sehr gut isoliert sein.

»Nehmen Sie Platz«, sagt der Anwalt, »wir werden da jetzt mal gemeinsam reinschauen.« Er legt die CD in den Recorder, ich setze mich in einen Sessel, er wirft sich in die Ecke der Couch und fährt den Film per Fernbedienung ab.

Ein Zahlencode erscheint, dann eine Großaufnahme von Lukassy – offenbar ein gar nicht mal so altes Foto, ziemlich unvorteilhaft, weil seine Augen halb geschlossen sind. Die Kamera fährt zurück, man sieht, er sitzt in einem Großraumbüro.

Der Sprecher setzt ein und erzählt: »Chefreporter Lukassy bei der Arbeit in der Redaktion der Zeitschrift ›Mega‹. Und das sind seine wichtigsten Kollegen.« Klick, ein neues Foto.

Dazu der Sprecher: »Das ist Theobald Fuchs, ein freier Mitarbeiter mit besten Kontakten zum Verfassungsschutz, Bundesnachrichtendienst und anderen Bundesbehörden, ein Mann mit langjähriger journalistischer Erfahrung, der für seine unorthodoxe Arbeitsweise bekannt ist.«

Klick, ein anderes Foto, aufgenommen bei einer Galaveranstaltung, und der Sprecher klärt darüber auf, dieses Foto stamme vom Bundespresseball und zeige den Chefredakteur Most, Spitzname Coyote, und er sei einer der ganz Großen in der Branche. Es folgen Fotos des Redaktionsberaters Horst von Oudebuidje, dann eines Mitglieds der Verlagsleitung und schließlich des »Mega«-Verlegers selbst, immer mit den entsprechenden Erklärungen.

Schnitt, langsamer Kameraschwenk über ein imposantes Backsteingebäude von außen. Text: »Das ist eine Außenstelle der Bundesanwaltschaft, hier arbeitet und übernachtet gelegentlich der Bundesanwalt Funzlich.«

Schnitt auf ein Farbfoto von Funzlich, verkniffen grinsend, wahrscheinlich bei einer Pressekonferenz aufgenommen.

Der Anwalt sitzt kerzengerade in seiner Couchecke.

Jetzt erscheint wieder Lukassy, aber diesmal ist es ein anderes Foto, offenbar aus dem Urlaub, jedenfalls zeigt es ihn in einem Strandkorb lümmelnd.

Der Sprecher erzählt: »Er hat das große Los gezogen, als er ihn kennenlernte.« Lukassy und Funzlich teilen sich den Bildschirm, halbe – halbe. »Der Chefreporter und der Bundesanwalt. Funzlich hat Lukassy regelmäßig und detailliert über Ermittlungsverfahren, anstehende Verhaftungen und über Festnahmen informiert. So stellte der Bundesanwalt zum Beispiel über das Verfahren gegen einen ehemaligen Rundfunkredakteur dem Chefreporter ebenso Vernehmungsprotokolle zur Verfügung wie im Fall der einstigen Ehrenvorsitzenden einer Oppositionspartei, die daraufhin von »Mega« auflagenträchtig als informelle Mitarbeiterin der Stasi enttarnt werden konnte, was dem damaligen Parteivorsitzenden sehr geschadet hat. Im Gegenzug bekam Funzlich von Lukassy Stasipapiere zugeschoben, die der von bezahlten Informanten erhalten hatte. Denn Reporter Lukassy hat immer wieder für den hohen Juristen Kontakte zu ehemaligen Stasiagenten hergestellt, und das funktionierte so: Immer, wenn diese ehemaligen Stasileute der Bundesanwaltschaft keine Informationen geben wollten, sind Lukassy & Co mit der dicken Brieftasche aufgetreten und haben die gewünschten Informationen gekauft. Wenn sich dann im Verlauf dieses Geschäftes eine Art Vertrauensverhältnis entwickelt hatte, kam von Reporterseite unweigerlich das Ansinnen, doch bitteschön nun auch den demnächst erscheinenden Besuch vom Bundeskriminalamt oder von der Bundesanwaltschaft zu empfangen und die dann gestellten Fragen zu beantworten.«

Während dieser Sätze sehen wir zwei Herren in Trenchcoats und mit Hüten eine Straße hinuntergehen, ein ziemlich abgelatschtes Agentenklischee. Es folgen weiterhin Bilder und Kamerafahrten, die mit dem Text nicht viel zu tun haben. Wir sehen Straßenzüge und Büros und Menschen auf einem Boulevard und eine Zeitungsdruckerei bei der Arbeit und mit Handschellen gefesselte Hände in Großaufnahme – alles ein Zeichen dafür, dass die Filmemacher große Schwierigkeiten hatten, den Stoff entsprechend zu bebildern. Aber das Brisante war der Text.

»An den Bundesanwalt Funzlich ist für seine Bemühungen Geld geflossen. Lukassy hatte nie ein Problem, wenn er in der Chefredaktion für ihn die Kohle loseisen wollte. Funzlich war schließlich ein wertvoller Informant für »Mega«, einer der wenigen Topjuristen, die auch mal bereit sind, nicht ausgefahrene Wege zu gehen. Das alles kostete ihn ja auch viel Zeit und Kraft.«

Die Macher dieses Streifens müssen sich verdammt sicher fühlen – jetzt werden sie auch noch ironisch. Schnitt, die Kamera fährt in eine Kneipe.

Der Kommentar dazu: »Dieses fast schon historische Lokal, in dem auch einer der bedeutendsten Dichter unseres Jahrhunderts (wir sehen ein an der Wand hängendes Gemälde von Bert Brecht) gern und oft verkehrte, diente der Presse-Justiz-Connection wegen seiner günstigen Lage zwischen Amtssitz und Redaktion häufig als Treffpunkt.«

Die Kamera sieht sich ausgiebig in der Kneipe um, schwenkt dann auf eine beleibte weibliche Bedienung, vielleicht die Wirtin, und die sagt, während ihr, von links ins Bild kommend, eine Hand mehrere Fotos vor die Nase hält:

»Ja, die waren oft hier, die haben immer an dem Tisch da gesessen.«

Wir sehen einen momentan unbesetzten Tisch in einer Ecke.

Und weiter die Frau: »Die haben immer eine feine Zeche gemacht, sehr noble Herren, ordentliches Trinkgeld.«

Eine Stimme aus dem Off fragt: »Also, die haben sozusagen gesoffen?«

»Kann man so nicht sagen«, antwortet die Frau, »ausfallend sind sie nie geworden.«

Wieder die Stimme aus dem Off: »Ist Ihnen sonst was aufgefallen? Fanden Sie die Herren vielleicht irgendwie ungewöhnlich?«

Jetzt eine Großaufnahme der Frau. »Nein, wieso? Haben die was angestellt? Werden die gesucht?« Sie macht eine Pause, windet sich.

Dann: »Ich weiß überhaupt nichts. Ich sag auch nichts.«

Standfoto der Frau. Der Sprecher meldet sich: »Später erfuhren wir, dass Bundesanwalt Funzlich stets eine großkalibrige Waffe bei sich trug und von den anderen darum sehr beneidet wurde. Bei diesen Zusammenkünften hat man aber nicht nur Alkohol konsumiert, der Redaktion liegen eidesstattliche Versicherungen vor, dass Herr Lukassy hier Herrn Funzlich mindestens zehnmal Briefumschläge mit Beträgen zwischen 1 000,– und 5 000,– Euro zugesteckt hat.«

Insert: Ein Geldkoffer, prall gefüllt mit Banknoten.

Umschnitt, die Innenräume der Redaktion »Mega«.

Der Anwalt erhebt sich, mit der Fernbedienung in der Hand, stoppt den Film, lässt ihn ein Stück zurücklaufen. »Ist ja nicht zu fassen«, murmelt er. Putzt sich die Nase mit einem Papiertaschentuch, das er anschließend in die chinesische Vase wirft. Setzt sich wieder in die Couchecke, startet erneut, sieht sich diese letzte Passage noch mal an. Dann geht's weiter:

»Natürlich wurden diese Zahlungen im Hause ›Mega‹ sehr konspirativ gehandhabt und nie unter dem Namen Funzlich verbucht. Auf den Auszahlungsbelegen hat Chefreporter Lukassy selbstverständlich fiktive Namen eingetragen, was von Chefredakteur Most immer anstandslos akzeptiert wurde, der die Anweisungen abzeichnete. Dann wurde eine Redaktionssekretärin in Marsch gesetzt, die das Geld von der Kasse abgeholt und Lukassy gegen Quittung ausgehändigt hat. Über diese Zahlungen herrschte in der Redaktion absolutes Stillschweigen. Aber das war ja auch selbstverständlich.«

Dazu stakst eine junge Frau gesäßschwingend mit einem dünnen Aktendeckel unter dem Arm den Gang in einem Bürotrakt entlang.

»Bundesanwalt Funzlich hat im Laufe der Zeit für mindestens zehn ›Mega‹-Schlagzeilen gesorgt. Wichtig war er aber auch als Informant in den Fällen, in denen die Redaktion nur wissen wollte, ob gegen den einen oder anderen Verdächtigen ein Haftbefehl vorliegt. Da konnte ihn Chefreporter Lukassy durchaus auch nachts über seine geheime Privatnummer telefonisch erreichen. Wenn es darum ging, Informationen gegenzuchecken, die ›Mega‹ von anderen Behörden – häufig ebenfalls gegen Geld – bekommen hatte, war Herr Funzlich stets ansprechbar. Und sein Rat wurde oft gesucht, denn ›Mega‹ war das Kunststück gelungen, Beamte bis hinauf zu einem der dem

Polizeipräsidenten direkt nachgeordneten Mitarbeiter zu schmieren.«

Logisch, jetzt sehen wir das Polizeipräsidium.

Auf dem Dach weht eine Bären-Fahne.

»Von den Zahlungen an Funzlich wussten außer Lukassy ganz sicher Chefredakteur Most, der Journalist Fuchs, Berater Oudebuidje, dann wahrscheinlich der heutige Chef der Zeitschrift ›Brennpunkt‹, Mark Fake, der damals in der Verlagsleitung saß, ebenso wie der Verleger Herbert Annesohn. (Dazu dieselben Fotos wie am Anfang.) Wenn der Lukassy Geld braucht, ist das schon in Ordnung, lautete die Devise von Verlag und Chefredaktion.

Lukassy, von uns mit diesen Fakten konfrontiert und gefragt, ob es richtig sei, dass Bundesanwalt Funzlich im Lauf der Zeit auf diese Weise etwa 40 000,– bis 50 000,– Euro bekommen habe, verweigerte jede Auskunft und sagte wörtlich: ›Alles Quatsch‹, um dann hinzuzufügen, er sei eben ein sozialer Typ und habe in seinem Leben schon so viele Informanten mit Geldzuwendungen bedacht, er könne sich da wirklich nicht an Einzelheiten erinnern, und für ihn als Journalisten sei immer das Entscheidende gewesen, eine Story zu schreiben, die die Leser auch interessiert und nicht am Publikum vorbeizuproduzieren, wie es ja beim Fernsehen zur unrühmlichen Gewohnheit geworden sei.«

Während dieser Sequenz ist der Anwalt aufgestanden und im Zimmer hin und her gegangen. Jetzt sitzt er auf der Ecke seines Schreibtisches.

Großaufnahme Funzlich, in Denkerpose, ein offizielles Foto. Der Sprecher, süffisant: »Was sind die Motive des Bundesanwalts für seine doch recht ungewöhnlichen Arbeitsmethoden? Da ist zunächst einmal seine Abneigung gegen alles vermeintlich Linke. Typisch stalinistisches Verhalten von Führungsoffizieren in einem totalitären Staat abzustrafen und die sozialistischen Übeltäter hinter Gitter zu bringen, dafür sei ihm jedes Mittel recht, hat er einmal in seltener Offenheit bekannt, und schließlich sei das auch der persönliche Wunsch des Kanzleramtes. Ein weiteres Objekt seines Jagdinstinkts: Ein Kölner Schriftsteller und Enthüllungsjournalist, den er verdächtigte, als Einflussagent des DDR-Ministeriums für Staatssicherheit in der Bundesrepublik operiert zu haben. Wenn er nur dessen Namen hörte, wurde er zornig. ›Ich will Papiere, ich will Zeugen, egal wie‹, bellte er dann, wie es mehrere Mitarbeiter aus der ›Mega‹-Redaktion bestätigen, das sei schließlich sein Lebenswerk.«

Es folgen Bilder eines SoKo-Einsatzes. Vermummte Polizisten mit schusssicheren Westen bei der Belagerung und Erstürmung eines Hauses. Ein festgenommener Mann wird durchs Bild gezerrt. Funzlich in Hut und Mantel, nicht sehr deutlich zu erkennen, als Beobachter hinter einem Streifenwagen. Wahrscheinlich ein Einsatz gegen die RAF in der 70er Jahren.

Der Kommentar: »Das Lebenswerk des Bundesanwalts Funzlich: Möglicherweise ist es nun vollendet. Im Verfahren gegen seinen Intimfeind, den Kölner Enthüllungsjournalisten, hat er es gebilligt und für rechtens empfunden, dass eine von Lukassy gekaufte Zeugenaussage als Belastungsmaterial in den Prozess eingeführt wurde. Und Funzlich wusste, dass diese Zeugenaussage falsch war: Lukassy selbst hatte ihn davon in Kenntnis gesetzt. Aber es hat ihn nicht gestört, dass der ehemalige Stasioffizier Paul Hüpfermann mit Hilfe von mehreren 10000,– Euro dazu gebracht worden war, eine unwahre Aussage gegenüber der Bundesanwaltschaft zu machen. Lukassy selbst hatte ihm die Scheine in die Hand gedrückt, Schein für Schein abgezählt. Funzlich war vollkommen klar, dass Hüpfermanns Aussagen in der ›Mega‹-Redaktion vorformuliert worden waren und in wesentlichen Punkten nicht der Wahrheit entsprachen. Aber das war Herrn Funzlich genauso egal wie Herrn Lukassy – der stand auf dem Standpunkt, die ›Sonderredaktion‹, in der er saß, arbeite nun mal quasi mit geheimdienstlichen Mitteln, und er betrachtete sich sozusagen als der ›Führungsoffizier‹ von Hüpfermann. Und der hat ausgesagt, was Lukassy und Funzlich von ihm hören wollten – dafür wurde er schließlich bezahlt.«

Also, rein filmtechnisch betrachtet, ist der Streifen wirklich schwach. Jetzt zeigen die doch tatsächlich die schwarzen Umrisse eines Mannes, der armselig und gebrochen auf einem Stuhl hängt und von vorne mit einer Verhörlampe angestrahlt wird.

Der Anwalt hockt fahl wieder in seiner Couchecke. Seine Frisur sitzt nicht mehr so ganz makellos, seine Nase scheint länger geworden zu sein, und die unbarmherzige Stimme des Sprechers macht weiter: »Als weitere Gegenleistung für seine falschen Behauptungen hat Lukassy dem Hüpfermann nach Absprache mit der Geschäftsleitung einen Job bei ›Mega‹ mit einem Gehalt von 7000,– bis 10000,– Euro in Aussicht gestellt. Doch dazu kam es nicht mehr: Die Herren von der Konzernspitze beschlossen nämlich, ›Mega‹ dichtzumachen. Da stand Paul Hüpfermann mittellos im Regen. Logisch, dass er sich nun um eine andere Geldquelle kümmerte und keinerlei Probleme damit hatte, sich von dem Kölner Enthüllungsjournalisten umdrehen zu lassen. Fortan behauptete er vor Gericht genau das Gegenteil von dem, was bisher als Wahrheit durchgegangen war.

Die Hüpfermann-Erzählungen über die angebliche Rolle des Kölner Enthüllungsjournalisten als Stasiagent waren also eine zwar willkommene, weil auflagensteigernde, aber auch eine recht kurzlebige Sensation gewesen, eine im Nachhinein nur noch peinliche Presseentgleisung. Verrauscht war der Beifall, den Lukassy bei Erscheinen der gefälschten Story in der ›Mega‹-Redaktion so stolz eingeheimst hatte. Ein großes Grinsen zog durch Gerichtsflure und die Konkurrenzpublikationen. Herr Lukassy hatte danach einen steilen Absturz zu einem unbedeutenden Provinz-Yellow-Press-Organ zu verkraften, doch Herr Funzlich blieb bislang unangefochten in seinem hohen Amt. Wie lange noch?«

Ende des Sprechertextes.

Schluss: Ranfahrt auf Funzlich bei dem Polizeieinsatz, Großaufnahme unscharf, Standfoto.

Ich sehe den Anwalt an. Der geht wieder an den Anfang der CD zurück. In seinem Kopf ist Großalarm, ihm wehen die Gardinen aus dem Gehirn. Wenn dieses Material gesendet wird, hat er einen Freund an höchster Stelle weniger. Wahrscheinlich wägt er die Chancen ab, schon die weitere Arbeit an diesem Streifen durch eine einstweilige Verfügung zu stoppen.

Dann erhebt er sich. »Ich danke Ihnen sehr, dass Sie mir das gezeigt haben«, presst er hervor, »ich werde mich dafür erkenntlich zeigen.«

»Ist doch selbstverständlich«, antworte ich und erhebe mich ebenfalls. Ich sehe, er hat einen Entschluss gefasst, er steht wieder unter Spannung. Er geht zur Tür, reißt sie auf, ich bin direkt hinter ihm, wir prallen gegen die Lärmwelle der Party.

Schlaff steht an seinem mittlerweile ziemlich kahlen kalten Buffet, er ordnet die Petersilienreste auf dem Roastbeef neu.

»Wo steckt Funzlich?«, herrscht ihn der Anwalt an.

»Ich weiß nicht«, antwortet Schlaff verschüchtert und macht eine vage Geste Richtung Tanzfläche.

»Such ihn«, befiehlt der Anwalt.

Schlaff flitzt los. Der Anwalt wendet sich zu mir um: »Wenn Sie den Herrn Funzlich sehen, schicken Sie ihn bitte in mein Büro.«

Mit Vergnügen, denke ich und begebe mich auf die Suche.

Der Anwalt bleibt am Rande der Tanzfläche stehen.

Ich finde Herrn Funzlich in einer Fensternische, diskret verborgen hinter den Vorhängen, wo ihm der Transvestit in der Hose rumfummelt. Der Bundesanwalt hat deutliche Lippenstiftspuren im Gesicht.

»Pardon«, sage ich, »tut mir wirklich leid, dass ich störe.«

»Aber du störst doch nicht, Süßer, komm mach mit«, flötet die Transe.

»Was fällt Ihnen ein?«, bölkt der Ertappte in seinem berüchtigten Kasernenhofton, »sind Sie wahnsinnig geworden?«

»Entschuldigung«, sage ich, »aber Sie werden dringend im Allerheiligsten erwartet. Der Anwalt muss Sie unbedingt sofort sprechen.«

Drehe mich um und lass ihn stehen.

»Er ist unterwegs«, sage ich zum Anwalt, »muss gleich da sein.«

Funzlich kommt angehetzt.

Der Anwalt geht wieder zu seinem Zimmer, Funzlich und ich hinterher.

»Lassen Sie uns allein«, pfeift der Anwalt mich an.

»Was ist denn los?«, zischt Funzlich mir zu. Na, der wird Augen machen.

Dann fällt die Tür mit dem Bronzeklopfer hinter dem Anwalt und Bundesanwalt Funzlich zu. Der Anwalt wird doch nicht noch einen Mord begehen, bevor ich ihn umbringen kann?

10. *Exitus*

Ich bleibe in der Nähe. Ich will den Gesichtsausdruck Funzlichs nicht verpassen, wenn er herauskommt. Oder werden sie Lukassy reinrufen? Aber so betrunken, wie er ist, werden sie mit dem nicht viel anfangen können. Die Nacht tritt in ihre entscheidende Phase. Die ersten Gäste denken an Aufbruch.

Ich vermeide es, im hellen Licht zu stehen. Von nun an ist es ratsam, von möglichst wenig Leuten wahrgenommen zu werden. Es ist unnötig, im Ernstfall vom Vorletzten als derjenige beschuldigt zu werden, der auch noch da war. Bis ich mich wirklich verdrücke, ist Unauffälligkeit angesagt.

Schnubbel zieht ab. Ich werde ihn von der Liste der Verdächtigen streichen. Krumm ist noch da, Schlaff sowieso, Mottenkropf sitzt in einem Schreibtischsessel und hat eine Nutte mit freigelegten Möpsen auf dem Schoß, Lukassy reguliert seinen Alkoholpegel nach, Vanmijsen … Wo ist Vanmijsen? Ah, gerade verlässt er die Damentoilette, zusammen mit Frau Lukassy. Frau Barke kriegt das mit und zieht missbilligend die schön geschwungenen Augenbrauen hoch, dann wirft sie sich ihr Nerzcape um die Schultern und verschwindet. Oberstaatsanwalt Helge Hohnhall hühnert hinter ihr her – da würde ich gern die Lampe halten, wenn der dieses Schulschiff anbaggert.

Es wird Zeit für mich, mein Versteck aufzusuchen. Ich werde es nach klassischem Vorbild angehen: mich aufdringlich von möglichst vielen Leuten verabschieden und keinesfalls unbemerkt die Kanzlei verlassen. Im Treppenhaus dann aber, vorausgesetzt, ich bin allein, mich keinesfalls abwärts, sondern aufwärts bewegen. In der Etage darüber hat der Anwalt eine Wohnung, hier schläft er, wenn's spät geworden ist, und hier laufen auch seine kleinen originellen Privatorgien ab.

Gegenüber der Wohnungstür befindet sich eine Kammer, die durch ein Schild mit schwarzem Blitz auf gelbem Grund und den Hinweis »Vorsicht, Hochspannung« ziemlich abschreckend wirkt und deswegen ein sicheres Versteck bietet. Da werde ich den Anwalt erwarten und erst im letzten Moment, wenn er seine Wohnungstür öffnet, entscheiden, welches meiner Instrumente ich beim Finale benutze. Ich denke, die Seidenkordel ist Favorit, die Sau hat es nicht verdient, sich auch noch mit einem großen Knall aus diesem Leben zu verabschieden. Und vielleicht hau ich ihm posthum noch eine Überdosis persisches Heroin ins Fersenbein, damit die Ermittler ordentlich was zum Grübeln haben.

Und dann werden sie im Computer auf seinem Schreibtisch eine Liste von Namen finden. Die Liste habe ich im Kopf: Schlaff, Mottenkropf, Vanmijsen, Krumm, Lukassy. Schnubbel? Nein, den hat der Anwalt bestimmt nicht im Verdacht. Der Perser natürlich, ich darf den Perser nicht vergessen. Ein reizvoller Gedanke, dass der mal wieder zu einem Verhör bestellt wird. Und hinter jedem Namen wird stichwortartig das Motiv stehen, das aus diesem ehrbaren Bürger einen Mörder machen könnte. Die Liste zu erstellen, das geht schnell – in fremde Computer reinzukommen ist mein Hobby.

Die Video-CD über Funzlich muss ich wieder an mich nehmen, schon um Claus zu schützen. Aber Funzlich kann ich aus der Liste der Verdächtigen rauslassen, der ist sowieso erledigt.

Die Gedankenspiele des Anwalts um Leute, bei denen er besondere Vorsicht walten lassen muss, werden die Fahnder in Atem halten, in diesem Kreis werden die Kollegen der Mordkommission intensiv schnüffeln, und wie ich sie kenne, werden sie letztlich einen der Verdächtigen derartig mit Indizien festnageln, bis er verurteilt ist und durch die Gitter guckt.

Jetzt macht sich wieder ein ganzer Schwung Leute vom Hof, die wollen noch in die Altstadt, da ist gerade ein Geheimtipp unheimlich IN, höre ich. Die drängeln also raus, andere drängeln rein: Ein grotesker Aufzug, drei chinesische Köche wie geradewegs aus Shanghai entlaufen, tatsächlich mit Zöpfen und in blütenweißen Küchenuniformen, die auf silbernen Tabletts, mit Folie abgedeckt, irgendwelche kulinarischen Köstlichkeiten balancieren, durchqueren die Lobby. Auf Schlaffs Tischen, der seinen Kram beiseiteräumt, stellen sie die Tabletts ab, entfernen die Folie, stellen sich in einer Reihe auf, machen einen artigen Diener und gehen im Gänsemarsch durch ein Beifall klatschendes Gästespalier wieder hinaus.

Ich kann die chinesische Küche nicht leiden, dazu bin ich zu sehr Holsteiner Bauer. Ich finde sie glibberig, und wenn ich nicht genau weiß, was ich auf dem Teller habe, vergeht mir sofort der Appetit. Ich habe auch zu viel gehört von geschnetzelten Ratten und gerösteten Schlangen und gewürztechnisch misshandelten Hunden. Außerdem ist das Essen mit Stäbchen eine antike Tortur, ich putze mir den Hintern ja auch nicht mehr mit einem langstieligen Hornlöffel ab. Aber mit der Meinung stehe ich wohl ziemlich einsam da.

Das Chinese Food ist ein voller Erfolg, die Leute verputzen die Suppe und was da sonst noch so angeboten wird, als kämen sie geradewegs aus einer afrikanischen Hungerzone.

Die Tür mit dem Bronzeklopfer öffnet sich. Die Herren können unmöglich den ganzen Film gesehen haben, es ist doch nur eine knappe Viertelstunde vergangen. Funzlich erscheint mit einem Kopf, dessen Leuchtkraft in jedem Rotlichtbezirk eine besondere Signalwirkung entfaltet hätte, schnurstracks strebt er dem Ausgang zu und entschwindet Türen knallend.

Mokant lächelnd tritt der Anwalt an die chinesischen Platten und packt sich ausgepuhltes Schalengetier mit schlabbrigen schwarzen Pilzen plus Pandabärenbraten oder was das ist sowie dem fernöstlichen Spaghetti-Ersatz auf den Teller.

»Das brauche ich jetzt«, sagt er zu der Sächsin, deren Augen-Make-up mittlerweile nicht mal mehr ostzonalen Ansprüchen genügt, und sie wünscht ihm »gudn Abbedid«. Dann verschwindet der Anwalt wieder in seinem Büro. Die Tür mit dem Bronzeklopfer fällt mit einem dem edlen Material angemessenen Sound ins Schloss.

Ich verabschiede mich ausführlich von Schlaff, lobe ihn noch mal für sein kaltes Buffet und wünsche ihm auch für seine Journalistenzukunft alles Gute, rede noch ein paar Takte mit dem Pizzapeter, dem ich erzähle, wie hundemüde ich bin, treffe in der Nähe des Ausgangs den Funktionär der Bundesanwaltskammer, dessen Freundin ich anremple, sodass sie ihm ihr Campari-Soda-Glas über die Hemdbrust kippt, wofür ich mich untertänigst und vieltausendmal entschuldige, was die Anteilnahme etlicher Umstehender erregt und den orientalischen Bekannten von Paulsen veranlasst, den roten Fleck auf der Funktionärsbrust mit seinem Taschentuch erst richtig breit zu reiben, während der feine Herr Grauschelke mir die Rüge ausspricht: »Da hätten Sie aber auch wirklich besser aufpassen können.«

Es war ein großartiger Abgang, absolut unvergesslich.

»Es tut mir wirklich außerordentlich leid«, sage ich noch mal, und draußen bin ich. Hinter mir wird die Tür der Anwaltskanzlei geschlossen. Das können eine Menge Leute bezeugen. Mit wenigen Sätzen bin ich eine Etage höher.

Aber das weiß niemand.

Dann sitze ich in meinem Kämmerlein auf einem zweistufigen Tritt. Es ist stockfinster. Von unten dringt leise Musik zu mir hoch, manchmal ein Gelächter. Die Tür der Kammer ist nur angelehnt – man will ja schließlich etwas Luft kriegen, auch wenn sie nur aus einem Treppenhaus stammt. Von Zeit zu Zeit geht die Beleuchtung an, dann machen sich wieder irgendwelche Gäste auf den Heimweg. Gelegentlich gelingt es mir, aus Gesprächsfetzen zu schließen, wer da jetzt gerade die Treppe runtersteigt.

Ich verzichte darauf, mir noch einmal Rechenschaft darüber abzulegen, ob das wohl moralisch vertretbar ist, was ich vorhabe. Meine Entscheidung ist gefallen, und damit hat sich's. Ich werde mich nicht in die Situation jenes Angestellten manipulieren lassen, dem von seinem Chef befohlen wurde, aus dem Fenster im 20. Stock zu springen, anderenfalls er mit seiner Entlassung zu rechnen habe, und der dann tatsächlich springt, weil ein Kollege ihm flüstert, seine Arbeit sei sowieso ganz und gar entbehrlich.

Ich sitze in der Kammer wie ein Nachtwächter in einer Kindertagesstätte und komme mir unsagbar überflüssig vor. Ein Anfall von Selbstmitleid. Ich rufe mich zur Ordnung.

Jetzt haut wieder ein ganzer Trupp ab. Wenn unsereins von den Oberen nicht ständig gebremst würde und gezwungenermaßen seelenruhig den Brandstiftern bei der Arbeit zusehen müsste, um dann mit großem Aufwand, aber zu spät, zu den Löscharbeiten zu erscheinen, dann bräuchte ich hier heute früh nicht als Feuerwehr auf Wache zu stehen. Ich muss aufhören, mir Gedanken zu machen.

Was ich vorhabe, ist in Ordnung.

Geld regelt alles. Moralisch sauber und trotzdem reich, so soll es sein. Sauber verdientes Geld, eine Seltenheit in unserer Gesellschaft. Frau Barke, die liebliche, zahlt mir weitere 100 000,– Euro, sobald die Todesanzeigen für den Anwalt in der Zeitung stehen. Ihr großzügiges Angebot hat mich vor 14 Tagen erreicht. Ich traf sie anlässlich einer Razzia in einem diskreten Single-Club. Ich verhinderte, dass irgendein übereifriger Beamter ihr unangemessene Fragen stellte, und so verstanden wir uns auf Anhieb ganz prächtig. Später am Abend erzählte sie mir dann, leicht beschwipst und etwas verliebt, wie enttäuscht sie vom Leben im Allgemeinen und vom Anwalt im Besonderen sei, und als ich ihr in die Bluse fasste, stand sie vollends auf der Seite des Sheriffs und gegen die organisierte Kriminalität.

Wir trafen uns dann noch mal zu gemeinsamem Mittagessen, da war sie dann nur noch eine kühle Geschäftsfrau, die wegen ihrer abgewiesenen Liebe und aus dem Kalkül heraus, im Testament des Anwalts keine unbedeutende Rolle zu spielen, mit mir einen Handel abschloss. Eine Anzahlung von 50 000,– Euro ging wenige Tage später auf meinem Konto in Vaduz ein. Ich werde jetzt das Notwendige mit dem Einträglichen verbinden.

Ein Pärchen verlässt die Party. Der Showdown naht.

Die Minuten schleichen ziemlich träge davon. Musik ist nicht mehr zu hören. Immer wieder stolpert, stelzt oder stöckelt noch jemand die Treppe hinunter. Irgendwann muss doch mal Schluss sein. Typisch, diese Rücksichtslosigkeit des Anwalts, mich hier so lange warten zu lassen. Ich warte und warte und warte.

Dann bin ich sicher: Die letzten Gäste sind gegangen. Nur der Anwalt ist noch in seiner Kanzlei. Jetzt muss er eigentlich gleich kommen. Ich kann nicht mehr sitzen, ich brauche Bewegung. Außerdem muss ich aufs Klo. Ich habe noch nie von einem Mörder gehört, der seinen Beruf vom Harndrang belästigt ausübt. Ich zwinge mich, zehn weitere Umdrehungen des Minutenzeigers auszuharren.

Schließlich halte ich es nicht mehr aus und schleiche mich im Dunklen die Treppe runter. Die Eingangstür zur Kanzlei ist nur angelehnt, und der Letzte hat auch nicht das Licht ausgemacht. Ich trete ein. Was soll schon sein? Ich gehe doch nur noch mal schnell zur Toilette. Die Erleichterung ist unbeschreiblich. Ich wasche mir die Hände und denke dabei an Pontius Pilatus.

Ich komme wieder raus, nehme keinerlei Geräusche wahr. Die dicke Auslegeware mit den persischen Brücken darüber macht meine Schritte unhörbar. Es wird wohl nicht mehr lange dauern, bis hier ein Putzlappengeschwader einfällt und den piekfeinen Originalzustand wiederherstellt. Ich gehe durch alle Räume. Weiß auch, was ich sagen werde, wenn der Anwalt mich plötzlich hinterrücks ansprechen sollte: »Keiner mehr da außer mir. Brauchen Sie mich jetzt noch, oder kann ich auch gehen?« Ganz harmlos, vorbildlich dienstbeflissen.

Nichts passiert. Leere Flaschen, schmutziges Geschirr und überfüllte Aschenbecher sind meine einzige Gesellschaft. Dann lege ich ein Ohr an die Tür mit dem Bronzeklopfer: nichts. Ich gebe zu, es kostet mich einige Überwindung, anzuklopfen. Ich klopfe trotzdem. Klopfe lauter, klopfe ganz energisch: immer noch nichts. Denke, wenn er nicht drin ist, kann mir nichts passieren. Und wenn er drin ist? Dann sind wir allein, und mir kann auch nichts passieren.

Aber ihm.

Die Pforte zum Allerheiligsten ein wenig außerhalb der Legalität zu öffnen, macht kein Problem, auch dann nicht, wenn man nur bei der Drogenfahndung ist. Ich trete ein. Die Deckenbeleuchtung brennt.

Der Anwalt sitzt auf dem Fußboden, er lehnt mit dem Rücken an der Sitzfläche seines Schreibtischsessels. Sein Oberkörper wird durch die Arme, die hinter den Lehnen schlaff herunterhängen, vor dem Zusammenklappen bewahrt. Sein Mund steht offen, mir scheint, dass er seine Zunge verschluckt hat. Die Augäpfel sind verdreht, der Blick geht an die Zimmerdecke. Puls ist nicht fühlbar. Seine Haut ist kühl. Der Anwalt ist tot. Er war demnach ein ganz normaler Sterblicher.

Das ist ja enttäuschend. Ich hätte nicht gedacht, dass er mir sein Ende so leicht macht. Wer mir da wohl zuvorgekommen ist? Spuren von Gewaltanwendung sind bei oberflächlicher Betrachtung nicht zu entdecken. Auf dem Schreibtisch steht sein chinesisches Abendmahl. Sieht aus, als ob er es kaum angerührt hat. Na schön, darum soll sich der Arzt, der den Totenschein ausstellt, kümmern. Oder doch die Kollegen von der Mordkommission?

Es wird mir ein Vergnügen sein, seine Beerdigung zu besuchen.

Spaß muss sein.

Ich nehme die Video-CD von Claus an mich, die ist schließlich mein Eigentum, das hat mit Spurenbeseitigung nicht das Geringste zu tun, verlasse das Sterbezimmer, schließe die Tür mit dem Bronzeklopfer. Spuren meines Einbruchs sind nicht zu entdecken. Die Beleuchtung lasse ich brennen, die Kanzleitür lehne ich an. Steige im Dunklen leise die Treppe hinunter und mache mich ungesehen auf den Heimweg. Zu Fuß, wie ich gekommen bin.

Tod, denke ich, Tod ist was schreckliches, es sei denn, er trifft schlachtreifes Vieh oder wirklich habgierige Menschen.

Kuschle mich an Corinna und schlafe bestens. Und ich träume davon, wie Frau Barke in eleganter Seidenrobe, ansehnlich dekolletiert, in unserem Garten Münzen und Geldscheine zusammenharkt, die sie anschließend in die Biotonne stopft.

»Nicht!«, will ich schreien, »hören Sie auf damit, das brauchen wir doch noch!« Aber ich kriege keinen Ton heraus. Stumme Schreie, man weiß ja, was das bedeutet. Ich beschließe aufzuwachen und etwas anderes zu träumen. Prompt erfinde ich einen winzig kleinen Nussknacker zum Knacken der Kerne von Weintrauben. Als es der auch in Träumen höchst widerwärtige Mottenkropf wagt, darüber zu lachen, ramme ich ihm ein Vierkantholz quer in den Mund und drehe es langsam und so lange, bis er grinst, weil er sich freut, dass endlich mal jemand seine Sprache spricht.

11. *Der Anfang*

Ja wirklich, ein böser Film mit Happy End. Der Gangster ist hinüber, und der Gute ist endlich frei. Die vorgeführte Trauer der Hinterbliebenen zerreißt mir nicht gerade das Herz, und die bombastische Trauerfeier entsprach gewiss seinem Geltungsbedürfnis. Alle sind zufrieden.

Wer oder was den Anwalt vom Leben zum Tod befördert hat, weiß ich nun auch. Oh, meine nur allzu berechtigten Vorurteile! Kollege Kowalczyk hat mich angerufen und mir das Ergebnis der Obduktion mitgeteilt: Der Bissen Chinese Food war's. Das Chinese-Food-Syndrom hat zugeschlagen. Tatwerkzeug war Monosodium-Glutamat, ein gelegentlich immer noch verwendetes Gewürz der chinesischen Küche, obwohl man weiß, dass das eine ziemlich giftige Substanz ist. Monosodium-Glutamat hat im Tierversuch Hirn- und Augenschäden hervorgerufen und kann bei Menschen starke Beklemmungen, Druck und klopfende Schmerzen im Kopf auslösen, dazu ein Taubheitsgefühl im Nacken sowie heftiges Herzklopfen. Der Anwalt ist einem fulminanten allergischen Schock erlegen. Kein sehr angenehmes, aber ein angemessenes Ende. Hätte er sich vertrauensvoll an mich gehalten, wäre er gewiss komfortabler zur Hölle gefahren.

Ich sitze auf der Bank im Stadtwald und rauche eine Zigarette. Das ist der feine Herr Grauschelke gewesen, der mich gerade per Handy davon in Kenntnis gesetzt hat, dass er mich in zwei Stunden im Büro sehen will. Der zieht jetzt also die Fäden und beabsichtigt, mich nicht von der Lohnliste zu streichen.

Aber da hat er sich geirrt. Dem werde ich was erzählen. Da ist jetzt Schluss. Ich wähle die Nummer der Kanzlei.

»Verbinden Sie mich mit Dr. Grauschelke«, sage ich barsch.

Der meldet sich. »Ja?«

Ich sage: »Sie haben mich gerade angerufen. Ich hab's mir überlegt. Ich komme nicht. Ich kündige.«

Pause. Lange Pause.

Ich höre ihn atmen, seine Bronchien pfeifen ein wenig.

Dann er: »Das wird sich nicht machen lassen. Bis Sie in den Ruhestand treten, müssen Sie auch bei uns schon noch durchhalten. Seien Sie vernünftig. Ich denke, wir werden uns einigen. Also dann bis nachher.«

Grauschelke hat aufgelegt.

Na schön, Herr Anwalt, Sie sind ein ziemlich cooler Typ.

Aber wenn Sie derartig darum betteln, muss ich Sie eben kaltmachen.

Die Chance werde ich kriegen.

240 Seiten
ISBN 978-3-86489-076-5
€ 12,99
Auch als eBook erhältlich

Sex & Crime auf Mallorca

Mallorca, die Lieblingsinsel und der Sehnsuchtsort der Deutschen einmal ganz anders gesehen: In den Klippen von Cala Figuera erschlägt der Ruhrgebiets-Macho und Rockmusiker Frank seine Freundin Talea. Dabei hat er die junge Frau erst vor ein paar Wochen aus dem Mittelmeer gerettet und sich in sie verliebt. Aber ihre Romanze in einem wildromantischen Haus an der Steilküste Mallorcas währt nicht lange. Beide werden unerbittlich von den Spuren ihrer Vergangenheit eingeholt. Der Insiderblick auf einige der schönsten Ecken Mallorcas ist nur Kulisse für eine brisante Mischung aus Drogenhandel, Prostitution und blutigen Verbrechen.

448 Seiten
ISBN 978-3-86489-051-2
€ 22,99
Auch als eBook erhältlich

»Karl Kraus lässt grüßen«
Fritz J. Raddatz

In einer Art Sittengemälde der Bundesrepublik erzählt Henning Venske anhand seines Lebensweges die Geschichte dieses Landes, wie sie wahrscheinlich noch nie erzählt wurde. Stets ist sein umfassendes künstlerisches Schaffen als Moderator, Schriftsteller, Schauspieler und Kabarettist eine Reflexion auf die politischen und gesellschaftlichen Verhältnisse: Willy Brandt, die Gründung der Grünen, die langen Kohl-Jahre, Schröder als Ministerpräsident und als Kanzler, die Jahre bei der »Lach und Schieß«, Mutlangen, die Schleyer-Entführung, die FDP. Vor allem aber besticht das Buch durch die zahlreichen persönlichen Erlebnisse Venskes, die die Ereignisse der letzten fünfzig Jahre immer wieder in ein anderes Licht stellen.